幻想藏書閣

奇幻基地出版

混血之裔
宿命

The Styclar Saga

Lailah

妮琦・凱利 著
高瓊宇 譯

Nikki Kelly

台灣版獨家作者序

關於寫作方面，我所聽過最好的建議就是「寫妳熟悉的題材，敘述妳的所愛。」於我而言，便是青少年奇幻小說。引燃《混血之裔：宿命》的火花起源於某天晚上做了一個夢，坦白說，那個星期我實在看了太多以吸血鬼爲主題的連續劇，或許是日有所思，也難怪夜有所夢，夢境是一棟廢棄的建築物，有個女孩挺身而出，扶助顯然是吸血鬼的傷患。

即使到了今天，那一幕依舊鮮明得如在眼前：女孩的五官看不清楚，只知在她幫助受重傷的吸血鬼時，背後長長的金髮如瀑布傾瀉而下，然後，情勢突然逆轉，變得好像在看恐怖電影，女孩的脖子陡然折斷、掛在肩膀上面，只記得看到一對顯著又醒目的寶藍色眼珠，她一眨眼，倏忽射出強烈的紅光，瞬間變化太大，嚇得我心驚膽跳，猛然醒了過來。

之後好幾個晚上，女孩持續不斷地糾纏在我的思緒裡面，讓我不住地問自己，「她究竟是什麼？」過了好一陣子，驀地領悟自己問錯了問題，探究本質固然重要，更具關鍵性的問題在於「身分」。

這女孩是誰？

我決定藉由敘述她的故事來發掘眞相。

萊拉是「誰」的核心問題，啓發我更廣泛地探討故事中的世界，甚至想要挑戰某些習以爲常的假設和先入爲主的觀念，但要做到這一點，首先要回到起初，追尋一開始爲什麼會有這些偏見的原因。我想彰顯出某些故事的循環運用，經由時間洗禮，會逐漸扭曲、甚至造成錯誤的闡述。吸血鬼跟天使恰巧可以提供這樣的機會，讓我把平常不假思索、自動劃分爲善良與邪惡、是非黑白、對錯之間的這些傳統觀念，深入攪和在一起，呈現出我們評斷別人和環境的方式可能有問題之處。

想當然，萊拉和其他配角在故事中的處境，也給了我一個舞台，探索自己在長大以後經常沉思默想的事情——例如自我的觀念，恐懼、生老病死等等。

在書裡遨遊、創造不同的角色無疑給我一個絕佳的機會，做自己最樂此不疲的事情：從平凡無奇裡找出額外的新鮮感，在卓越不凡當中剔除平淡。全世界有這麼多奇幻小說系列，但我眞心想要再添加一些原創性的東西。

既不落俗套、也要與眾不同。

這段旅程的確聚焦在萊拉身上，她是中軸線，然而在小我以外、還有大我存在，這就涉及世界的建造。在超自然生物的背後，我潛心勾勒出豐富深刻的歷史背景，敘述生物的起源，探索他們居住的世界，因此有了第二度空間的水晶星際，第三度空間也應運而生。不同於其他奇幻故事的鋪陳，隨著這個系列的進展，我們不只聽見關於「異世界」的傳說，還能身歷其境。宗教與科學在故事中並行，有關人類在宇宙中定位的終極問題，還有生命的意義，將在後續故事中一一的加以探索和面對。我向來喜歡峰迴路轉，扣人心弦，可以肯定未來絕對會有出人意表的發展，《混血之裔》三部曲注定要有無盡的驚喜！

將《混血之裔》三部曲訴諸筆墨的確是一大樂事，卻也不能說完全沒有挑戰。與其憑空揑造，我寧願寫一些自己熟悉或至少是親身走過的地方。第一本書最後的三分之一，萊拉的足跡遠至法國南部，我飛去那裡好幾次，不只做研究，還親自造訪想要在書中提及的地點。接近故事的結尾，萊拉上了庇里牛斯山，而我在當地做研究的時候，借住長輩家裡，他們認爲我應該按著萊拉的路線走一趟，因此我去報名了當天來回的登山團，預備去積雪的山區健行。對一個幾乎不太運動的傢伙而言，這個主意簡直是匪夷所思，但我認爲舉凡主角經歷過的事，自己也要去嘗試……（不過當然要在理性許可的範圍，畢竟這是奇幻小說！）就在計畫出發的那一天，氣候驟變，完全不適合登山，我們從善如流，改成開車到半山腰，在滑雪山莊喝下午茶！——呼！千鈞一髮！

全職工作已經讓我忙得焦頭爛額，還有疲憊至極的交通往返，因此只能利用晚上奮筆疾書，縮減睡眠，再靠著大量的茶水提神醒腦，也因此大多數的白天都在迷迷糊糊中度過。奮戰到最後的結果是收穫良多，完全值回票價。

我或許只夢過萊拉一次，單單那一面之緣就足以讓我多年來的美夢付諸實現，藉由發掘並分享她的故事，躋身作家之林。然而即便成效足以讓我辭去白天的工作，時至今日，習慣使然，我還是只能在夜幕低垂以後提筆寫作。

既不能像個英雄死得轟轟烈烈，那就當個惡棍活得夠長夠久吧。

——地方檢察官哈維．丹特，《黑暗騎士》（注）

注 The Dark Knight，二〇〇八年上映的美國電影，取材自著名漫畫蝙蝠俠，由克里斯多福．諾蘭執導。Harvey Dent是黑暗騎士片中高譚市的檢察官，後來左臉燒傷毀容，性格大變。此句爲他的名言。

序幕

愛爾蘭，盧坎鎮

一八二三年

雷聲大作，閃電形成三叉戟，兩波轟隆過後，四周回復沉寂。

電光透過彩繪玻璃，照耀在抱著小耶穌的聖母瑪利亞雕像上，信仰虔誠的主教在聖器室奮筆疾書，不顧一切地寫下驚惶的思緒，偶爾停筆回頭添加更多的煤炭，保持室內的溫暖。另一聲轟隆的雷鳴突然響起，嚇了他一大跳，呆了半晌後，伸手抓了抓斑白的頭髮。

他不能走，即便妻兒翹首盼望他回家。

躲在教堂等待黎明到來應該比較安全。

他自責不該帶著妻兒來這個地方，然而事到如今，也只能警告他們有惡魔爪牙在這裡橫行。即便新來乍到，對這裡的會眾瞭解不深，他也只能祈禱，萬一惡靈在深夜現身，終究會有人發現這封信，牢記信中的警告，小心留神。

大雨滂沱而下，他終於完稿，潦草地寫出最後啓示的信息，署名歐希勒辛主教後，再把紙張對摺，小心夾入聖經裡。

暴風雨瞬間停歇，寂靜籠罩。

燃燒的燭火閃閃爍爍，接著一根一根熄滅，炭火隨之熄滅之前似乎也大放光明，一眨眼間，四周一片漆黑。

他明白大限已到，牠，找上門了。

主教在黑暗中摸索走向門口，小心翼翼地跨入聖堂，死命抓緊胸前的十字架項鍊。

聖堂西牆的鑲炭門在門軸上擺盪，砰的一響，噪音盈繞在走道上。

一跨進聖堂，歐希勒辛主教渾身一僵、當場怔住，木門頂不住撞擊，已橫在入口處，而裹著黑色斗篷的巨大身影就杵在那裡。

「惡魔，你進不了聖堂！這裡是神的家！」主教大吼一聲，雖然語音顫抖。

黑影相隔三十英尺，主教想要轉身逃命，雙腳卻釘在地上不動，無法從隱晦的身影移開目光。

就像暴風雨瞬間來去，閃電再次竄過天際，霹靂一響，主教腳步踉蹌地倒退一步，抬頭望向電光照耀下的龐大身影，對方似乎動了一下，一欺一進之間讓人看得眼花。

毫無警告之下，黑影已經登堂入室。

高大的身影矗立在前，伸手掐住主教的脖子，讓他雙腳離地，逐漸窒息。

歐希勒辛主教鼓起勇氣望進兇手黝黑邪惡的眼珠，感覺自己驚嚇到恍神，彷彿成了石頭，因爲在眼神接觸的瞬間，如同和魔鬼面對面。

怪物微微偏著頭，隔著閃閃發光的獠牙吸氣，隨即尖叫一聲，刺耳的叫聲在廊柱間反彈，差點震破耳膜。主教一心只求縮短受苦時間。掐住他的手臂逐漸鼓起，感覺有某種東西在皮膚底下蠕動。

怪物一把扭斷主教的脖子，動作乾淨俐落，屍體被丟在冷冰冰的地板上，發出落地碰聲。牠左右轉動脖子，直接踩踏失去生氣的遺體，腳下的骨頭應聲碎裂。牠大步走向聖壇，進入旁邊的聖器室，準備守株待兔。

寂靜再次籠罩一排排靠背長椅，空氣凝重，四周悄無聲息，怪物淌著口水，滿心期待，知道就快了。

明亮耀眼的光芒從彩色玻璃窗射入教堂，徐徐地穿過入口，最終映照在失去生命氣息的遺體上。寬敞的空間大放光明，逼得怪物瞇起眼睛避開一步，以免被亮光射中。

她現身了。

看到計畫奏效，這麼快就開花結果，怪物嘶啞吼叫，異常興奮。

天使輕聲吟唱，怪物看著她引導主教的魂魄往自己靠近。她停頓半晌，輕輕閉上眼睛，全神貫注在那股能量上；白光在空中徘徊，她慢慢引導魂魄融入傾洩而下的光輝裡，舉手撥開掉在額頭的金髮，握住光芒四射的水晶寶石，放在自己頸背的位置。

她一碰觸，光線分開，第一度空間的入口就此開啓，金、銀光芒四射。她深吸一口氣後嫣然微笑，目送主教的能量穿越，最後逐漸模糊，消失在她的世界裡，進入水晶星際。

光線開始微弱，她預備跟上去時，人類軀殼上的金色十字架勾起她注意。天使漫步過去，輕輕地捧起，輕吹一口氣，閃爍的白光繞著十字架旋轉，最後被吸進金屬質地裡。現在不管誰得到這個十字架，都會有一股難以言喻的平安沁入心底。

她感傷地俯瞰主教表情，溫柔地幫他闔起眼睛，謝謝他所奉獻的禮物，預備回程。

天使輕飄飄地飛過教堂長長的走道，再次摸索後頸的寶石，預備跟著跨越，還來不及命令它發光，怪物的獠牙此刻刺穿了白皙的肌膚，使她劇痛難忍。她錯愕地大叫一聲，開始散發光輝，試圖用光芒掩蔽讓對方看不見自己，可惜遲了一步，純種吸血鬼已把毒素注入她體內。

她四肢麻痺，寶石色澤陷入晦暗，發不出光輝，頹然無助的倒在地板上。怪物翻轉她的身體，獠牙深深刺入頸部，毒素擴散的速度導致血管腫脹；牠往下移動，尖銳的爪子在她肚腹上游移、搜尋。

天使驚駭地瞪大眼睛，銳利的牙齒再度深刺，這次卻是針對腹中的嬰孩，毒液讓她痛徹心腑，立刻感受到邪惡黑暗的勢力正在改變她腹中的後裔，她白瓷般的肌膚瘀青泛紫，血跡斑斑。

怪物終於結束暴行時，揪住天使的頭髮，拖行在地板上，眼神充滿輕蔑和憎恨，最後定睛在她後頸的那顆寶石，不屑地哼了一聲，扭曲的嘴唇顫抖，口水直流。

中毒的天使難以動彈，無法把寶石藏起來，只能眼睜睜看牠出手，從指關節伸出鋸齒狀的利爪，挖出她頸背上的寶石，不費吹灰之力就從守護者身上搶了過去。牠對自己精心策劃的結果滿意極了，細細打量這個戰利品。

天使的臉頰貼著冰冷的地板，從眼角瞥見死亡天使的身影——艾瑞爾。

他突然現身，從後方欺近純種吸血鬼，猛然把牠摔向教堂的柱子，力道震裂石頭。

失去光輝的寶石脫離怪物的掌控，不偏不倚落回原處。

艾瑞爾撇開頭昏眼花的吸血鬼，注意力回到搭檔安姬兒身上，他知道時間緊迫，不能拖延，一把抱起她虛弱無力的身軀，分開冰冷發紫的嘴唇，輕輕吹了一口氣。一道白光竄入她體內，安姬兒心慌意亂地眨眼睛，感覺他的能量只驅走了自己血管裡的毒素，對於天使後裔血中的劇毒卻無能爲力。

純種吸血鬼彈跳起身，重新站立，艾瑞爾猛然轉過身去，這時才看清楚吸血鬼眉心中間鼓起的疤痕，活生生就是魔獸任尼波的記號。

艾瑞爾揚手拋出一束強光，把惡魔阻隔在另一邊。

他轉身面對安姬兒，四眼相對，無庸她多做解釋，彼此心知肚明純種做了什麼好事。

*妳必須離開，好好躲起來，我先徵詢大天使的意見，再去找妳。*用不著出聲，他們以心電感應。

他一手高舉在空中托住光牆，奮力用另一隻手扶她起身，神情哀戚地將寶石放入她掌心。

安姬兒點頭以對，渾身發亮，旋即褪去光芒，隱藏形體，融入黑暗。她腳跟一轉，匆忙離開教堂。她非常清楚自己的下一步，即使那意味著她永遠無法返回家園。

現在最大的希望只有艾瑞爾能夠想辦法回到她身邊。

幾個月後，一個肌膚如骨瓷般雪白的嬰兒，被人放在英格蘭東南部一對夫婦家門口。嬰兒一絲不掛，只用粗布包裹，身上僅有一顆光芒四射的水晶寶石。

1

英國威爾斯，克雷高鎮

現代

黃昏冷得刺骨，夜色籠罩下來，寂靜的感覺凝重到幾乎讓人耳聾，正是吸血鬼現身的絕佳時機。

我撥開垂到眼睛的頭髮，重新綁好馬尾，站在酒吧後院裡，小心翼翼打量最上方那一袋垃圾，希望它不會拖垮一整堆。我很想歇一下喘口氣，但是地點不宜，漆黑讓人心慌害怕。

「法蘭西斯卡！」海登的叫聲傳入耳際，濃厚的威爾斯腔口音彷彿燒得又熱又紅的火鉗，劃破周遭的冰雪。

我嘆了一口氣，栓上後門，匆匆走回酒吧裡，整個人累到渾身乏力。幸好要打烊了，人手不足的狀況早就成了慣例，海登的妻子去卡地夫採購再也沒有回來後，我身兼數職，把自己當成八爪章魚，而今晚倒出的啤酒簡直是天量。

有時候我眞希望自己是正常人，能找個坐辦公桌的職業，遊刃有餘，不必應付醉醺醺的酒鬼，可惜自己沒有合法的身分證明，能夠找到現金交易的酒吧工作就該謝天謝地了，感謝有海登這種老闆，願意花一點小錢雇人做牛做馬，讓我至少有個工作。

「再一——一杯就好，拜託，再倒一杯！」中年人對我揮舞空杯，我笑而不答。

我任職的時間不久，但足以知道每次他都是最後一個離開。

「別喝了，布德克先生，酒吧打烊了，你該回去陪伴美麗的妻子。」我把他緊握的酒杯搶了過來。

「啊，再來一杯！她的長——長相，妳我心知肚明，一點都不美……她以——以前是娼妓，我才會跟她結——結婚！當然啦，一套上戒——戒——戒指，整——整個人就變了！」他說得結結巴巴。

「好了，葛林，夠了，你該走了！」海登大吼一聲。

我擔心地瞥老闆一眼，朝最後一個客人點點頭，他只是聳個肩膀，我乖乖繞過吧檯，敞開雙臂，希望布德克先生給個擁抱。

「啊，好心——心——人，艾倫甚至不抱我了……其它的更——別——別說……」

我的手伸進他口袋，摸到冰冷的汽車鑰匙，小心掏了出來，放進自己牛仔褲的口袋。坦白說，當扒手可以賺更多，可惜我不是那種人。

我幫布德克先生叫了計程車，擦桌子的同時偷偷塞了一包烤堅果給他，希望他可以醒酒。

二十分鐘後，估計計程車司機可能到了附近，我朝海登先生打了個手勢，他完全沒發現我想求助，逕自對準牆上電視機按著遙控器、尋找熱門的體育臺。

我嘆了一口氣。「我們走吧。」接著緊緊纏住布德克先生的手臂，靠自己嬌小的身材支撐他大部分的重量。

「妳真是好心的女孩。」他拍拍我的頭，好像拍一隻聽話的、剛把棍子撿回來的小狗。

我讓他靠著磚牆，費力推開上鎖的大門，至少有三分鐘沒有好好吸一口新鮮空氣。「謝謝你，布德克先生。」我吐了一口氣。

我們終於走到斜坡底下，停在人行道旁邊，我咬著牙繼續支撐布德克先生少說兩百磅的重量，但要叫他站著不動顯然困難重重，他腳步踉蹌地往前衝，連帶把我拖到馬路中央，跌跌撞撞地倒在地上，我試著緩和這股下跌的衝擊力。

四周突然大放光明，隨後是輪胎滑過結冰路面的刺耳聲響，我嚇了一大跳，本能舉手防衛。那一瞬間，世界似乎停止轉動，我伸出手臂，五指張開遮光，以免黃色大燈直射眼睛。在手指與手指的縫隙之間，刺眼的黃光閃爍明滅，變成晦暗的霓虹燈，四四方方老舊的富豪房車換成黃底綠條紋的計程車，克雷高鎮的夜色褪去，轉成了紐約的黃昏。

我彷彿看著水晶球，眼前浮現的一幕是某一段前世臨終時的景象。

一樣本能地舉著手，但是黃底綠條紋的舊式計程車猛然衝過來，我撞上擋風玻璃，玻璃應聲碎裂，我從車頭滾落，摔在地上動也不動，路人充滿驚慌，急忙跑過來，一個年輕人推開圍觀的群眾，愕然俯瞰我殘破的身體。他穿著開襟羊毛衫，合身的西裝褲，麂皮鞋，事情看起來應該是發生在一九五〇年代。他先查看傷勢，接著握住我的手。我看到自己的指關節像枯骨一樣慘白，他用力握了握，低著頭，帽沿的陰影遮住臉上的表情，我吸了最後一口氣，手臂頹然無力地鬆開。

靜態的影像縮放自如，我渾身一震，回過神來，鼻孔竄入橡皮燃燒的臭味，計程車司機緊急剎車，車輪距離我和布德克先生不過幾寸而已。

「妳還好吧？」司機匆忙下車詢問。

我花了整整一分鐘才調適過來，醉醺醺的布德克先生哈哈大笑，在司機的攙扶下爬了起來。

「呃，是的，沒事……」我慢吞吞地回應。

「這傢伙只會惹麻煩，」計程車司機不安地嘟噥，扶著布德克先生進入後座。「妳確定沒事？」看我搖搖晃晃地走回人行道，他不安地冉問一遍。

我僅僅點個頭。

目送他們離去後，我精神萎靡地靠著酒吧的牆壁，花了一點時間整理情緒，振作精神才進門繼續清理工作。

我悶聲不吭地工作，試圖忘掉剛剛看見的影像——一點都不願意回想。

海登的電視節目終於告一段落。「好吧，法蘭西斯卡，桌子清理完了嗎？」他開口問，傾身靠著吧檯，搖晃杯底的威士忌，專注地盯著我。

「是的，下班前還需要做什麼嗎？」我拉高V字領，瞄了衣架上的外套一眼。

「沒事，妳可以回家了。」他頓了一下，轉而對著我的胸脯，微微拱起眉毛，開口問：「嗯，有人等妳嗎？要不要留下來陪我喝一杯？」

我勉強露出禮貌性的微笑，搖頭以對，逕自走向深藍色外套。可悲得是，沒人期待我回家，我一個人住，孤單無依。我的「狀況」讓我不便在任何一個地方久留、交朋友，即便眞的留下，也很難跟別人親近，截至目前爲止，唯一建立關係的人……至少就這輩子而言，早在幾年前就剝奪了我對人的信任，就算他不在了，傷害已然造成，背部的疤痕就是永恆的提醒。

想到那個人便不可避免地連帶勾起對「她」的回憶——陰影中的女孩，生命中另一個不解的謎，不知道該擁抱還是要滿懷恐懼。但每當危急時，那女孩好幾次神奇地出現幫我解圍，我卻不知道她是誰。

「法蘭西斯卡？」海登懊惱的聲音打斷我的沉思。

「對不起，我得走了，明天見。」拉起羽絨外套的拉鍊——這是克雷高鎮冬天必備用品，我匆匆往門口走去，雙手插進口袋，下坡穿過鄉間小道，預備回家。

馬路兩旁茂密的森林就像深色黝黑的布景，光禿禿的樹枝形狀扭曲、糾纏不清，彷彿在保護某一座被咒語困住的城堡，不容外人打擾城內沉睡的居民。在森林裡，時間裹足不前，就像在我身上找不到歲月痕跡一樣。

爬坡時我加快腳步，一股溼氣撲鼻而來，這種寧靜的小社區遠比大城市或繁榮的小鎮更容易找到空曠廢棄的房子棲身。在這裡，我就發現一處荒廢無主的舊房子，幾乎只剩屋殼，感覺曾經有個幸福美滿的家庭住在其中，依稀看見許多個寒冷的夜晚，孩子們嬉戲打鬧的笑聲充斥在屋裡，我可以想像他們在周遭的樹林裡穿梭奔跑，在蜿蜒的河流裡玩水笑鬧。

現在家具清得一乾二淨，屋況破落，到處釘著木板，但是對我來說至少有個遮風避雨的屋頂，直到找到下一個居住的地點。我被迫不斷遷移，避免逗留過久的時間，因爲我的相貌始終停留在十七歲，只好利用假造的身分證件，勉強冒充二十一歲工作糊口，但我知道自己看起來很滄桑。我不知道爲什麼會這樣，只知道每夜入睡後，經常會夢到前世的生活，即使清醒的時候，偶爾也會有往日的回憶陡然浮現眼前，就像剛才。即便有某些難以言喻的本能刻印在心底，世界對我而言依舊像個謎，感覺一團混亂，我不知道自己的名字和身分，也不曉得我來自哪裡。

低頭看著水泥地，我連馬路都不如，道路至少通往某一處，總會有一個目的地，我卻僅僅活著，是一副行屍走肉，完全找不到生命的目的。

我的夢境訴說過往陰暗的經歷，可是也有光明的一面，說精確一點，就是一道光，如此璀燦耀眼，似乎命令我朝它走過去，一逕催促我向前。有一個影像、一張臉，盤據著我每一天的思緒。那張臉龐英俊帥氣、笑容燦爛，感覺近在咫尺，其實只存在心裡。就我記憶所及，夢境和想像能夠追溯到的時光中，他一直在那裡，即便是現在，也彷彿有一股拉力把我往他拉過去。雖然聽起來很瘋狂，我卻隱約知道他手中握著開啓我的潘朵拉盒子（注）的鑰匙。

我必須找到他，他的名字就在記憶深處不斷迴盪，連吹過樹梢的微風都在喃喃低語，呼喚聲從我肌膚上輕輕掠過：加百列。

當我開始想到他時，左側突然有奇怪的動靜，接著就聽見嗚咽聲，感覺像是狐狸，而且是痛苦的呻吟。

注 潘朵拉盒子：源於希臘神話，天神宙斯送給潘朵拉一個盒子，她一打開，諸樣災難禍害通通跑出來，最終盒子裡只留下一樣東西，就是希望。引申爲一個小動作引發諸多的後果。

我僵在原地。

慢慢轉頭望向森林深處，漆黑中依稀有個人影，哀嚎變得更大聲，似乎是痛苦加劇。我鼓起勇氣，躡手躡腳走進被我幻想成保護城堡、童話故事中的森林，密林深處果然有人影。我逐步靠近，對方猛然抬起頭，直勾勾地盯著我看，怒目相向、神情嚴峻，皮膚跟白紙一樣脆弱，似乎稍碰一下就破。他看起來大約和我同齡，頂多大幾歲而已，頭髮七橫八豎亂糟糟的，但五官立體完美，絲毫不受亂髮的影響。

我立刻知道他不是人類。

他躺在地上縮成一團，心裡的直覺命令我立刻轉身，逃得越遠越好……但他痛苦不堪的模樣又讓我勉強克制住落荒而逃的衝動。也許保持相當的距離，他能嗅得到我的恐懼。

「你需要什麼嗎？」我開口問，他的眼睛盯住我不放。

「我得離開這裡，他們快追來了，」他呻吟地回應，聲音輕柔顫抖，聽口音應該是美國人——我猜來自於美國東岸，這裡跟他家鄉有一大段距離。

我點點頭，雖然完全不清楚他在害怕什麼，又怎麼會淪落至此。

「我不會傷害妳。」他說，但我立刻察覺他在說謊。

「我住的地方距離這裡不遠，如果我攙扶你，你能走嗎？」

他齜牙咧嘴，彷彿我的說法荒謬至極。我左右張望了一下，考量各種可能性。「留在這裡別動。」其實他別無選擇。

我跑回馬路盡頭，搜尋是否有任何車子停在酒吧附近。

最終發現一輛小貨車停在大馬路旁邊，就在角落附近，是布德克先生的車子。我拍拍牛仔褲的口袋——鑰匙還在身上。我直接走向貨車，試探駕駛座的車門，他竟然連鎖都懶得鎖。我扳動把手開門，直接坐上駕駛座，插上鑰匙啓動引擎，車子一下子就順利發動，發出巨大的噪音，讓我把車子駛離路邊。

我把車停在樹林邊，一躍而出，匆忙之間沒關車門，全速回到那人所在的地點，發現他現在虛弱無力地靠著樹幹，顯然已用盡身上僅餘的力氣。

「走吧。」

我猶豫了一下才將他的手臂繞過肩膀，試著扶他站起來。他上下打量著我，慾望從眼中一閃而過，讓我背脊發涼，本能地往後縮。

「妳、妳……爲什麼要幫我？」起身時他說得結結巴巴。

我費力地扶著他走向貨車，思索片刻才回答。「不管什麼身分，人人都有需要幫忙的時候。」

他似乎有所躊躇，可能正納悶我是否知道他是吸血鬼。當然他不會知道這不是我第一次和他們有接觸；以前我就被吸血鬼利用過，傷痕累累的皮膚就是慘痛的教訓。

我扶他坐上乘客座，砰地關上車門，盡速跑回駕駛座，放開離合器換一檔，加速駛入鄉間小道。

「妳有名字吧？」他問。

「法蘭西斯卡，你沒有嗎？」

他竊笑。「當然，我叫喬納。」

「我能幫忙什麼呢？」我問，但沒有回應。

我們很快就回到破房子，單看他的模樣就知道他沒有餘力攻擊，讓我鬆了一大口氣，不必擔心被榨乾血液，也開始反思剛剛的決定過於草率，不自量力眞的能做什麼。

熄火時引擎轟隆作響，我關掉大燈，前方矗立的屋殼曾經是某人甜蜜的家園，若在夏季，這裡是個讓人暑氣全消的好地點，但在黑漆漆的夜裡，它不只詭異，更充滿邪惡的神祕感。

我沉默半晌、努力鎭定下來，重新衡量自己的行動，搞不好這是他的花招——神通廣大的吸血鬼怎麼會渾身乏力，不可能吧？然而，如果他眞需要幫助，我無法見死不救。

「到了，我們進去吧，」我說。

「這樣的距離還不夠！」

「怎樣才夠？」我煩躁不安地反問，氣氛再度陷入沉默。他顯然是個悶葫蘆。「還要走多遠？」

「繼續開就對了！」他的語氣不容人反駁。

我不情不願再度轉動鑰匙，引擎還沒發動，就看到儀表板上的紅燈亮起，懊惱地嘆了一口氣，再次轉動鑰匙。

「妳在做什麼？」他吼叫。「開車啊！」

「沒辦法，汽油見底了，」我沒好氣地回話，懊悔自己多管閒事，他以爲他是誰？竟然用這種口氣頤指氣使。

看樣子沒辦法再走更遠了，今晚就只能先待在我「家」。

我費了不少力氣才把他扶進門檻，穿過客廳，讓他坐在睡袋上休息。他不停顫抖，滿頭大汗，看起來很像發高燒，我順手拉起隔熱睡墊裹住他的身體。

「等我一分鐘。」

我去廚房拿了木頭，找出火柴和點火器，就跟其它夜晚一樣要在古老壁爐裡燒木取暖，唯一不同的是屋裡第一次有另一個人分享。突然之間，即使情況如此詭異，房子裡卻多了一抹家的感覺。

爐火照明下，我終於有機會看個清楚。火光襯托出喬納的身影，他衣衫不整，深色牛仔褲和咖啡色外套有好幾處破洞，V字領口露出明顯突起的鎖骨，看得出來身強體壯，即使頭髮亂得像稻草，依舊濃密有光澤。我的目光移向他的手腕，那裡血跡斑斑，傷勢延續到兩手和指關節，看到他燒到發黑的手指頭，我忍不住皺起了眉。

「怎麼回事？」我一邊撥弄爐火，一邊詢問。

他困惑地看我一眼，答得文不對題。「妳知道我是什麼？」

「是的，我碰過你的同類，現在不像以前那麼罕見。」

他逡巡的目光把我從頭到腳打量一遍，最後跟我四目相對，似乎花了一點時間整理思緒，同時盯著我看。我被看得忸怩不安，有些難爲情，因爲某種不明原因，我伸手拉拉外套，不由自主地挺起胸膛。

「妳既然知道，就應該沒什麼機會到處亂說……」

「那次碰面的後果的確不好，但我撐過來了，而且不想舊事重提。」我不安地動了動，他沒有追問下去。

「妳有手機嗎？」他問。

「電池剩沒幾分鐘，通話速戰速決應該夠用。」我從口袋掏出隨身攜帶、廉價的諾基亞手機，「嗯，你要打給誰？」

「我有其它同伴。」他示意要手機，我遞了過去。

移動手臂對他來說似乎並不容易，顯然處於非常罕見的虛弱狀態。即使是這樣，他看起來依舊很帥氣，我忍不住暗暗欣賞起來。他的臉頰非常光滑，眞希望可以摸一下……跳出這種念頭讓我非常尷尬。他的皮膚想當然沒有瑕疵，炯炯有神的眼睛射出明亮的光采，燦爛奪目，但骨子裡卻是邪惡的化身，邪惡通常以美麗的型態來遮掩，這樣比較容易腐化人心。

總之，他身上的每一寸都像大師精雕細琢之下最傑出的作品，然後吹入生氣、賦予生命，我猜這就是他們的生存之道。是喬納的英俊帥氣讓他立刻露了餡，這都要感謝以前那個吸血鬼，自己因爲無知把他當朋友看待，在付出慘痛代價之後，終於明白隱藏在美麗五官底下的眞面目，我很氣自己被他的外表矇騙，眞相背後是殘酷無情的殺手。

喬納撥了號碼，說話速度之快讓我還來不及聽清，便已經掛斷。「我的朋友來了，很快就會抵達。」他說。

「這些朋友，都像你一樣嗎？」

「對……大部分。」他頓了一下，「謝謝妳伸出援手。」他有些勉強。

我很想諷刺地回答不客氣，沒想到他會表達謝意，只是他看我的眼神讓人毛骨悚然，不敢再多對話。

我站起身，緊張地走來走去，聽得出來他呼吸困難。撇開他的傲慢自大不論，我又開始心軟，但是話說回來，即使遇見凶悍會咬人的鬥牛犬受了傷，我也一樣會寄予同情和憐憫。

拿了瓶裝水遞給他，他哼了一聲。我竟然忘了他的傷勢，於是只能放下瓶裝水，伸手去拉睡袋。睡袋從喬納身上掉下來，我本能地拉高想蓋住他的肩膀。

他毫無預警地扣住我的手腕，傷處碰到我的皮膚，他隨即痛得皺眉。我吃驚地望著他的眼睛，他抓得很緊，我一時掙脫不開。這個吸血鬼仰起頭把我拉過去，我瞬間心跳加快，身體僵硬，恐懼至極。

該死！或許不該救他，這根本是餿主意！

他的唇湊近我的頸項，呼吸掠過皮膚掀起癢癢的感覺，我心裡七上八下就像翻觔斗，卻突然間不再害怕。他的下唇輕輕摩擦我的耳垂，震顫的浪潮剎那流竄全身，他繼續流連，呢喃地說：「我只想……說謝謝。」語氣溫柔、真心誠意——我的心噗通噗通狂跳。

他鬆開手腕，我沒有挪開，而是逡巡他的目光，相互凝視著，放任自己享受那種困惑又興奮、充滿矛盾的感覺，過了好一會兒才打破眼神接觸，挪開身體。再怎麼說喬納都是吸血鬼，我不需要也不想利用他分散自己對加百列的苦求不得，有時候那感覺就像追蹤一個鬼魂、毫無指望。

我漫步走向空蕩蕩的廚房，搬來更多的木頭，幸好今天早上未雨綢繆，去酒吧上班前預先收集了柴火。

我坐在地板上，考量眼前的處境，試圖安靜幾分鐘。如果他是好人，我就會竭盡所能幫他，請他回報、分享對吸血鬼世界的觀察，甚至提供一些線索，幫我瞭解自己眞正的身分，找到歸屬。這是一個極度危險的遊戲，但我似乎沒有其它更好的選擇。我走回客廳朝壁爐添加柴火，無言地坐著，感覺好像過了幾個小時那麼久後，他打破沉默。

「這是妳住的地方？」他揚起眉毛，拉長脖子打量這個空殼。

「目前是。」

「妳不是本地人，」他猜。「這裡不是妳家。」

「家就是落腳的地方，我沒有特定的歸宿，時間飛逝而過，人在改變，景色更換，不變的是我。」我用揶揄測試他的反應。

這樣的回答讓他歪頭思索，試著釐清我的說法。「妳的眼神……比笑容滄桑很多，可是妳跟我不同，」他思索。「呃，但也不是人類。」

「你爲什麼認爲我不是人類？」我反駁，語氣有點高亢，感覺被冒犯，我從來不覺得自己不是人類。

「妳少了人類的氣味。直到妳出現在眼前，我才發現妳。」

我想了一下，就我而言，我覺得自己是人類，只是死不了——呃，至少不是傳統的形式。

「那又怎樣？以你的狀況，或許是因爲鼻子受傷，才會聞不出來。」我找了個理由，暫時不想透露太多。

「妳究竟是誰？」他問得率直，不讓我模糊焦點。

我凝神思索。「這個問題問得很好。」我說。「噢，附帶提醒一下，我不記得有對你笑過。」

這句話把他逗樂了，我臉色赧然，跟著笑開。

「看吧，妳終究還是會喜歡我的。」他被自己這句話嗆到渾身顫抖，蠕動一下身體，似乎想要舒緩劇烈疼痛。

我坐在那裡冷靜揣摩自己的下一步。「你可以叫我茜希。」

他挑起眉毛，要我解釋一下。

「以前的朋友喊我茜希。」

「以前？」他問。

「我們很久不見，不過他們都這樣喊我，我想你也可以。」

他嘴角微彎。「這是我的榮幸。」

和平的微笑應該能夠軟化他的態度，我再度嘗試。「你沒有回答我剛才的問題——我要怎樣幫助你？你似乎痛得很難受。」

他眼神空洞地看著我，最後咬牙說：「我的朋友會處理。」

「你的朋友？他們是誰？你究竟出了什麼事？」

似乎經過深思熟慮，他勉強解釋：「我的朋友就是同行的夥伴，來這裡的目的是要拯救另一個，呃，跟我一樣的吸血鬼。」他停頓半晌，「但計畫出了差錯，我被純血族俘虜。」他一臉懊惱，齜牙咧嘴。

他咬牙切齒氣憤的模樣嚇了我一跳，過了半晌我才回過神來。「純血族？我不懂。」

「純血族就是棲息在地球上第一代的吸血鬼，而我曾經是人類，因爲被咬才轉化，或許還有不同的說法。總之我算是第二代吸血鬼，負責服侍轉化我們的純血族，也可以說是他們的軍隊或成員。」他困難地解釋，身體仍不住發抖。

「既然要服侍純血族，你又如何得到自由？」

「吸血鬼非常邪惡，能夠釋放毒液，只要一經轉化，靈魂就淹沒在黑暗裡，被迫捨棄自由意志。不過有的時候……我們偶爾會看到光，清醒得足以想起我們原來的身分，我的同伴跟我一樣，透過別人幫助，逃離純血族的主人……我們不想繼續被奴役。」

「但你還是吸血鬼。」我說。

「是的，我們仍然需要倚賴鮮血存活，但至少有選擇性，不會任意妄爲。」他停頓半晌才繼續說。「我也不想殺人，但身不由己。」

聽了這番話，我揚起眉毛，對他深表同情，卻不認爲人有權利扮演上帝，決定別人的生死存留。「你被俘虜之後……他們做了什麼？」我想了解更多。

「轉化我的不是那個純血族，所以葛堤羅——艾立歐——沒有權力終結我。」看我一臉茫然，他繼續說下去。「葛堤羅就是主人或領袖，艾立歐是他的名字。」他猛地吸了一口氣。

「他們把我關起來，不給……」他停住，小心挑選字詞。「食物。」

他面無表情地看我畏縮的反應。

「限制我進食的能力就是一種折磨，我不知道自己被關在黑暗裡多久，他們用純銀銬住我。」他朝手腕點點頭。「我勉強逃出來，可是渾身乏力，沒有同伴援助，我就沒有能力抵抗他們。」

「純血族能夠結束你的性命嗎？」我問。

「不，但我的葛堤羅正趕來這裡，預備親自下手。」他說。

「這是艾立歐說的嗎？」

「不，我的葛堤羅是艾莫瑞，他和我仍有心電感應，只是我們分離許久，強度已弱了很多，彼此的聯結只存留一定程度。」

我試著理解這些前所未知的奇聞。

「艾立歐現在應該發現我逃跑了，不用多久就會追來。」

這句話讓我心底警鈴大作——他們會找到這裡嗎？跟隨他的蹤跡追到這棟破房子？我還在思索要怎麼應付吸血鬼的埋伏時，地面突然開始振動。

我駭然失色，轉身看著喬納。

「他們應該快到了……」他的眼睛射出怒火，低聲咆哮，而我手臂上的寒毛直豎。

「怎麼辦？你的朋友呢？」我心慌意亂地檢查窗戶木板是否夠堅固。

「他們快來了，但或許會來不及。妳必須離開，走得越遠越好！」他命令。「開車快跑，絕對不要回頭！」

現在換他試圖救我了。

「我不能把你丟在這裡，他們會殺了你，你只能坐以待斃！」

喬納有某些特質深深吸引了我，他沒有吸我的血以求保命，這對走到窮途末路的吸血鬼而言幾乎是不可能的事，我無法眼睜睜讓他們毀了他，不可以！

他嗤笑。「我已經死過了。」

「你沒有回答剛才的問題，你的朋友要怎麼醫治你？」我逼問。

他不解地看我一眼。「他們會帶人來讓我吸血。」

我想了幾秒鐘，如果他從我身上取血，只要足夠恢復力氣，就可以打敗他們，爭取時間逃出這裡，我們有可能可以全身而退。如果我不肯，他的生命就到此爲止，而吸血鬼們大概也不會放過我。

「吸我的血。」這次是我發號施令。

我忙著搜索背包，掏出瑞士刀，匆忙捲起外套的袖子，拿刀靠近手腕，手指不住顫抖。

「不！我不能……」他戛然停頓。

「沒關係！」即便他停不下來，我也不會因此香消玉殞，心裡的肯定讓我保持冷靜。

死亡對我的意義跟一般人不同。說實話，我有比一般人更多的畏懼，不一樣的是我不擔心死後要面對的未知，因爲我知道自己會再次甦醒。

而讓我擔驚受怕的，正是會甦醒。

只希望喬納能夠及時克制自己的慾望，把我從死神箝制的手中拉回來。

我跳到他身上，用大腿錮住他兩側，用刀在距離手腕幾寸的位置劃開一道傷口，鮮血立刻湧出。他的瞳孔射出血色紅光，我大吃一驚，刀子從掌心脫落、掉在地上。

「不！」他低吟，此時遠處傳來尖銳的嚷叫。

「快吸！」

喬納拚命搖頭，憤怒的眼神冷得像冰，意味著如果他有足夠的力氣，我大概會被他一腳踢進角落裡。

我舉起手腕靠近他嘴唇上緣，按壓皮膚，讓血液逐漸滲出，滴到他嘴巴上。

雖然他極力抗拒。但幸好不用多久，對鮮血的飢渴仍占了上風，他一嘗到滋味，就張開嘴唇含住傷口。我感覺突如其來一陣刺痛，尖銳的獠牙已刺穿皮膚。

他一開始慢條斯理，彷彿在品嘗美酒，轉動舌尖磨蹭肌膚，挑起一股奇特的感受，但我迅速發現他就像火柴棒觸及粗糙的表面。我直視他的眼睛，他那淡褐色的眼珠開始改變，紅色火焰熱烈燃燒其中。

他垂下眼簾，開始大口牛飲，速度又快又急。當他迷失在火焰裡，我突然領悟自己現在成了飢腸轆轆吸血鬼的食物。

不到幾分鐘，我開始頭暈，但沒有任何跡象顯示喬納已經吸夠了、知道要放手。「喬納，停住。」我抽噎地說，意識模糊，感覺渾身乏力，兩隻腳再也支撐不住。

2

房子搖晃震盪，在此同時，彷彿有一股電流竄過，喬納猛然回過神來，一臉震驚，抽身退開，另一手扶背穩住我的身體，瞥我一眼，蒼白的肌膚似乎在黑暗中發亮。

我睜開眼睛，喬納復原速度之快讓人詫異，已經完全不像剛剛那樣枯萎的花朵，而是生氣蓬勃，紅通通的眼珠宛如地獄烈火。

他用另一隻手幫我撥開落到眼睛的髮絲，手腕的傷已然痊癒，讓我困惑不已，他看起來就像超人一樣強壯，然而一看到他發紅的眼睛，我卻驚恐至極。

「來吧！」他在如雷貫耳的噪音中大吼一聲。「這裡有後門嗎？」

他滿懷戒備、蓄勢待發掃視室內，我朝走廊點點頭，那裡通向廚房，後面就是出口，我猜我們現在應該被包圍了。我搖搖晃晃起身，最後終於站穩腳跟。伸手拿起瑞士刀，收好刀刃，塞進牛仔褲口袋，喬納抓著我的手，一股力量貫穿過來，他迅速採取行動，拉著我飛奔離開，一發現我的速度跟不上，他乾脆把我扛上肩膀。

喬納衝向樹林，我轉頭一看，果然從眼角餘光看見好幾個人影跳躍奔跑，橫衝直撞而來，接下來有人撲上來把喬納撞倒，我們重重摔在地上，碰的一聲，我滾了好幾圈，手臂在草地上摩擦破皮。

一隻手忽地箍住我的喉嚨，迫使我往後仰，幾乎窒息。我從口袋掏出瑞士刀，靠左手使力，一刀刺向攻擊者的腰，刀竟然從他身上彈開，那人凶惡的咆哮，腳一抬就把我踢回地上。

我望向頭頂上方，看到喬納像發狂的野獸縱身一跳，猛然撞倒那個吸血鬼，窒息般的慘叫聲聲入耳，但我及時別開目光，避免目睹喬納兇狠地將他了斷。

我屏息以對，看到遠處還有好幾個身影飛奔而來，我卻無能爲力，不知道該怎麼辦、要往哪裡跑，只知道不能把喬納留在這裡，少了他，我也沒有活命的機會。

看著喬納別無選擇，奮力對抗這些同類，讓我有種世界所謂的善惡好壞，不是二分法那麼簡單的感覺，黑白之間還有很多灰色地帶。我忍不住納悶，以自己複雜的存在而論，或許我就歸類在光譜的中間地帶，搞不好就在喬納這一族旁邊？

我踉蹌倒退，轉過身去，恰巧目睹幾呎之外的喬納接連擊碎好幾個相貌兇惡的吸血鬼。他像著魔一樣，出手飛快，剛扯斷其中一位手臂，空手一揮，又把另一位摺倒在地，看得人怵目驚心。他的力量強大無比，跟幾小時前躺在路邊病懨懨的樣子形成強烈對比，不再需要我救援，我只能袖手旁觀，完全幫不上忙。我猶豫著是否要去躲起來，留在這裡只會變成絆腳石，害他進攻時不能專心，但一股變態的好奇心讓我杵在原地，觀看這場意外大戲，捨不得轉身。

此時另一對不懷好意、火紅的眼睛勾起我的注意。他潛伏在角落，相隔不到兩呎，虎視眈眈、蓄勢待發，預備撲向我這頭獵物。我深吸一口氣，閉上雙眼，等候無可避免的結局。我知道逃跑是浪費力氣，既然終究要變成刀上俎，何必滿足對方追逐的快感。

結果什麼都沒發生。

過了半晌，有一股氣息吹向鼻尖，我逼自己睜開眼睛，他就站在眼前。我們近得幾乎貼在一起，他目不轉睛盯著我，直到眼中火光熄滅，眼珠變回深咖啡色。他如同栩栩如生的雕像，骯髒汙穢的金色長髮束成馬尾，穿著有皺摺的白色襯衫，從穿著判斷得出他來自另一個時代。

他接下來的舉動讓我詫異。他竟然慢慢伸出手來，手背小心翼翼地撫摸我的臉龐，指間冰涼的金戒指刮過我的肌膚，就是這一瞬間的接觸，我被拉進過往的回憶。

這雙手曾經撫摸過我的臉。

我沒有機會定睛在回憶上，他已猛然縮手，聯繫立刻斷開，荒野上傳來沉重飛快的腳步聲，打破這超現實般的一刻。再過幾分鐘，喬納的朋友就會趕到現場，艾立歐這群人將會寡不敵眾——至少我是如此希望。地面再次震動，我腳步不穩。

等我回過神來望向那個吸血鬼時，他已經不見蹤影，再怎麼左右張望，漆黑中都找不到人。我心裡忍不住納悶他會不會是第一位趕來救喬納的朋友，才會讓我活命，但這無法解釋那種似曾相識的感覺，可惜時間不夠，沒辦法進一步了解他。

我的注意力回到喬納身上，他依舊纏鬥不休，每一次都迅速了結對手，最後只剩下六位士兵面對他超凡的精力。正當喬納嘶聲咆哮，對著觀眾露出森森白牙示威時，濃煙的氣味突然撲鼻而來，然後我就看到了那不敢確定是什麼的東西。

龐然大物般的身影，罩著黑色斗篷，以黑暗當掩蔽突然破空而來，撲向喬納背部。直覺告訴我，不管那是什麼東西，牠強大的力量都難以匹敵，瞬間就能把喬納毀滅。

我眼睛刺痛，雙手握拳，莫名的怒火湧上心頭。當她出現在眼前，我撇開所有的念頭，兩腳擺出衝刺的姿勢，預備衝向喬納。那個龐然大物般的駭人身影裹著黑暗出現，準備從喬納肩膀後方偷襲時，女孩縱身一跳，直接撞上去，牠凌空往後閃開，女孩四平八穩雙腳著地、身體微蹲。

裹著斗篷的黑影消失無蹤，眞面目和去向都叫人不明。

我邁開步伐走過去，試著心無旁騖，但她似乎融入漆黑的夜幕裡，就在我伸手去摸的瞬間，似乎瞥見微光一閃而過，照亮遠處的森林。

等我回神望向黑影般的女孩，早已蹤跡杳然。

喬納沒有轉過身來，依舊目不轉睛盯著四周的吸血鬼，他知道背後是我。一個外表稚嫩的男孩——還是凡人的時候頂多十四歲左右——一臉錯愕地看著我，嘴角吐沫，對著喬納恨恨的咆哮，揮手示意其它同伴撤退。今晚由他領軍，即便百般不願意撤退，但他知道戰爭已結束，只能雙手一撐跳上屋頂的樹枝，沒入夜色中遠去。

樹枝彈回原處，就像在看慢動作影片，枯枝輕飄飄掉在地上，時間彷彿放慢腳步，不斷的延長。某處傳來一聲槍響，空氣膨脹，在它飛向喬納的時候，我聞到銀鎔化的氣味。

我不能阻止時間，但它自己裹足不前，越走越慢，給我寶貴的餘裕向右跨半步，背對子彈，保護喬納的胸膛。灌銀的鉛彈火熱穿透我的肌膚，長驅直入，最終卡在肩膀。我抬頭瞥了喬納一眼，他整個人怔住，睫毛輕微顫動，時間回頭趕上。

我只覺膝蓋發軟，頹然倒在地上。

喬納撲過來幫忙當墊背，緩和我撞到地面的衝擊。

「茜希！」他驚慌地叫嚷，挪動被我壓住的重量，結實的臂膀抱住我的背，撐著我坐起身來，焦急地瞪大眼睛。我痛苦地扮鬼臉回應。

「沒事，他們離開了，妳現在安全……」他抽出扶住我背部的手，看到斑斑血跡而停話。

我昏了過去。

之後的意識模模糊糊，只知我們在暗夜中飛奔，感覺嚴冽如冰的冷風刺痛臉頰。我被喬納強壯的手臂抱在懷裡，疼痛像火燒一般強烈，湧過全身，連呼吸都困難，加上寒風不住侵襲，痛苦更難以忍受。喬納好像在跟別人討論我的傷勢，內容聽起來支離破碎，聲音含糊不清。

最後我們停住落地，聽到另一個陌生的嗓音。「我們在這裡應該很安全，傷口要施加壓力，剩下的要等回到屋內再處理，去吧，我們就跟在後面！」

「我們不能把你丟在這裡！萬一他們改變主意回來呢？或是暗中跟蹤我們？親愛的，我們等你，大家一起行動。」另一個聲音立刻反對，嗓音清晰溫柔，應該是女性。

「那樣太危險，這是開放性傷口，拜託，你們先走。」

沒有人進一步抱怨，隨後喬納小心翼翼把我擺在地上。我的馬尾散開，頭髮浸到鮮血溼答答地黏在皮膚上。我感覺喬納仍在現場，只是退到後面，現在是別人站在我旁邊。

「她叫法蘭西斯卡。」喬納說。

對方動作溫柔，輕輕挪開我落在眼睛的頭髮。「別擔心……」他的聲音帶著安撫的力量，使我體內劇痛悸動的吶喊逐漸安靜下來。「法蘭西斯卡，聽得到我說話嗎？」他溫柔的呢喃，一路傳入我肌膚和骨骼深處。

我試著坐起身，肩膀的傷處不只讓人難以移動，還得使出全身力氣對抗昏迷的想望，逼自己睜開眼睛。

一開始視線模糊，好像被濃霧罩住，隨著時間一秒一秒過去，濃霧散去，終於看清楚眼前男子的長相，霎時忘記呼吸。他在這裡，就在眼前，我不確定這是真實的或是意識不清的幻影。沒想到他的表情也反映我的困惑，雖然那對眼睛似乎具有洞察力，不只把人看穿也看透。

「加百列……」隔著鮮血甜膩的氣味，我結結巴巴地開口，打破相互之間的沉默。

他即刻起身、俯瞰躺在地上的我，看起來如此俊美，顯然不屬於這個世界。蓬鬆的金黃色卷髮襯托出完美立體的顴骨和下頦，眼睛是深邃的池水，讓人深陷其中無法自拔，也不想爬出來，全身上下隱隱約約射出光芒……這或許是我神智不清的想像。

他身高六呎，肌肉結實訓練有素，背過身去時動作輕微，雙手緊緊握成拳頭，手臂的血管凸起。

我很想再喊他名字，這次叫聲卻變成痛苦的吶喊，肩膀灼熱發燙，鉛銀交融的子彈好像滾水澆過表皮，疼得越來越厲害。我的椎心之痛立刻引起他注意，立即又轉回來。

「怎麼受傷的？」簡潔的疑問帶著激動，話語似乎在舌尖上跳舞。

「我認得你的臉……」我想回答，但不確定這個問題是針對我。

他草草打量一眼，拉下我的外套拉鍊，撥開上衣檢查受傷範圍，接著脫掉自己的羊毛衫，不費吹灰之力就扯掉兩邊袖子，動作俐落迅速，一條緊緊裹住我的肩膀上方，試圖止血，接著又發現我的手腕有異狀。

推開布料，看到喬納吸血時留下的齒印，他的臉上閃過傷痛的神情。我備受蹂躪的肌膚破皮紅腫、還在微微出血，他皺緊了眉，斷然用另一邊袖子裹住手腕。他扭頭看著肩膀後面，我只感覺喬納無助地往後縮，遠離我躺臥的地方。「要盡快取出子彈，以免失血而死。」他命令。

「好的。」我勉強吐出這句話。

加百列繼續流連，我可以察覺他的恐懼，擔心不知道下一步要怎麼做，不了解我的本質是什麼。「我帶妳回去，親自幫妳挖出來。」他完全不敢拖延，直接把我抱起來。冷風再度撲向我的身體，這一次我強迫自己睜開眼睛，不想忘記這一幕。

再怎樣我都要持續呼吸。

我試著回想背部是如何中彈，腦海中最後的影像是站在陰影中的女孩，我想推開那一幕，繼續探索，可惜做不到，記得最清楚的只有喬納看到自己滿手是血的驚慌表情。我試著保持專注，不要陷入昏迷。

抵達那間房子的時間感覺像永恆一樣漫長，周遭只有高低起伏、滿覆冰霜的原野相伴，現在一片死寂，漆黑的夜色延伸到門口，然後我就被抱了進去。

才跨進大門，加百列似乎到處尋找他的同伴。那人縮在角落裡，看我們抵達，僅僅點頭致意。我的頭髮再度蓋頭蓋臉，眼睛被遮住，只能勉強看到她的輪廓，感覺她和虛無融合在一起，難以分辨。

加百列抱著我走上迂迴曲折的螺旋形樓梯，小心翼翼地放在堅固的床墊上，「別擔心，我會照顧妳。」他湊近低語。

我想應聲，迫不及待地想要回應，可惜說不出話來。我的身體不聽使喚，尖銳的熱脹腫痛逐漸轉成麻木，感官跟著遲鈍。我認得他，我記得這對眼睛，許久以來，我把他當夢境，是虛構的海市蜃樓，然而當我試圖將他逐出心頭，那張臉龐反而更深地刻畫在腦海裡。

我想用鼻孔吸氣，可是怎麼吸都吸不到，於是我張開嘴巴喘息，滲進喉嚨的卻是鮮血，慢慢讓人窒息。我望向旁邊，麻痺的肢體感覺不到他握緊的手勁，我看著他，他也盯著我。

最後一次直視他的眼睛時，糾纏不清的思緒開始褪去，肩膀的劇痛鈍化、變得不太明顯；事實上，我已經感覺不到自己的肢體，意識恍惚，徘徊在虛幻的邊緣，加百列的臉龐飄向遠方。

我記得這個夢。

他朝我走來，彎腰親吻手背，溫柔的致意，優雅的穿著彰顯極高的品味，白襯衫、墨綠色外套釘著金鈕釦，宛如老電影裡面的人物。他眉開眼笑，那個笑容在我的夢裡看過無數次，如今刻印在記憶深處。他眼中深情款款，愛意讓我心醉神迷，深邃的眼睛，澄澈湛藍，就像展開雙翅的藍閃蝶一般，那一瞬間他的眼中滿是盈盈的希望，我在夢境中飄浮，一切如霧變得迷迷茫茫，身體輕飄飄、自在怡然。

然後快速墜落。

我猛然一震，身體在抽搐，遠處傳來高亢驚叫聲。我回過神來，奮力睜開眼睛，周遭的景象落入眼簾，前面是一扇窗戶，而我側躺在床上，枕頭被血浸透，鮮紅一片。我本能地舉起手抹去嘴角滲出的血，低低的呻吟，目前似乎只能發出這種聲音。

「她在呼吸，她救回來了！」我認出喬納的聲音。

「你該走了。」加百列下逐客令，喬納離去時激起一陣微風。

身後的加百列開始縫合傷口，極短的瞬間我確定他稍稍停頓，指尖輕如搔癢般滑過我背部，快得彷彿出於想像，隨後又繼續工作，刺痛有如上千隻黃蜂同時螫我一樣。

我知道受傷程度會影響皮膚痊癒和身體恢復正常的時間，我將進入深沉的睡眠，時間長短，端視受傷嚴重與否，最終看起來就像沒發生一樣。

就我印象所及，每次都這樣。

過了幾個小時，我蜷縮在舒適的鴨絨墊上，呼吸趨於平緩，精神疲憊，渾身痠痛，唯獨不想再次陷入昏迷。雖然脖子僵硬不能左右轉，但感覺得到房間還有別人在場，漆黑的玻璃窗上閃爍的微光顯示那是加百列。

他在床邊走動，寂靜無聲地搬了一個木製舊椅坐在旁邊，審視我的五官和臉上的表情，最後嘆了一口氣。他俯身靠近，看得目不轉睛，手指輕輕按著我的鎖骨，當他摸到那條冰冷的項鍊，躊躇地把玩一番後，再慢慢掏出來。他俊俏的臉龐露出驚歎的表情，立刻勾起我好奇心。

他舉起穿在項鍊上的戒指，放入掌心細看，看到中間嵌了一顆耀眼的水晶，驚訝地倒抽一口氣，感覺像是過了很久，才再度和我四目相對。他的指尖輕輕把玩那只戒指，試圖用眼睛探索我的人生故事，翻閱生命篇章，尋找他所失落的答案。

接著他輕舔姆指，幫我擦掉嘴角的血跡，湊過來親吻我的上唇，柔情款款，彷彿小精靈在唇上翩翩跳舞。

「等妳康復，我們有很多事要談。」他微笑吩咐。

奇怪得很，我突然覺得心滿意足，甘願飄然返回黑暗之處，好好補眠一番。

3

室內明亮耀眼，我清醒過來，看到冬天溫暖的晨光，伴隨一絲微風從半開的窗戶吹拂進來。我坐起來——身體挺得筆直，不知道身在何處，也不曉得什麼時候來的，我努力地回想，頭腦卻昏昏沉沉，一點都不靈光，只能確定自己沒死。

我的手！從床單底下抽出手肘，看起來安然無恙，蒼白的肌膚跟往常一樣光滑，沒有任何異狀。我翻身下床，雙腳踏在地上，外套和鞋子整整齊齊擺在角落的椅子上。

我躡手躡腳避免發出聲響，儘快走到牆邊，試著心無旁鶩，不去擔心雙腳無力支撐，當彎腰拿鞋的時候，脖子下方突然一陣刺痛，伸手摸了摸，竟然貼了繃帶。我不假思索扯了下來，皺著眉頭找了一面鏡子左看右看，發現肩上有一道淺淺的印記，是皮膚重新縫合的痕跡。

我才想到自己中了槍。

這次不敢再莽撞，腳尖向下套進髒汙的平底鞋，小心翼翼穿上外套，太棒了——外套那一大片血跡肯定引來注目禮。我伸手抓了抓頭髮，發現被血黏得一撮一撮的，只好脫掉手腕的髮圈，三兩下把頭髮盤成圓圓的髮髻。

加百列的臉突然竄入我腦海。我朝思暮想的對象，他就在這裡，跟我同在一個地方。

我掙扎半天才走出臥室，腳步一跛一跛，勉強走下蜿蜒的樓梯，一進客廳當場愣在那裡。

三個跟我一樣詫異的吸血鬼同時轉過身來，對我齜牙咧嘴，嘶嘶的聲音頗不懷好意，我連退好幾步，就像誤闖洞穴、驚醒沉睡的龍一樣只能腳底抹油，以免給他們更多傷害我的藉口。飛也似地朝反方向逃命，穿過長長的走廊，最後衝向大門口。

我大步狂奔，卻一個不小心摔在地上，手掌撐住水泥地，只想趕快爬起來，突然憑空伸出一隻手抓住我的手臂，把我拉起身。我緊張地閉上雙眼，拚命亂揮拳頭，儘管我向來四肢不協調，今天也沒有比較好。

他的左手環住我的腰，右手鬆開我的手臂，放在背後，我依然沒有勇氣睜開眼睛面對。

「嘿，嘿……睜開眼睛。」加百列的嗓音響起。「法蘭西斯卡，是我。」

這聲音讓我放下心，慢慢睜開眼睛。他真的在這裡，近在咫尺，不是做夢，而是本尊。

「我們必須離開，屋裡有吸血鬼會殺死我們！」

說完我立刻抓住他的手，急著拉他脫離險境，他卻文風不動。

「屋裡的吸血鬼不會傷害妳，我帶妳進去。」

我一臉困惑，半晌才想起喬納說過的話，那些就是他所謂想逃離主人掌握的第二代吸血鬼，然而不安依舊催我逃得越遠越好，回去是自投羅網。「或許留在屋外比較好……」我想保持冷靜，車道上那輛光可鑑人的路華跑車讓我信心大增。

「妳不能待在屋外，妳肩膀的傷口還沒痊癒，氣味會招來不速之客。」

我本來一臉茫然，這才恍然大悟，「噢，對了……」我拉著他的手平放在胸前。

他怔怔地看我帶著他的手伸進襯衫底下，經過鎖骨、肩膀、到他挖出子彈的地方。

他震驚地把手縮回去，反手扣住我的手腕，飛快地捲起袖子，低頭一看，沒有疤痕，沒有吸血鬼齒印，沒有瘀青，什麼都沒有！他查看另一隻手臂，重覆相同的動作，確保自己沒弄錯。

「我昏睡了多久？」我問他。

他眉頭深鎖，充滿憂慮。「已經躺了好幾天。」

「我沒死，是你維持我的心跳。」我說出想法。

「算妳幸運，子彈沒有傷及重要血管和骨頭，」他說。「可是那些縫線呢？昨晚是我幫妳清理……當時傷口還在，現在卻不見了！」

「我痊癒得很快，最多幾天就夠了，不用擔心。」換我安慰他。

「妳怎麼會跑來這裡？」他提問。

「我也想問同樣的問題。我們以前就認識吧？不確定是哪時候，只知道應該很久了，而你顯然沒改變，歲月沒有留下痕跡。」

他的下唇微顫，似乎莫名悲傷，我耐心給他思忖的時間，他卻避開我的問題。「進去吧，我們去後面的花園坐一下。」

我們十指交握，彷彿那是最自然不過的事，他牽著我走回屋裡，至少目前沒有吸血鬼的蹤跡。他帶我穿過廚房到後花園，在落地窗前面的藤椅上坐下來，自己則走回廚房，拿了一壺冰檸檬水和兩只玻璃杯，倒了一杯給我。

我淺啜一口，這是新鮮檸檬製成的，眞是人間美味，冰涼微澀的滋味在味蕾上舞動，口感清爽宜人。檸檬的清香充滿所有的感官，回憶突然不請自來，如瀑布沖刷而下。我的眼睛眨得飛快，視線開始模糊不清，不再是加百列跟陽臺，而是看到自己跟他坐在青青草原上野餐，俯瞰下方的湖水，吃得津津有味。加百列一身類似軍服的打扮，外罩海藍色的長版外套，看起來英俊非凡，我不知道事件發生的時間和地點，但猜測是許久前的陳年往事。

太陽高掛空中，依稀是夏天，我們碰了碰玻璃杯，啜飲同樣的檸檬水，他似乎說了什麼逗得我哈哈大笑，以前沒看過這一幕，現在卻出現了，就在我舉手可及之處。

我伸手想摸那個影像，感覺空氣起起伏伏、很像打水漂的石頭在水面跳躍，激起陣陣漣漪，夢境和幻象開始產生意義，雖然一時半刻沒辦法拼湊在一起，眼前所見不知道是眞實的記憶或是想像力作祟，感覺無奈又沮喪，一如往常，有時畫面扭曲失眞，甚至蒙上陰影，思緒灰濛濛的，無法分辨現實與夢境。

我轉而眺望遠處那片矮樹叢，枝葉窸窸窣窣發出聲音，有些奇怪的動靜，顯然有人在偷窺我和加百列。我的注意力慢慢轉向騷動處，一個年輕人雙手抱膝坐在那裡，臉龐看不清楚，只看到背影，長髮及肩束成馬尾垂在背後。他雙手顫抖著，大大的金幣狀戒指吸引我的注意力，我想走過去，卻又突兀地停住腳步，好像撞到隱形的牆壁。

有點不對勁。

空氣劈啪作響，漆黑籠罩，空曠、渾沌虛無，陽光不再耀眼，微風輕拂的暖意褪去，黑暗環繞，我僵住不動，嚇得寸步難移。雷聲震碎靜寂，凌亂的步履快速逼近，我凝神搜尋加百列和我的場景，然而和那段記憶有關的一切消失無影，來去都匆匆。某種東西從虛無裡向前一步，看到我，彷彿看到世界著火燃燒，瞳孔射出篝火的紅光，讓我得以看清牠髒汙的臉龐，牠微微仰起頭，深思地仔細打量。

意識回歸體內，我的雙手像鬼一樣蒼白，防衛地握緊拳頭，怪物露出獠牙、兇惡地咆哮，使我不由自主的發抖。

不只牠在，還有其他同件。

震天的響雷歸於寂靜，代之而起的是淒厲的尖叫聲，高八度的噪音刺痛耳膜、迴盪不休。牠們虎視眈眈。

我的目光順著那紋面羽毛圖案的墨黑線條移動，牠的眉心中央有一條肥厚的疤痕，成螺旋形，末端延伸到左眼眉毛上方。牠伸出手臂，指尖如爪，示意我靠過去。古怪的是，我的身體不由自主地遵行。

「法蘭西斯卡！」

光明趁隙而入，黑暗龜裂開來。燃燒的火焰倏忽熄滅，牠逐漸消散。

光束懸空不動，我再次聽見有人在呼喚。第二次反擊時，他們上下跳躍、進而破裂成微小碎片，最終快速移動，就此失去蹤影。

我回過神來。

我低頭看手，五指緊握成球，喀擦喀擦地響，我竟然捏碎了玻璃杯，尖銳碎片插入肌膚。

「法蘭西斯卡！法蘭西斯卡！」加百列的嗓音帶著安撫，讓我安心之餘幾乎感覺不到痛楚，「我在這裡。」他喃喃低語，雙唇貼近我頰邊，嗓音如一首歌，在我體內傳遞。

我鬆開緊繃的手指，玻璃碎片已深入掌心。「你是怎麼做到的？竟然可以把我拉回現在？」我輕聲提問。

當我張開眼睛時，加百列已離開。不久後他又衝回來，將冰塊放在我的掌心，再用乾淨的毛巾包裹割破的皮膚。

我的手腳不由自主顫抖，膝蓋相互撞擊，激動紛擾的情緒讓人招架不住，整個人筋疲力竭，感覺費力登頂，爬了好半天才攀登到這個程度——渾身傷痕累累，漫長的旅程在心靈和肉體上都留下疤痕。

加百列傾身靠近，雙手分別扶著椅子兩側。我一直劇烈發抖，連帶椅子也跟著搖晃。我尷尬地別開臉龐，他卻不肯由我。「嘿……」加百列輕輕呼喚。

他仰起臉龐，溫柔的嗓音飄入我耳朵，呼吸吹著我的頸項微微發癢。我不知道他是怎麼辦到的，但是我的身體終於停止顫動。

我躊躇半晌，迎視他的目光，發現他的下唇在顫抖。他用力吞咽，直視著我，但一臉悲傷。突然間他不再冷靜，迫不及待地把我舉高，強壯的手臂箍住我的背和腰，緊緊擁抱。我的雙手緊貼他的胸口，頭頂抵著他的下巴，鼻尖擦過喉結下方的皮膚。

激烈的擁抱過後，他重新幫我裹緊毛巾，質問說：「妳必須告訴我所有的事。」

我坐回椅子裡，花了幾分鐘時間整理思緒，加百列安坐等待，金色卷髮撥到耳朵後面，剩下幾絡不聽話的垂在眼前，充滿期待的目光探入我心深處，讓人感覺赤裸裸、難以遮掩。「你想知道什麼？」我靜靜反問。

「就從剛才發生的開始談起。」他說。「前一秒還好端端坐在這裡，隨後僵硬不動，彷彿靈魂出竅。」

「我被鎖入回憶的牢籠，」我說。「往事的畫面閃過眼前，我睡著時回憶會進入夢境，偶爾在清醒的時刻也會發生，尤其是摸到某種熟悉的物品……影像、氣味或聲音都會把我帶回去。」

加百列陷入沉思。「聽起來不是美好的回憶，妳還因此而捏碎玻璃。妳看到了什麼？」

「這是兩件事，我看到你跟我在戶外野餐，那一幕突然如煙散去，某種東西……或者說是某個人朝我走來。」我的雙手又開始發抖，眼睛微微刺痛，淚水順著臉頰滑下。

加百列整個人怔住，隨即低聲哼唱，聲音中的安撫使我立刻平靜下來，並伸手抹去臉上的眼淚，卻看到指尖沾血而驚慌失措。

「我的眼淚爲什麼是血？」我困惑地盯著加百列問，彷彿他會知道答案。

「以前發生過嗎？」他詢問時下意識緊抓著我的手，握得我很痛。

「不確定。」

他猶豫了一下，我的回答似乎讓他困惑不已。「會痛嗎？」

「有一點。」我低頭看手。

「法蘭西斯卡——」

「叫我茜希。」我打岔。

他的嘴角微微彎起，笑得很感傷。

「法蘭西斯卡。」他置之不理，猛力地吸了一口氣。「我們過去就認識，關係親密……早在很久以前……」他停下來評估我的反應，而我渾身僵硬。

「坦白說，我的年紀很老，唯有相貌不變，維持十七歲的青春。我死不了，每次都會甦醒過來。那些夢、那些畫面，幫我推開窗戶眺望前世發生的事情，但我到現在仍一頭霧水。」

他低下頭，我看不到表情，身體往後靠，開口說：「上次……死去是什麼時候？」他似乎屏息以對，靜待我的答案。

「六年前。」

他垂頭喪氣，肩膀垮下，把毛巾握得死緊。「原來妳不記得了，這不是眞的……」他中途停住。

「或許不記得，但也沒有完全忘記。你跟我是什麼關係？」

他抬頭直視我的眼睛，眼底散發出暖暖的心意，彷彿在撫摸我的肌膚。「許久以前，我們是……好朋友。」他微微一笑。

「原來如此，如果我們是朋友，那你爲什麼活到現在？」我問。「你也是吸血鬼？」不懂自己幹嘛這麼問，明明看得出來他不是，一看就知道與眾不同。

「不，」他吸口氣。「我是天使。」他好像期待等我的反應。

我默默坐著，不知道竟然有天使存在——呃，還以爲那只是神話。不過話說回來，不到幾年前，我對吸血鬼也存著相同的看法，記憶所及，好像沒碰過天使。我小心翼翼提出下一個問題。「如果你是天使，不是應該在天堂嗎？」

「天使通常不會住在地上，這是事實，除非墮落了。」他回應。「選擇墮落的天使，就會失去跟原來世界的聯繫，天賦失靈，變成凡人，這種抉擇的案例少之又少。」

「如果選擇墮落就會變成凡人，那我就不明白了，你跟我夢中一模一樣，沒有改變啊？」

「因為我沒有墮落，我的處境不太一樣，」他解釋。

「這些吸血鬼……喬納？他們跟你的處境有關？」我追問。

「是也不是。我在世間逗留很久，釋放不少第二代吸血鬼，他們曾經是人類，被迫接受目前的生活，只要有救贖機會，我都盡量把握。」他深思半晌才繼續。「呃，喬納是特例，我們相遇時，他以行動展現自己能夠改變，所以我讓他恢復自由，一如對待其他人的方式，試著引導他找回某些人性。」

「他跟了你多久？」我問。

「還不夠，他需要更多時間，還有其他人涉入——事情沒那麼簡單，為了報恩，他對我忠心耿耿，一旦他適合離去，如果他也希望這樣，我就會讓他走。」

他一定知道我想打破砂鍋問到底，於是迅速轉變話題。「妳的手現在如何？」他拿掉毛巾，舉起我的手，發現已然痊癒，他匪夷所思地盯著我。「怎麼可能？妳是……凡人哪。」

「平常就這樣，我也不知道原因。讓我問問你，如果我們是好朋友，你去哪裡了？為什麼丟下我不管？」

聽到這句話，他瑟縮了一下，顯然這是他避之唯恐不及的問題。

加百列皺眉思索，喬納躍上陽臺。

「嘿，茜希，妳可以下床走動囉？」他顯然有些詫異。

加百列怒目相向，我想他對喬納吸我血的事情很不滿。

「加百列。」他尊敬地點頭致意。

「對，我好多了，你呢？」我說。

「再好不過。」他似乎比我們剛認識時多了點謙虛。

我站起身，喬納和加百列同時朝我靠近。

「來，讓我幫妳，」喬納輕而易舉把我抱起來。「妳該好好休息。」他結實的手臂堅定地抱住我。

「放她下來，喬納，她沒事，可以自己走。」加百列的語氣沒有了剛才的溫柔。

喬納有點受挫，乖乖把我放下來。

「法蘭西斯卡，要不要洗個熱水澡，稍微打理一下？布魯克會幫妳準備衣服，妳們的身材差不多。」加百列建議。

我皺眉以對——還有一籮筐疑問沒有解決啊。

「等妳梳洗完畢再繼續，我要跟喬納談談，他一直在『養精蓄銳』，至今都沒有機會和我好好討論。」加百列朝我點點頭。

我猜「養精蓄銳」表示進食。

挫敗之餘，我勉強返回之前睡覺的房間，打算好好洗個熱水澡。浴盆又深又大，我加了放在旁邊的浴鹽，解開項鍊，小心翼翼掛在桌上。

我脫掉衣服，用腳趾頭測試水溫，溫度燙得我立刻縮腳。我深呼吸，心理準備好後，這次整個跨進去，鬆開橡皮筋綁住的馬尾巴，任由頭髮飄在乾淨的水面上。我盡可能往下沉，頭部潛入水下，泡了很久的時間後，才開始洗臉洗頭髮。我伸手尋找乾淨的毛巾，但室內蒸氣瀰漫，視線不良。

我急著再回去找加百列，心知肚明我們之間有一股強勁的聯繫。奇怪的是，滿心疑問當中，最渴望也最關心的答案只有一個，就是他對我有沒有一樣的感覺。我暗自發笑，嫌棄自己放縱的胡思亂想，像他那樣的人怎麼會喜歡我。他優秀獨特，我卻平凡，但我認得他的臉，他的氣味，和他看我的表情，儘管都是前世的事情，但是他的笑容記得最清楚，笑意會從兩邊顴骨延伸，英俊得不可思議。

我跨出浴盆，擦乾身體，裹上舒適蓬鬆的大毛巾，移步到客廳。果然看見一件深紫色玫瑰花圖案的細肩帶緊身絲背心掛在穿衣鏡前面，還有保暖的長版針織衫，長度及臀，黑色內搭褲和細跟馬靴擺在椅子上，此外還有化妝箱、梳子和髮夾等等。我微微一笑，印象所及，從來沒人關心我到這個程度，貼心顧及所有需要。

我坐下來試穿衣服，感覺大致合身只是有點緊，我的骨架雖然纖細，曲線卻屬沙漏型。不過加百列說對了，布魯克的身材的確跟我相當。馬靴光可鑑人，可惜高度讓人敬謝不敏，還是穿平底鞋比較自在。我把頭髮擰乾，一半盤起、一半垂下，尾端的自然捲在臀上晃蕩，旁邊的劉海襯托五官，化妝品都是新的，我平常不上妝，但不想違逆別人的好意，順手刷了幾筆胭紅，上了一點睫毛膏。

望著鏡中人，幾乎認不出自己，我平常打扮以實用爲主，洗臉的目的只求能夠見人，現在反而覺得難爲情，鬆垮的牛仔褲和平底鞋讓我混在人群裡很少引人注目，我閉上眼睛深吸一口氣，搖頭責備自己，我很正常——爲什麼不能偶爾變得漂亮一點？我踩著似乎比較自信的步伐，虛張聲勢地走向門口。

我要回去找加百列，繼續我們的對話。

4

才到樓梯中央，就見到加百列和喬納站在廚房門口，兩人提高的嗓門帶著爭執的意味，我原地徘徊，不願上前。

「……我從來沒有那樣的力量，廝殺易如反掌，他們根本不是對手。」

「你有挨餓？是不是他們拿你當實驗才會造成那種效果？」加百列問得不假思索。

「不，我當時很虛弱，是她救了我。」

「你不應該吸她的血。」加百列語氣尖銳。

「她沒給我選擇的餘地！如果沒吸血，我們現在不會在這裡。」

他們沉默下來，我退回房門口。

「說到這裡，你們是怎樣認識的？她是誰？我知道她不是人類。」

「她是人類。」加百列立刻反駁，可惜缺少說服力。

「我嘗過她的滋味，完全與眾不同，她到底是誰？」喬納冷冷地說。

我聽不見加百列的回應，不知道他們是不是發現了我在偷聽，乾脆下樓面對。剛走到樓梯底端，加百列的目光立刻轉移到我身上，盯了半晌，臉上綻開笑容。喬納轉過身來，熱切地點頭致意。

眼前這一幕眞令人難忘，兩名英俊的男子肩並肩，卻形成強烈的對比——天使和吸血鬼，單看定義就是南北兩極，不可能在一起。

我還沒機會開口，另一個吸血鬼就直奔走廊，摔上大門，讓地板也震動起來。「我們必須離開，牠們追來了！」他慌張失措，口齒不清。

「什麼？牠們怎麼會追來？那時我打得牠們落荒而逃，應該知道這裡還有更多援手。」喬納傲慢地說，這才符合我對他的第一印象。

「我感覺艾立歐也在，」那個吸血鬼說。「牠們傾巢而出。」

「牠們剩下沒多少人。」喬納譏笑。

「不只艾立歐，我感覺得到還有另一個純血族。」這句話讓喬納靜下來。

「兩個純血？兩個氏族？只爲了給喬納一個教訓，未免太勞師動眾了。」加百列大聲說。

他們三個人幾乎同時抬頭看我。

「是這個女孩？」那個吸血鬼望著加百列。

他低頭沉思。

「喂，這個女孩有名有姓——叫法蘭西斯卡，你是哪位？」我有些惱火。

「麥可，」他困惑地打量我。「對不起，不是故意沒禮貌，只是情況緊急，沒時間耽擱下去。」他咬牙說著。

「法蘭西斯卡？爲什麼？對他們來說，她只是路人甲，一個不幸被艾立歐手下開槍打中的人類女孩，而且大概認定她必死無疑。」加百列想不透箇中緣由，臉色有點擔憂。

「或許牠們要的是我，好幾個同類被我送進地獄。」喬納回答。

麥可立刻變臉，表情扭曲，感覺有所壓抑，看來他們的關係不好。

「天曉得最後的人數有多少……」喬納繼續說著。

「夠了！」麥可喝斥一聲，露出獠牙。

「嘿，你已經脫離純血族，變成我們的一份子，是你想退出，我們才幫你。」喬納提醒。

「我希望湯瑪斯獲得自由勝過我自己，再說我脫離的時間不久，在你認定牠們不配存活的時候，每消滅一位，我都感同身受。你知道那有多難嗎？」麥可冷冰冰地回應。

「牠們已經不是你的族人了，這才是重點。因爲牠們不想改變，拒絕被拯救。你說你想找回自己的人性，才會站在這裡；那些人依舊被純血掌控，呃，不過其中已一些灰飛煙滅……」

麥可被激怒到忍不住朝喬納撲過去，出乎意料的是，加百列上前一步擋在他們中間，身體開始發光。

「住手，麥可，我會盡力想辦法幫助湯瑪斯，但我們必須先離開這裡。」加百列問：「牠們多久會到？」

「頂多幾分鐘。我們要回去救湯瑪斯——他是我的哥哥，因爲試圖救我才會被轉化，現在換我回報他。」麥可退開一步。「牠們既然全員出動，肯定會留下湯瑪斯，這是我們救出他的好機會。」

「我們要帶法蘭西斯卡離開這裡，對不起，以後再想其它辦法，相信我，我一定會幫他。」加百列做出結論。

麥可氣憤地瞥了我一眼，我立刻成爲無法援救湯瑪斯的罪人。

「好吧，召集其它人，帶他們回家，我們隨後跟上。」加百列還沒說完，那個吸血鬼已經不見人影。「喬納，你帶法蘭西斯卡上車。」

喬納抓住我的手，才一接觸，一股電流倏地竄過彼此的手掌。我自動放開，他目瞪口呆，顯然也感覺到了。「過來！」他大吼。

撇開這段插曲，我們匆忙跑向前門，坐上跑車，喬納跳進駕駛座，預備加速離開這裡。

「其它人怎麼辦？只有一輛車？」我慌張地問。

「他們步行。」

「可是——？」

「步行更快，開車是因爲妳追不上我們的速度。」喬納眨眼取笑。

我尷尬地脹紅了臉，白天的微光下，他依舊魅力驚人。

「加百列呢？」我問。「他在做什麼？」

想到吸血鬼大軍即將進攻這棟房子，我就心驚膽戰，盼望加百列動作快一點。

「他在收尾，處理枝節問題。」喬納回應。

「什麼枝節？」

「如果牠們眞的是因妳而來，」他有點不耐煩。「房間仍留有妳的血跡，氣味瀰漫在屋內。」

相較於這些解釋，其它說法彷彿是暗示。

「你不是說我沒有氣味？」我不肯罷休。

他猶豫了一下才回答。「嗯，我想妳是對的，我當時餓昏頭，神智不清，現在就聞得到。」他揚揚眉毛。「人間美味……」

我苦笑一聲，不想再追究。

幾分鐘後，加百列終於姍姍來遲，他才剛跳進後座，喬納即刻啓動引擎。我心有靈犀摸索項鍊——沒戴在身上！

「等等！」我焦急地大叫，沒時間解釋，逕自推開車門，回頭往屋裡狂奔。

「茜希！」喬納在背後喊叫。

不！

奇怪，聽起來很像加百列的聲音，也可能出於想像。

才靠近大門，喬納現身擋在前頭，伸手要拉我，我想也不想，直接繞過他而去。我閃身進門，對著蜿蜒的樓梯全力衝刺，告訴自己還有足夠的時間撤退。樓梯板隨著我的每一步吱嘎呻吟，我推開臥室房門長驅直入，身上的針織衫下襬被床邊的柱子勾破。我直直衝進浴室裡。

項鍊果然在這裡，晶瑩發亮，桌上的玻璃映出它的光芒。

我一把抄起項鍊，迅速套在脖子上，讓它回到歸屬的地方。那一瞬間，如雷貫耳的爆炸聲暴起，我猛然轉身，一眨眼，火焰呑噬了一切，濃煙和火勢從樓梯往上竄，攢進每一間臥室和裂縫，高溫炙人，感覺不必等火燒到，人就會被融化。我嚇得怔在原處不動。

火焰蔓延了過來，熱氣撲臉，短短一瞬間，我忽然雙腳拔起、身體上升，遠離了地板——是喬納！

我們破窗而出，他用肩膀遮住我的臉，防範震碎的玻璃刺傷我，著地之前還試著緩和衝擊，凌空翻轉，我上他下地承擔我的重量。不幸的是，他再強悍都無法避免隨後的爆炸把我們震飛到更遠的地方。

著地時我摔了出去，跟喬納相隔幾碼，臉朝下趴在草地上，耳朵嗡嗡作響，想要撐起身體，雙手卻沒有力氣。加百列立刻趕到，迅速將我抱進懷裡，直接塞進車子後座，喬納也跳入駕駛座，握住方向盤，車子飛也似的遠離燒紅的火爐。

妳在做什麼？

加百列對我大吼。我自然而然地舉手摸項鍊。「剛剛丟在房間忘了戴。」

他迷惑地看著我，彷彿自言自語地說：「我沒有說出口。」

車子疾馳在鄉間道路上，加百列默默地扶我坐得舒適一些，幫忙扣上安全帶，車內氣氛十分緊繃，喬納好像話想說，但又尊重加百列的暗示而忍住。

「妳沒事吧？」加百列瞥我一眼。

「還活著。」我說。

「我不是那個意思，有沒有受傷？」

「就是難為情和一點擦傷，此外都沒事，」我打量自己。「噢，針織衫被我扯破了，對不起。」

加百列滿臉困惑，「那是小問題，放心，布魯克不會介意。」

「謝謝你，喬納，我欠你一次。」我深表感激。

「我們扯平了，互不相欠！」他戲謔地回應。「妳是怎麼閃過去的？妳知道我很強！」他邊問邊收縮二頭肌，特意證明自己。

加百列坐回位置上，掏出地圖開始埋頭研究，但我知道他聽得很專心。

「一定是你被什麼東西絆倒了，我也不確定，就這樣閃過了。」其實我自己也不清楚。

「嗯，對，我想也是，沒有人……」他遲疑著。「……能這麼輕易地避開我。」

他的手伸向儀表板，漫不經心地轉動收音機的按鈕，我想了一下，試著回憶那一幕。他有阻止我，不是嗎？他抓我，我動不了，然後……他突然讓開，我就進門了。我想得太專心，開始頭疼，忍不住皺眉，加百列撇頭瞄了我一眼。

讓他以為自己被絆倒。

他嘴唇不動，聲音卻飄入我心中，驅除逐漸發作的頭痛，我驚訝地挑眉。

你是怎麼做到的？我在心裡想了這句話，沒用嘴說，這樣他聽得到嗎？

加百列低頭研究地圖。

剛認識的時候，我以為妳只是普通人，後來再去找妳，妳已經不在了。現在才知道妳顯然不是凡人，當然也沒死，不管妳是什麼身分，都要讓他相信妳不過是凡人。他繼續研究展開的地圖。

你說後來再去找我，我已經不在了，這句話是什麼意思？如果我不在了，你又是怎麼找到我的？他本來就起了疑心，不相信我是人類，我聽到他是這麼跟你說的！我肌肉繃緊，開始生悶氣。

他是吸血鬼，法蘭西斯卡。雖然信任他，可是他跟轉化他的純種吸血鬼葛堤羅之間仍然有某種聯繫，我們不能大意。我很沮喪，惶恐和迷惑開始浮出。

你爲什麼不喊我茜希！

這段記憶，這個鬼魂，我深信自己和他有某種親密的連結，他卻不肯用我的暱稱，疑惑迅速轉成怒火，皮膚熱度驟然升高、往外擴散。

你什麼都不肯解釋，還敢跑進我的大腦對我發號施令！當你離開我的時候……當你……

「啊啊啊！」我放聲尖叫，刺耳的噪音突然闖入大腦，打斷我的思緒。

同一時間加百列抱住太陽穴，低下頭去，他也聽到震耳欲聾的噪音。

「對不起，眞抱歉，看來你們不是搖滾樂迷，嗯？」喬納調整音量，降低喇叭的怒吼。

他嘻皮笑臉，被我抓到他從後視鏡偷看。我們四目相對，他睜大眼睛，笑容褪去，我伸手摀住眼睛，感覺臉頰發燙，納悶他看到什麼。

我忸怩地盯著腳踏墊，試著平穩情緒。過了半晌眼皮才不再抽搐，喬納乾脆關掉收音機，靜默不語。

加百列伸過來握住我的手，我打結的身體立刻放鬆下來，恢復平靜。我深吸一口氣，對他說，對不起。

喬納繼續在蜿蜒路面上超高速風馳電掣前進，最神奇的是，輪胎竟然還能觸及地面。我最後終於看到高速公路，扭頭回顧鄉間風景，跟起伏的山陵說再見，納悶著如今傾盆而下的暴雨是否是一種預兆。

果然，眼前的風景變成漩渦，中央是一顆透明大球，上下彈跳最終維持平衡，一幕驚人的影像浮現在其中：一群吸血鬼站在冒煙的廢墟前監看動向，領軍的是兩位身高七呎、腐臭潰爛的形體，他們不住地咆哮怒吼，可怕、震耳欲聾的叫罵聲在樹林裡迴響。

身披黑色斗篷、光禿的頭頂有刺青般的圖騰，看起來不像吸血鬼的怪物，模樣醜陋邪惡，看得我全身都在發抖，目光不敢久留。牠們皮膚底下冒著泡泡，循環全身、時隱時現、時有時無。

曾經跟我面對面，隨後消失蹤影的同一個吸血鬼站在其他人後方，勃然大怒。我嘗試從唇形辨認牠在吼什麼，其中一個渾球扭頭露出尖銳的獠牙，牠的目光從爪牙身上移開，彷彿能夠看到我的存在。牠對著天空比手劃腳，嘶啞的聲音像是可以把我的骨頭捏碎，隨後一切就不見了。

影像斷線，我發現自己呼吸急促。

加百列察覺我的不安，再度轉身握住我的手。妳看到什麼？

牠們站在屋外，因爲我們逃走大發雷霆，他們不會善罷干休。我不清楚自己怎麼會知道，但就是知道，牠們要的是我，不達目的絕不罷手。

妳說牠們在外面？他更正。妳看到往事重演嗎？可是不對啊，妳不可能在場，這不是妳記憶的一部份。

我不確定……感覺像正在發生的事，站在吸血鬼前方的那兩個形影，幾乎和今早來找我的一模一樣。

加百列先經過一番深思熟慮後問：*今天之前牠們曾經深入妳的記憶嗎？*

至少這輩子沒有，這是第一次。

「自從喬納吸血之後。」我無意間脫口而出。

「抱歉，妳說什麼？」喬納問。

我看向加百列，他搖頭阻止，但我逕自說了。「我看到吸血鬼一族站在屋外，有兩個罩著黑色斗篷的高大身影，身上滿是刺青的圖騰。」

「妳看到純血？什麼時候？我們離開的時候他們不在附近。」喬納說。

「他們就是純種吸血鬼？」我開始恐慌。

加百列捏捏我的手，帶頭解釋。「法蘭西斯卡有一種特異功能，能夠看到某些事情，剛剛就是在形容她看見的景象。如果被她說中了，那證明麥可是正確的，兩個純血在後面窮追不捨。」

喬納清清喉嚨，語帶嘲諷。「她只是人類，對吧？」

「對，喬納，她是人類，就是有點與眾不同。」加百列佯裝很有自信。

車內再度陷入寂靜，無人發言。喬納在快車道全速前進，時時查看鏡子，我猜他想確認是否有人跟蹤，雖然我偶爾會覺得他是在觀察我。

「我們要去哪裡？」我打破沉默。

「回我們在黑澤雷的房子。」喬納回應。

「在哪裡？歐洲還是美國？」我問。

「白金漢郡。」加百列回應。

「白金漢郡？那裡不夠遠！」我質疑地說。

「距離遠近不是重點，純血一族遍布世界各地，我是在佛羅里達州轉化的。」喬納冷淡地說。

「沒錯，只是附近有兩位純血虎視眈眈，如果能夠橫越大西洋，我會更有安全感。」我提出建議。

「茜希，我們在黑澤雷的房子很安全，位於當地郊區，地點安全無虞，我可以保證，一直住到離開都沒問題。假如妳擔心，那下一站就去美國或加拿大。坦白說，在釐清問題之前，最好住在已經有防備的地點——還是熟悉的地方比較安全，請妳相信我。」加百列安撫地說。

回頭看著他，我開始結巴。「你叫我茜希。」

「如果妳希望這樣。」他仍然有勉強。

「我要住哪裡？」

「當然是和我們在一起。」加百列笑得很保守。

「多一個女人在場比較好。」喬納笑嘻嘻地開著玩笑，隔著後視鏡評估我的反應。

「其它吸血鬼呢？」想到還有其他吸血鬼近在咫尺就渾身不對勁。

「他們不會傷害妳。」加百列保證。

稍稍考慮了一下，我終於點頭接受安排。我要跟著加百列，他是我的夢中男子，現在終於跟他在一起，即便即將面對的是一個奇特的組合，也會是我最好的安排。

「妳該休息了，前方還有幾百英里的路程，那個肩傷差點要了妳的命。」喬納提議。

我對加百列揚揚眉毛，他知道我在想什麼。

那件事暫且別說，過一陣子吧，畢竟他剛發現妳能看到某些畫面。

「好主意，」加百列欣然同意，拿了一條毛毯裹在我身上，他的指尖掠過我頸肩交會處的皮膚，「試著睡一下，到時再叫醒妳。」他溫柔地幫我把垂到額頭的金髮塞到耳後，微微一笑。

我一閉上眼睛，矛盾的感覺油然而生，加百列希望我安心自在地跟第二代吸血鬼待在一起，暗地裡卻又警告我不要對喬納透露自己的祕密，而他卻是我目前最信任的吸血鬼。眞奇怪。我若有所思，強迫自己閉著眼睛。

5

我睡不著。大量分泌的腎上腺素害我輾轉難眠，不停回頭思索這幾天的經歷。

我本來活得好好的，在一個鳥不生蛋的小地方和古裡古怪的老酒館打工，每天幫人倒啤酒，結果現在？呃，似乎碰到喬納之後，原來平淡無奇的生活突然天翻地覆。還有加百列，我至今都不敢相信能夠和他重逢——每夜夢中的男主角，回憶深處裡的那個人，終於成了有血有肉的實體，還是個不折不扣的天使。仔細想一想，既然有像吸血鬼這種怪物在世界上橫行霸道，想當然也會有神聖純潔的天使活在人間。

不知道加百列為什麼在這裡，一開始又是怎麼來的，我們是如何認識，他又為什麼會離開？我很希望知道答案，有好多事情就算想破頭還是不明白。

某個念頭一閃而過，讓人渾身一僵：他能聽見我在想什麼嗎？我微微抬起眼簾，偷偷觀察加百列的動靜——他在滑手機，對天使而言，這是十足現代化的東西。他看起來非常專心，似乎無暇運用心電感應，透視我的思緒，不然，就是他非常善於掩飾自己。

我以為妳在睡覺？

這個問句從意識冒了出來，徘徊不去。我尷尬地垂眉斂目，本來吵雜的車聲消失在背景裡，最終變得像默劇一樣，不復存在。寂靜的氣氛裹住我，宛如置身在隧道當中，跟外在的世界隔離開來。

只要你願意，隨時都可以聽見我的思緒？我專注提出疑問，避免一心多用，讓他聽見其他雜音。

我也不太確定，爲什麼我們能夠用這種方式溝通和對談……只有天使的伴——他講到一半就中途停頓，不過在隧道內的我依然聽見一部份，連結沒有被切斷。

天使的什麼？

他猶豫半晌才接下去。我們之間顯然有某種特殊的連結。

連連眨了好幾次眼睛，我試圖看清楚他的表情，但他眉頭深鎖，一臉困惑。我立刻閉起眼睛，免得被發現。

我們無法透視彼此的思緒，只是有某種形式的同步聯播；在我呼叫的時候，只要妳願意，就可以打開頻道通話，或者加以封鎖。

必須是我想要聽見才可以，反之亦然嗎？我問。

我想是這樣，不過單單「想要」還不夠，而是意願和做法的問題。他坦率回應，似乎對遊戲規則相當有把握。

你能透過我的眼睛看東西嗎？譬如我想到某一段回憶，或是某個影像，可以邀請你加入嗎？

我不確定。

嗯，或許他對這個遊戲不是很熟。

我開始回想跟加百列一起喝檸檬水時，在腦海中浮現的影像，我們兩人坐在草地上野餐——

用這個畫面測試我的理論應該無妨。我盡力回想當時的景象，依稀感覺加百列的存在，顯然他也看見了。

我沒有把腦海中的畫面當成風景明信片讓他看見，而是跟他分享那一段回憶，白色石竹芬芳的香氣和草地清新的氣息繚繞在周遭……我們看起來幸福無比，然而就在玻璃杯相碰的那一瞬間，奇怪的現象發生了。

我像靈魂出竅、轉成加百列的角度來觀察這段回憶，看來他也記得那次的野餐。我繼續看下去，但是心底湧現的情緒不屬於自己，而是他的心情反應，感覺非常奇特，完全沒有歡喜快樂的感受，反而有一股恐懼和憂慮。難道加百列不喜歡我？他是僞裝的？一幕幕靜止的畫面吞噬了原來的場景，那些不是我的記憶。

加百列記憶的片段逐漸化爲泡影，另一個帶著翅膀的生物發出光芒，浮光掠影迅速閃過眼前，一片片接連不斷，晶瑩發亮的水晶照得我眼花撩亂……一座穀倉，進門的地方有一大灘血。

最後那一幕嚇了我一大跳，感覺加百列想要抽身退開，但我卻想要進去瞧一瞧，重新體驗他所經歷的一幕。鮮血慢慢流動，凝聚成一灘小小的池塘，我抓住那段記憶不放，他的恐懼湧入我心裡，看見他心急如焚地跑向大門口。我極力抗拒，不肯讓加百列單方面切斷連結，然而這幾乎是不可能，就在他觸及門框的那一瞬間，連結斷開，我反胃得想吐。

「停車！」我對喬納大吼，儘管他對我和加百列的心電感應一無所知。

我的口氣充滿命令的意味，以喬納慣於服從、從不質疑的習性而言，他毫不猶豫地踩了剎車。我逕自解開安全帶，甚至沒有看加百列一眼，就推開車門，狂奔而出，跪在路肩的水泥地上，對著帶刺的灌木叢大吐特吐。

過了幾分鐘以後，世界恢復正常，不再晃動，汽車呼嘯而過，噪音大得像雷鳴——顯然超過時速七十五英里的限速規定，簡直在虐待我的耳朵。

喬納留在駕駛座沒有下車。我覺得好難爲情，用針織衫的袖子擦拭嘴角的膽汁，借來的衣服被我這樣虐待，布魯克肯定要恨我入骨，不過幾小時而已，我已經毀了它大半。一隻手出現在我的視線範圍，手裡拿了一瓶水，我接過來仰頭喝了一口，漱漱口後，感覺舒服多了。

我轉頭問他，「爲什麼阻止我？」其實我一時之間猶豫不定，強行侵入他的回憶、窺視他不願意分享的東西，這種行徑是要惱羞成怒，還是要羞愧以對？該死，最後罪惡感贏了。

「還不到時候。」他說。他蹲在後面，不斷撫摸我的背，規律地畫著圓圈。

我不喜歡這樣，一點都不喜歡，穿著閃亮盔甲的騎士這麼快就沒戲唱了！吸血鬼駭人無比，沒錯，但它們的主人更加可怕。然而加百列應該是……呃，我不知道，應該是好人才對。他想隱藏什麼？或許我還是自立自強比較好，不要跟他們糾纏不清，疑慮在腦中盤旋不去，好幾片拚圖找不到，很難揭開謎底——我明白這不是一時三刻就能完成的。但加百列既然是天使，不可能使壞吧？我調整思緒的方向，或許問題在我身上，難道很久很久以前是我把他推開，而非他拋棄我？

「我察覺到你的感受，你很氣憤。我做了什麼讓你如此痛恨？」我不假思索就脫口而出。

他遲疑了幾秒鐘，這才傾身靠了過來，動作無比輕柔，嘴唇湊近我，溫熱的氣息拂過肌膚表面，勾起雞皮疙瘩。「我的怒火不是針對妳，萊。」他輕聲說。

我本來有更多的期待，但是……萊……萊拉！這個名字來得又急又快，就像當頭棒喝一樣。他認識我的時候，我的名字叫萊拉。

那是我第一個名字，也是唯一的名字，我怎麼會忘了？

我錯愕得睜大眼睛，熟悉感蜂擁而起，強烈的感受幾乎要滿溢出來，跟這個名字相關的一切都是如此溫暖誘人，幸福滿滿，我得用力喘口氣——這就像被人踢到肚子一樣。

他的手臂環過我的背脊，抓住我的手，與我十指交叉，並用力捏了一下。「還不到時候。」他重複一句，這句話彷彿海邊的浪潮輕緩地湧向岸邊，捲走所有的廢棄物，洗滌一切，重現純淨的一面。

他鬆開手，我勉強站起來，轉身面對他，想要看清楚他臉上的表情。他身材高挑，我只是一般高度，少說也矮了五吋左右，我只能點點頭，暫時接受，不再多說什麼，回到車上。

這次加百列坐到副駕駛座，我使勁關上車門。

「妳也太兇了，茜希！剩下的路程我會盡力減少顛簸的程度。」喬納在後視鏡裡對著我眨眼睛，再次提醒他從其中可以看見我每一個表情。我用快活的笑臉取代困惑的神情，就算皮笑肉不笑，至少我盡了力。

剩餘的行程過得飛快，我靜靜地坐著，暫且放開所有思慮，欣賞著窗外的風景。一路上交通還算順暢，最後在碧康菲爾德的出口指標下了高速公路，接著又兜了幾圈，經過黑澤雷的標示版，不久便開始加速，穿梭在蜿蜒的鄉間道路，經過一間古色古香的白色酒吧和小巧可愛的農舍，外面還有尖樁的圍籬。附近有很多建築物群聚在一起，最大的一棟跟旁邊不過短短的距離，車子在其中穿梭，直到道路兩旁都沒有住家，只剩下林地後，喬納終於打方向燈左轉，駛進一道大門，那條車道長得荒謬可笑，至少過了好幾分鐘才抵達正門口，屋子宏偉而壯觀。

房子本身非常古老，美麗的傳統式建築，前門的風格就像老教堂的入口，取材於深色堅固的橡木，看起來恢弘大方，左邊有好幾間車庫，單單一樓就開了七扇窗戶。

喬納熄掉引擎，過來幫忙拉開車門，伸手扶我下車。

「這裡好壯觀，」我咕噥著地握住他的手，跨出跑車，看得目瞪口呆。「這棟房子真的是你的產業？」我難以置信地詢問加百列。

加百列走到旁邊，親暱地托著我的背。「對，現在也是妳家了。」

我們一起進門，喬納帶頭推開大門，寬敞的走廊至少延續三十呎長，放眼望去都是堅固實心的木頭。我緊張地把頭髮塞到耳後，一腳跨進去，緩緩打量四周。

「噢，眞好，你們回來了，親愛的！」走廊盡頭的房間傳來清脆甜美的嗓音，她飛身而至，我不安地動了動身體，想當然這又是吸血鬼，明知道他們住在這裡，眞的碰面還是有點怪。

她擦身而過，彷彿我是隱形人，忘情地擁抱加百列，流連地親吻他的臉頰，我皺起眉頭，嫉妒湧遍全身。

我看看右手邊的喬納，他翻白眼回應。「漢諾拉，這位是茜希。」喬納強勢介紹。

她沒有立馬回應，最後是加百列扳開她環繞脖子的雙手，她才轉身面對我。她看起來完美無比，身高少說也有五呎八吋，深棕色頭髮像波浪般順著肩膀傾洩而下，翠綠色眼珠映著黃色光斑，肌膚潔白如雪，對稱的五官精致，以人類的歲數來看頂多二十左右，對比之下，我感覺自己像個流著鼻涕的骯髒小鬼。

她瞄我一眼，權衡判斷，立刻抬高俏皮的小鼻子。「很高興認識妳，茜希，」她帶著愛爾蘭腔說，歪著嘴微笑，並伸出手來。

禮貌性地握了一下，我跟著露出嘲諷的笑容。「事實上，我叫法蘭西斯卡。」

我們各自縮手，喬納尷尬地咳嗽。

「喬納，你何不帶茜希去逛一圈看看？」加百列提議。

我立刻有一種被排擠的感覺。

「來吧，我們先去觀賞屋外的花園。」喬納欣然同意，迫不及待地帶著我走過長廊，穿過超級寬敞的廚房到後門。我突然領悟那麼漂亮的廚房根本是多餘的設備，幾乎用不上。

「他嫌我礙事，特地把我支開。」我一邊抱怨，怒氣沖沖地跨過後陽臺，經過遮雨棚底下的休息區。我滿腔怒火，飛快地轉動思緒，我知道有吸血鬼，只是沒預期有這麼一位愛爾蘭美女，而且我們一進門，她就對加百列投懷送抱。

然而一看到前方開闊優美的森林，心上的懊惱立刻煙消雲散，遠處田野綿延，薄霧裊裊上升，美麗的田園風光，隱世獨立，不受打擾。

「哇。」我驚嘆。

「大約二十英畝。」他回答我心中的問題。

「美不勝收。」

「這裡安全無虞、設備齊全，到處都有攝影機，我們瞭若指掌村莊的一切，此外還設了詭雷和陷阱。」他說明。「要不要來一段小小的探險之旅？」他戲謔地問，朝肩膀的方向點頭示意。

我不予置評，走下石板小徑，「加百列在做什麼？」我望向後門。

「處理事情。」喬納回應，我不屑地翻白眼，知道他故意保留。「好吧，他在主持小型的簡報會議。」

「對象是誰？他們在討論什麼？」料峭的寒氣襲來，讓人顫抖。

「住在這裡的每一位。我猜是讓他們知道妳要加入，公布基本守則。」看我放慢腳步，他追加一句。「妳知道的，就是不准吸她的血之類的。」

「噢，好極了。」我檢視周遭的環境，空地之後就是樹林，裡面有另一棟建築物，小徑到此為止，接著是蜿蜒深入的步道。「漢諾拉是誰？」我故作冷靜地問。

「妳想問什麼？」

「她跟加百列有什麼關係？」

他放慢腳步、仔細想了一下，「她是加百列釋放的第一位二代吸血鬼，在這裡住得最久，大約在二十世紀初期，有很長一段時間他們都結伴同行，關係可以說很親密。」他斜瞥一眼，估量我的反應。

這些話聽起來很刺耳。我不喜歡加百列——我的加百列——跟別的女人親近，忍不住有一種被背叛的感覺，然而我有什麼權利？他不屬於我，我們前世的關係至今還是謎。我用力嚥下口水，努力不動聲色，避免洩露自己的心事。

寒氣更濃了，我揉搓手臂取暖。

「妳會冷，」喬納注意到了。「來吧。」他脫掉皮夾克，站在前方，裹著我的肩膀，領口拉緊。他深思地低著頭，瞳孔微微擴張，發出邀請。我忘情地陷在其中，讓他露出邪氣的笑容。我心知肚明他很危險，不只因爲他是吸血鬼。

他靠得很近，挑逗地俯身過來，幾乎鼻尖對鼻尖，定定凝視我的雙眼，雙手插進夾克兩邊的口袋，接下來又把手移到我的襯衫下襬。他的姆指滑過我赤裸的腰際。我打死不肯先退，他再進一步，緊貼上我，逼得我率先掙脫接觸。我侷促地退開一步，拚命眨眼睛，避免接觸他的目光，乾脆盯著地面，而他突然仰頭大笑。

他的手從我的外套口袋裡掏出來，一手拿菸，一手抓著打火機。我窘到不行，紅著臉不敢抬頭，他退後一步，點燃手中的菸，開始吞雲吐霧。「來支菸？」他把菸盒遞給我。

我深呼吸，讓二手菸汙染肺部，搖頭婉拒。「香菸會害死你這句話在你身上不適用。」

我們花了十分鐘才走到樹林，進入那片空地，步道通往典雅但搖搖欲墜的小屋。那景色令我興致盎然、目光一亮，喬納提議帶我進去參觀。「加百列正重新裝潢中，現在還不至於轟然倒塌，只是距離完工時間還很久。」

屋子雖小巧，但外觀討喜，推開老舊的木門，玄關地板的磁磚拼貼出太陽的圖案，內部隔成四間——起居室、臥室、廚房和洗手間，牆壁抹了灰泥，管線就緒，剩餘的只有空殼。我信步走進起居室，一條床單掛在壁爐上，輕輕掀開一看，後面是新裝好的火爐，隨時可以啓用，感覺好溫馨。

「這裡好棒啊。」我讚嘆不已。

「要討好妳很容易。」

我聳聳肩膀，對小屋一見鍾情，歡欣雀躍地欣賞每一個房間，除了浴室剛裝了洗手檯和馬桶，其它部分空空蕩蕩。即便如此，我仍然一眼就迷上它，這裡不像豪華大宅讓人侷促不安，感覺舒適自在，比起從前住過的地方，它就像皇宮一樣。

「妳的肩膀還好吧？」喬納的問題中斷我的思緒。

「對不起，你說什麼？」我們回到玄關，我的注意力轉向地磚的太陽，看它光芒四射，金碧輝煌，明知道不可能，但感覺真是這樣。

「知道吧，就是妳中彈的地方？」他捏捏我肩膀後面，就是前幾天加百列幫我包紮的位置。

「你做什麼！」我退開一步，一臉慍怒。

「奇怪，大部分的人還是會不舒服。」他指出。

「我不是他們。」我不想說謊。

「讓我看看，妳的傷讓我有罪惡感。」

「不要。」我轉身往外走。加百列私下警告過不要跟別人透露我特殊的天賦，對吸血鬼更是不能明言。

才剛握住門把，我就被他轉過身體，壓在牆壁上，跟他正面相對。喬納扣住我的腰，讓我無法動彈，另一隻手撥開我的夾克和針織衫。

「喬納！」

6

「對不起，茜希，只看一眼，我不會傷害妳。」

我心中的警鈴大作，他抓住我背後的衣服，我以全身重量撞向他胸口，他微微倒退一步，輕而易舉扯破了上衣，露出一大截背部。我惱羞成怒反擊，他對我的力氣開始刮目相看。

我們對峙半晌，一眨眼間，喬納突然抓住我的臀部，再次讓我轉過，迫使我的雙手貼在牆上。他欺了上來，雙腿微開，用身體重量壓制使我難以動彈。「妳很頑固，茜希。」他的呢喃語氣近乎煽情。

我大發雷霆，同時夾雜著一絲微妙的興奮。他戲弄我的方式彷彿撥動吉他和弦，試圖讓我改變調性和曲風。

「看一眼就好，」他的上唇掠過我的耳垂，低聲強調，「別擔心。」

我一時掙脫不開，開始驚慌失措，不想被迫跟喬納解釋，也解釋不來。

他移動重心，調整左手的位置，試圖撥開遮住背後的頭髮，指尖觸及皮膚，隨時都會揭穿眞相。他扣住我的手腕，力道大得出乎想像，彷彿要捏碎骨頭一樣，我正想放聲尖叫時，他突然鬆開了。

我扭過身去，不確定他爲什麼停下，稍後才開始慶幸頭髮依舊遮住肩胛骨。他的表情怪異至極，怔怔地站在那裡。

「是誰對妳這樣狠心？」他苦澀地追問。

隨著他目光的方向，我發現他瞪著我下背裸露的部位。我猛然轉身，拾起掉落的針織衫，他撲過來抓住我的手，把我拉進懷裡緊緊抱著，指尖沿著突起的疤痕上下描畫，從下背部一路往上延伸到頸項後方，幾乎體無完膚。

他默不作聲好一陣子，退開時一臉氣憤。「我問妳這是誰造成的？」他咆哮的回音被牆壁擋住。

我不知道要怎麼回應，被他看見那些醜陋的疤痕，讓我扭捏不安，非常難爲情。我要針織衫，我要遮醜，再次去扯衣服，又被他搶先一步奪了過去。

「茜希。」他咄咄逼人，我迫於無奈，只好回應。

「我曾經認識一個吸血鬼，後來反目成仇。」這是事實。

喬納的眼珠從正常的淡褐色變成深紅的煉獄，全身繃緊，火山隨時要爆發。

「妳竟能存活？」他猶疑了一下，表情困惑。意思是得罪吸血鬼，還能逃出魔掌、存活到現在的案例少之又少。

「對，但佛瑞德……」我支支吾吾。「……沒能活下來。」想起那件事，淚水立刻湧進眼眶，往事不堪回首，我只想掩埋，不願意再提。

喬納緊繃的肌肉開始放鬆，凶惡的眼神和緩下來。

我用手背抹掉憤怒的眼淚，淚珠冷得像冰，激動的情緒夾雜著刺骨的寒意，身體禁不住發抖。喬納恢復平靜，朝我走過來，拿起針織衫重新裹住我的肩膀。我默默套上袖子，往後退了一步，我氣得說不出話來，臉頰脹成緋紅色。

「對不起。」他深感愧疚。

我不想講話，不想跟任何人交談，腳步踉蹌地奪門而出，衝進樹林裡。

加百列就站在前面，我硬生生地停住。

他做了什麼？他的意念迅速傳入。

我低著頭，幾乎忍不住要奪眶而出的眼淚。加百列上下打量我一眼，沒有遺漏任何部位，目光迅速停駐在手腕上，瘀傷已經變成青紫色。他再度看著我，我依舊不吭聲。

妳先回去，在露臺等我，我要單獨跟喬納談。

我沒爭辯，順著石板小徑慢慢走，一方面避免在溼溜溜的石板上滑倒，順便利用時間整理情緒。我不想讓他們劍拔弩張、破壞關係，但喬納讓人生氣，關於吸血鬼那一夜的回憶讓我情緒起伏，難以平復。

到了露臺我坐下來等待，感覺過了很久，加百列才回來，坐在我旁邊。「我替喬納道歉，」他嘆了一口氣。「他對妳非常好奇，但沒有權利——」

我打斷他的話。「我很好，真的，這件事就忘了吧。」

加百列存疑地點點頭，繼續說：「我跟住在這裡的每一位談過了，他們都接受這樣的安排，發誓待妳像一家人。我相信他們會照顧妳，保護妳不受傷害，對妳來說，住在這裡並不容易，但我需要妳留在身邊，給我時間釐清——」他突然停頓。

「釐清什麼？我的身份？就是一個普通的女孩！好吧，或許有點像九命怪貓死不了，但我是人類——還是會死。」

「對，但妳能夠復活，這可不是稀鬆平常的小事。讓人掛心的還有吸血鬼，不只一個，而是兩個對妳緊追不捨，我們必須探究背後的原因。」

我知道加百列仍然有保留。

「或許他們追蹤我和喬納只是湊巧，沒有特殊緣由。」這是信口雌黃，看到那些畫面之後，我確信他們追的是我。

「喬納喝了妳的血之後，赤手空拳就摧毀那麼多二代吸血鬼，妳的重要性不言可喻。我們一定要找出原因，才能夠保妳平安。我要妳平安無恙，萊。」他憂心忡忡的眼神閃閃發亮，我立刻心軟下來，不再爭論。他關心我，渴望保護我，希望我陪在身邊。

我點頭回應。

「走吧，我要把妳介紹給其它家人。」他站起來伸出右手，我欣然握住。但跟著他穿過廚房，介紹那群吸血鬼的時候，我只想躲在加百列背後。

「茜希，妳見過漢諾拉了。」我飛快地瞥她一眼，她的態度冷淡。

「這是羅德韓、布魯克和麥可，你們早上見過。」我點頭致意。

目前看起來羅德韓年紀最長，人類年齡大約四十幾歲，而他愛爾蘭裔的名字和對稱的五官讓我忍不住納悶他是否和漢諾拉有某種關聯。

布魯克則令人好奇，她和我年紀最接近，身材嬌小苗條，火紅的短髮飄然垂在肩上，濃妝豔抹，腋下夾了一本Vogue時尚雜誌，十足山谷女郎（注）的印象，是典型的美女。我有點好奇轉化他們的吸血鬼的毒液是否會影響長相。

麥可在這一群當中顯得最平凡，頂多二十幾歲，藍色牛仔褲，襯衫外罩針織毛衣。這些人的衣服質地看起來都不俗，闊綽奢侈的富家貴氣讓我感到自卑。麥可臉色蒼白，跟其它人一樣，但五官不算突出，棕色眼珠，鼻梁中央微微拱起，身材一般高度。

「很高興認識妳，」羅德韓一馬當先。「加百列說妳要跟我們住在一起。」

「對。」我答得小心翼翼。

「呃，歡迎，親愛的！」他咂嘴招呼。「相信妳會很喜歡，這裡風景美麗，景色宜人，等妳預備好，我很樂意帶妳去村落裡參觀。」他語氣和藹，說得眞心誠意，讓我對他的好感由衷而生。

「謝謝，」我柔順地說，「有人帶路太好了。」

「喬納眞的吸了妳的血？」布魯克率直地指控。

「嗯……是的，我沒給他選擇的餘地。」

「布魯克，妳清楚事發經過，因爲茜希的幫助才救了喬納，他才能和我們重聚。」加百列瞪她一眼，似乎警告她「閉嘴」。

「幫助？天哪，妳還活著算妳走運！坦白說，誰會隨隨便便獻上自己的血！」她繼續任性下去。

我開始覺得她關注的不是我冒險的犧牲，而是我和喬納的連結。「當時情況緊急，迫不得已。」我防衛的解釋。

角落裡傳來短促刺耳的竊笑聲，漢諾拉站在那裡，給人直覺在看好戲。我不希望自己被當成幼稚好辯的小朋友，決定討論到此爲止。

「加百列，你介意我去小睡一下嗎？我有點累。」這是事實，飢腸轆轆和閉眼休息，即便片刻也好，這兩種需要拉扯不休。

「當然，我帶妳去房間。」

「很高興認識大家。」離開前，即使不自在，還是得顧及禮貌。

他彬彬有禮地退後一步，引導我穿過長廊，循著寬敞的樓梯，上到二樓，經過好幾間門，最終來到盡頭。轉動沉甸甸的金屬把手，我推開房門跨了進去，打量四周環境，空間寬敞，中性的白色系裝潢，以天花板深色木頭的橫梁對比。

正中央擺著四柱大床，罩著白銀相間的高級床單，巧克力色的地毯鋪在實木地板上，角落裡立著裝飾華麗的衣櫥，上面有個圓型的鏡子，彷彿首席芭蕾舞伶或知名女演員的收藏品，走進房裡，竟然還有另外一扇門。

「妳的套房。」

床鋪後方的隔牆是大型更衣間，我想到自己兩手空空，什麼東西都沒有，「這裡就算用一

注 Valley girl 山谷女郎，衍生於洛杉磯附近的 San Fernando Valley，這裡多中上階層，兒女念私立名校，拜金主義，自成一格的加州腔英語，八〇年代形成一種風潮。

輩子的時間都填不滿！」我看得目瞪口呆。

加百列走過來，推開更衣間的鏡門，裡面有幾件衣服、睡袍、絲質睡衣和室內拖鞋。「跟布魯克借的，改天她會帶妳去採購，讓妳自行挑選需要的一切。」

「她眞好。這個提議應該是你一手促成的，她不像是會自告奮勇幫我的人。」

「別介意，她還年輕，對喬納充滿保護欲。是喬納救了她。」

「就像幾天前你救了我。」或許布魯克和我有共通之處。

加百列嘆了一口氣。「如果我眞的有能力救妳，」他低語。「我會幫妳除掉那些傷痛……」他頓住，目光移到我的身上。我侷促不安地動了動身體，他上前一步，站在我正前方。

「可以讓我看一眼嗎？」他問。

「喬納跟你說了？」我支吾其詞。

「他提了一點……我照料過妳的傷口，早就看到──」

我尷尬地說不出話。

「或許我可以幫忙。」

我們四目交接，突然想到他有特殊的天賦。

既已打定主意，我大步走過去關上臥室門，他神情謹愼看著我走到床邊，掀開床罩，凌亂地推到旁邊。我順勢爬上床，把枕頭疊好，特意放慢呼吸，針織衫底下的緊身上衣已然扯破，只要撥開就好。我抓住衣服前襟，緩緩趴在床上，臉頰貼著枕頭，雙手靠近臉龐，赤裸的背部被頭髮搔得癢癢的。

加百列坐在旁邊，溫柔地撫摸我的頭髮，然後慢慢地撥開衣服，露出底下的肌膚。

噢，萊。

我瑟縮了一下，立刻感到後悔，這是一個餿主意，我不想讓他看了，因此快速地想要爬起來遮醜。

噓，沒關係。他的嗓音沉靜，讓我再次放鬆下來，感覺手指在背後游移，指尖上下撫過疤痕，雞皮疙瘩浮起，但他的撫摸令人安心。

這是怎麼造成的？

往事不堪回首，但我不想對他隱瞞任何事情。

其實我也不清楚……是吸血鬼。我心神恍惚，深入記憶隧道當中。

他叫什麼名字？

佛瑞德。我不想提他，記憶坑坑疤疤，有很多黑點，即使是這輩子發生的事，而且不過是三年前，眞相依然殘缺不全。我想不起前面幾個片段，細節模糊不清，但是湧上心頭的情緒是全然的絕望和鋪天蓋地而來的恐懼。

倏忽之間，他的臉龐閃過腦海，嚇得我猛然一震。加百列雙手按著我的背，想讓我放鬆。但我完全失控，前塵往事翻騰地湧了上來。

一開始浮現的是在法式烘培屋一同工作的場景，我們相視大笑。他是我的朋友，下班時天天帶著不一樣的女孩離開，滿臉笑嘻嘻的，就像頑皮的大男孩。這些記憶被我隱藏起來，不願意想起，我知道加百列在旁觀，他可以看到我看見的一切。

他對妳做了什麼？加百列的聲音突破混亂糾結的思緒傳入。

你要我再看一遍？為什麼？我開始恐慌，因為知道下一步的進展。

我必須知道發生的經過才能幫妳帶走它。

蜂擁而來的畫面灌入意識，讓我沒有回應的時間。看到自己跨出烘培坊，聽見佛瑞德在背後鎖門的聲音。鐵鍊殘酷地割得我皮開肉綻，傷口深可見骨，我痛到幾乎要窒息。看著這一幕，我只覺得噁心想吐，咚的一聲整個人摔在地上，後腦杓撞上路邊人行道。那一瞬間，我視力變得模糊，眼睛失去對焦能力，才突然領悟自己不是在旁觀。

不知怎麼的，我回到了回憶中的身體內，正在重新經歷這可怕的一幕。

我爬不起來，鮮血滴進眼睛，想要挪動手指頭，但臂膀像磚塊一樣沉重，死氣沉沉地垂在身旁。鐵鍊圈住鉤子，發出匡啷的聲響，深深嵌進背部，我被他猛力拉扯、拖行在地上，鉤子刺進皮膚，痛得我大聲慘叫。他殘酷地拖著我繼續往前走，背上的傷口一路撕裂到頸部，割斷神經、劃破肌肉層，我開始抽搐。

他停住腳步，我趴在泥土上，他彎著腰與我平視，那放大的瞳孔似乎被火焰點燃。這是我第一次親身經歷吸血鬼這個族類的殘酷和草菅人命，他炫耀地露出剃刀般尖利的獠牙，飢渴地品嘗著從我額頭滴下的血跡和血汗的臉頰，但他克制自己的慾望、沒有更進一步。我大口喘著氣，椎心的疼痛讓我頭昏眼花，靈魂好像出竅、飄上雲端。

他的自信和窮凶惡極的神情瞬間起了變化，突然閉上嘴巴，隱藏森亮的獠牙，像野獸無意間吵醒比自己體型更凶惡的掠食動物一樣，畏縮地倒退好幾步。這時我才發現她的存在。混沌虛無當中，她直接朝他走過去，烏黑的頭髮在背後飄揚，尖叫聲震耳欲聾。她繞著佛瑞德轉圈，無際的黑暗連她的側面輪廓都看不清楚。她仰起頭，五官被夜色埋沒，那赤紅如火焰般的眼神瞬間蒙蔽了我的眼睛。

是她，那個站在陰影當中的女孩。

漆黑、幽暗、虛無。

難以忍受的劇痛沿著脊椎擴散，我睜大眼睛，無法移動，無法講話或尖叫，連哭都哭不出來。我困在陷阱裡、懸在半空中，停駐在現實和回憶的中途，只想嘔吐。

我確信加百列打算長驅直入，但我孤伶伶一個人，早在很久以前他就走進隧道不見蹤影。我死命掙扎，命令自己回頭。突然間，我和加百列眼神交會，他似乎有話要傳達，結果卻像在看無聲的電視劇，讓我差點失笑。笑，對了！他很滑稽，他總是能夠逗我笑，讓人渴望和他在一起，感覺好溫暖，輕鬆自在，臂彎就像避風港那樣的安全……，噢，我想投入他的懷抱，無憂無慮。場景瞬間變換，房間在他背後旋轉，奇怪，臥室不該會旋轉。

搞不清楚是怎麼一回事，腦袋一團混濁，沒有連線，所有事情都很奇怪，完全不對勁！恐慌再起，喉嚨繃緊，我掙扎著喘氣。我必須鎮靜，對，沒錯，這是祕訣。我要停，停止嘗試，停住這一切，這裡不是法國，我沒跟佛瑞德在一起，也沒有瀕臨死亡。

就這樣，房間整個扭曲後又驀然出現，好像大氣泡般漲破了，我的痛楚跟著消失不見。

「我在這裡！聽得到嗎？」加百列上下左右環繞著我，皮膚發亮，光芒溫柔的環繞，如同毛毯緊緊裹住我的靈魂。

我顫抖地抱緊枕頭，手肘撐起身體，直覺摸向背部，加百列強壯的手臂扶穩我的身體，不爭氣的眼淚汨汨流下我的臉。

「不見了嗎？」

他目不轉睛地看著我，表情既困惑又驚懼。

「不，」他頓了一下。「我沒找到妳，萊，妳在黑暗中失去身影。」

「我還以為是你解除的。」那種痛徹心肺的感覺如此眞實，就像第一次經歷，我只能做這樣的解釋。

「我不會傷害妳。」

我相信。

我從床上一躍而起，兩腳有點痠麻，對著鏡子轉了一圈，皮膚沒有任何變化，暴戾受創的傷疤如同往昔。我大失所望，腳步突然踉蹌。

我扭頭看著鏡子，大吃一驚，額頭竟然在流血。我頭昏眼花，欲振無力，試探地摸了摸，眞的是血。

我糊里糊塗地轉身走向加百列，兩腳幾乎支撐不住，隨即停住腳步，就像被隱形的牆壁堵住去路，這才看見他渾身是血，手掌、手臂、襯衫，連太陽穴都沾到……我的血。

我癱軟之前被加百列及時抓住。

7

我心有餘悸，猛然坐直身體。

加百列怔怔地坐在旁邊，「沒關係，我在這裡。」他的聲音讓我安心許多。伸手抹去臉頰的汙漬，額頭的傷口逐漸癒合褪疤。他身上的血跡已經變成暗紅色，我試著擺脫恍神狀態回到現實世界，控制淺促的呼吸，但心臟依舊跳得很快，兩隻手不由自主地發抖。

「對不起，是我大驚小怪，看到血就……」我支吾地解釋。

加百列俯視自己，脫掉襯衫丟向一旁，露出精壯的身軀。我眼睛一亮，又赧然地漲紅了臉。他以爲我是難爲情，不自然地翻身下床，我下意識地伸手拉住他，不希望他離開，無須開口要求，他又坐回床邊。

「我也不懂是怎麼一回事，對不起。」他開口。

「沒關係。」

「我必須目睹一切才能反向操作，翻轉過去，但妳突然停止回憶，陷入漆黑的世界。」他迷惑不解。

他臉上盡是血汙，光芒黯淡，彷彿夕陽西沉，被陰影罩住一般。這時我才了解當我不想再看，出竅的靈魂會無意間回到體內，他也會跟著失去連結。

「怎麼會這樣？」我問。

「我來自其它世界，並且擁有特殊的天賦，力量強大無比。當我來到人間的時候，只想甩開那些力量，渴求墮落，變成壽命有限的凡人。」他直言不諱，刺入心底。

「你想死？」這個念頭讓我哽咽。「爲什麼？」我低聲詢問。

「理由非常複雜，但我渴望死亡，如果妳要這麼形容的話。但他們另有打算，不肯應允我墮入凡間的要求，後來妳就突然出現，躺在我的懷抱裡，爲此我心存感謝，不論他們的動機是什麼都沒關係。」

加百列好像玩猜謎，聽得我一頭霧水。

「是誰不肯答應？」我提問。

「大天使，只有他們能夠決定是否讓天使墮落人間。至少到現在，這樣的要求非常罕見。」加百列不安地動了動身體，我的疑問似乎讓他頗不自在。

「你是能夠施行醫治的天使嗎？」我對超自然世界的知識瞠乎其後，況且現在頭很痛。

「不，萊拉，我是死亡天使。」

我立刻閉嘴。

他揚揚眉毛，笑了笑，現出迷人酒窩。

「別擔心，很久以前我就不再遵行命令。」他輕快地補一句。「不論職務頭銜是什麼，住在人間的天使都擁有醫治的恩賜。」

我點點頭。他的金髮垂到額頭，我好想伸手撥開，藉機摸摸他的頭髮。

「原來你能醫治，那還有其它天賦嗎？」

「是的，來到人間的天使都有。」他沒有詳加解釋。

他移動位置，體溫誘人地輻射出來，我也感受到暖流。「我應該可以拿走，只是妳停止得太快，還沒弄清楚是怎麼一回事。妳看到記憶重演，我陪在妳旁邊，全部都看到了，包括妳的困惑、恐懼和無助。」他睜大眼睛，手指移到我的背後碰觸疤痕，表情猶豫，最後才問出口：「有感覺嗎？」

聽到他的話，我開始發抖。他習慣性地把我拉近胸前，圈緊我的腰安撫著，我埋進他的溫暖裡，滿足感湧入心底。

「不。」爲了他我寧願說謊。

他額頭的皺紋熨平了一些，似乎鬆了一口氣。失去連結，加百列就無法感受我的情緒，我得選擇開放讓他進來，應該是我不知不覺地封鎖住，不想讓他目睹那一幕，或是靈體合一的瞬間自動把他攔住了。我不曉得自己怎麼能夠回到過去，並且再度眞實地感受到一切？彷彿回到當年。回憶能夠改變嗎？能夠採取不同的選擇？或者是我只能被困在裡面，徬徨無助，眼巴巴地重新經歷曾經發生過的痛苦？

「我回到現在，坐在妳身邊，看見妳背上疤痕龜裂，開始……」他中途打住。

「我明白。」我再次伸手摸索額頭癒合的傷口。

「怎麼會這樣？過去發生的事竟然又重演？我不明白……」

我也是百思不得其解，但他忽略了一點，連結中斷的時候，我不再是旁觀者，反而身歷其境，被困在裡面。他一無所知，如果知道的話，絕對會明白我感覺得到鐵鉤造成的皮開肉綻。

「妳一個人承擔他的凌虐，受盡痛苦。」他臉上閃過傷痛。

「現在我不孤單了。」我輕聲回應。

他低著頭，手背輕輕撫過我的臉頰，溫柔地湊近身體，近得足以感覺他的氣息吹拂過我的顴骨。

「喬納在門外。」他咕噥，就此破壞這一刻的氣氛。

喬納連門都沒敲，直接推開闖進來，看到我依偎在打赤膊的加百列懷裡，腳步頓了一下。

「喬納。」加百列打個招呼。

「我聞到血腥味。」

「我該離開了，茜希。」加百列站起身，對喬納的發話恍若未聞。他特意強調那個名字，彷彿提醒我要繼續隱瞞身分，別讓這屋裡的任何人察覺我不尋常的那一面。我不打算違背他的好意，至少目前而言，我願意戴著面具，繼續扮演茜希。

加百列簡直是拖著喬納出去，不知道為什麼這位剛認識時傲慢自大、對我毫無興趣的吸血鬼，現在突然改了心性，關心起我的安危，我忍不住猜測或許他只想再次品嘗我的血。

房門砰地關起，少了加百列的陪伴，強烈的嫌惡感立刻竄進心裡，感覺受到侵犯，只想好好清洗一番，拿了絲質睡衣和晨褸，躡手躡腳走入浴室裡，想大肆洗一個滾燙的熱水澡。

我脫掉衣服跨進浴缸，整個人浸入乾淨的熱水，拿起迷迭香肥皂，用力地搓搓洗洗，像是要褪掉一層皮一樣，手指揉到腫脹，仔細看了一下後，才看見我的指甲縫裡竟然卡了厚厚的泥土，應該是抵抗佛瑞德的時候，死命地扒著泥土過。

我深吸一口氣，再次深深地沉入水裡，睜開眼睛，用鼻子吐氣，看著空氣泡泡不住地旋轉滾動。我再次想起佛瑞德，不敢過度深入記憶，擔心會失控。

我直直走向那場大火——在我和那雙似火般的雙眼對視後，我還能記起的一個片段回憶。

林間空地上火光明亮，這回是佛瑞德被大火焚燒。我突然嗅到他的氣味，就算看不清楚，又有什麼關係，直覺告訴我是他沒錯，是那個陰影中的女孩了結了他。從佛瑞德驚懼的表情研判，顯然被燒之前才瞭解自己低估對方的實力，由此可知她是唯一的可能。我不知道她是何方神聖，每次現身都以陰影爲掩飾，更不知道她出手相救的原因，爲什麼每一次危機發生，她都湊巧現身。或許她一直在跟蹤我？還是湊巧偶遇？她怎麼治癒我的？深層的傷口已經結痂，火焰還沒燒成灰之前，疤就出現了。看見火光映著漆黑的環境，心裡有一股奇特的滿足感，我沒有死，是她救了我。

我從水裡站起來，深吸一口氣，溼答答的頭髮被我撥到背後。我得轉換情緒想一些愉快的遭遇。就想加百列吧，剛剛他和我好親密，若不是喬納跑來煞風景，他最後會吻我嗎？我不能確定他對我的感覺，只能等他自己透露，眞希望那個時刻快點來到。

倦怠感襲來，我決定小睡一番，漫長的一天還沒有過完就發生這麼多事，感覺尚未結束。

擦乾身體，肌膚的熱氣逐漸擴散，我穿上粉紅色絲質睡衣，重新回到臥室裡。走著走著腳也乾了，這才看見床尾放了一個托盤，有熱茶、起司三明治、甜點和水果，忍不住食指大動。屋裡沒有廚師的蹤影，應該是加百列幫我預備的，熱茶的暖意沁人心神，拿起水果大快朵頤，葡萄清爽的口感在味蕾上雀躍，我立刻神清氣爽、恢復元氣。

我真的餓壞了，顧不得淑女形象，一口接一口狼吞虎嚥，咀嚼油桃的時候，汁液噴出來滴到下巴，我用手背一抹直接擦掉，指關節上竟然有濃稠的紅色液體，我大吃一驚，疑惑地吐掉水果，渣滓看起來很正常呀。

手裡抓著吃剩的油桃，匆忙往浴室跑，還一個踉蹌差點滑倒。浴室裡水蒸氣還沒消散，鏡面上煙霧瀰漫，我用袖子胡亂擦了一下，看到鏡中的自己，猛然倒退一步。我的嘴角滲出褐紅色濃稠液體，珍珠白的牙齒染得慘兮兮，這是什麼東西？從哪裡冒出來的？

實在想不透，我將思緒倒帶、回憶過去——佛瑞德火焚而死的時候不也發生同樣的怪事嗎？猶豫半晌，再次回想熊熊篝火那一幕，只是這一回要記得檢查雙手，印象中，當時我全神貫注，著魔似地看著紅色火焰，聞到火燎氣味，除了背部的疤痕，完全沒花時間檢視自己的身體外觀。我必須查看雙手、必須回到體內，只是不曉得要如何控制它。

我清空所有的雜念，讓腦袋充滿回憶，小心謹慎地集中焦距——我看到自己依然站在篝火旁邊，而不是再次經歷。我努力睜大眼睛，本來在背景處燃燒的火焰慢慢深入，變成專注的標的，感覺它的熱氣擴及全身，暖洋洋包覆著四肢百骸，我任由自己沉溺在當中。

再一次穿入體內，回到過去。

它又變得真實無比，明亮耀眼的火光讓人不敢直視地瞇起眼睛，苦澀強烈的氣味漫入肺內，就像熔化的油漆那樣刺鼻，忍不住咳嗽了幾下。這回沒有第一次那種驚異的感受，我不敢浪費時間，雙手一翻，沒錯，暗紅的答案就在眼前，我伸手在牛仔褲上抹了一下，放進嘴巴試舔，顯然是同一種物質，入喉的滋味擾亂了我的味蕾，那是一種容易上癮、甜膩的感覺，又夾雜著金屬的氣味。我突然領悟，這是血，但不是我的血。

驚慌之下我靠著意志力返回浴室，回到現實世界，果然還是站在同一個位置。急忙用冷水漱口，咕嚕幾聲，吐進水槽裡面，直到血色消失，漱口水變清澈爲止。抬頭面對鏡子，我直覺地立即閃躲，因爲那一瞬間，鏡子裡回看我的是一雙紅眼。

我踩著不穩的腳步，慢慢走回床上，把剩下的油桃丟進托盤。它碰的一聲滾開，我定睛一看，剩餘的水果竟然都紅通通的。我用力嚥下口水，把它們一股腦兒通通倒進垃圾桶。

這是怎麼一回事？我是不是因爲和這些超自然的神祕生物近距離接觸，進而在某種程度上，引出埋藏於自己內在異乎常人的體質了？

8

我似乎只睡了短短一兩個小時，但在我穿好衣服、走進客廳的時候，加百列告訴我其實我已經昏睡了好幾天。他幫忙倒了一杯茶，帶我在鞣皮沙發上坐下。

「妳穿這件衣服很漂亮。」他開口稱讚。

我覺得這是禮貌性的寒暄，所以扮鬼臉回應他。「布魯克借給我的衣服不是粉紅就是紫，還幾乎全部都是絲質！」

我渾身都很彆扭，幸好還有最初借的黑色內搭褲，不然這件細肩帶迷你裙實在太暴露了。

加百列笑著說：「嗯……布魯克非常年輕，喜歡走在潮流的尖端。」

「對比之下，我的品味大概有點老氣……」我自嘲回應。

我們談天說笑地討論衣服，聊著稀少的布料，他的金色卷髮偶爾落在額頭，偶爾甩在耳後，專注的眼神一刻不曾鬆懈。模特兒般的精緻五官攫住我的視線，但事情不只這麼簡單，另有一股隱形的力量把我拉過去，我和他之間似乎有著深深的聯繫，讓我渴望更多的靠近。

但從他不時扳動指關節，發出霹啪霹啪的聲響，顯然他只想談正事。然而那溫柔的眼神和鬆懈的表情，又給人一種他也樂在其中的想法，或許他不是不耐煩，正事可以等會兒再談。

「嗯，我希望妳可以恢復正常。」他說。

顯然不必等了。

「上星期對妳來說有太多壓力，經歷那麼多事故後，我希望妳安頓下來，生活快樂無憂。」他微笑以對。

我點頭贊同，生活能夠恢復常軌很好，可是有些疑問還沒解決。還沒問出口，他就回答了。「我相信妳想知道答案，我不會吝於給妳，只是要等待更好的時機，茜希。」

他用這個稱呼讓我明白，屋裡不只我們兩個人。

我環顧四周，視線最後停駐在門口，加百列點點頭，我心領神會，現在只適合輕鬆的話題。

「我有一些東西要給妳，」他表情一亮，探向玻璃咖啡桌，拿了一袋子東西過來。「首先是iPhone，電話號碼在盒子上，屋裡每個人都有一支，我已經把大家的號碼輸進去。」

我揚揚眉毛，從來沒擁有過這麼奢侈的用品——呃，至少印象中沒有。「謝謝你，眞是太棒了！」我眉開眼笑。

接著他從口袋掏出閃亮的金卡遞過來。「我已經幫妳開了賬戶。妳需要衣服鞋子，布魯克說還有一些女生要用的東西。」他笑道。

「她答應帶妳去逛街，我必須說，妳自己去比我來得適合——說起購物和血拚，她的眼光非常獨到！」他眼中射出戲謔的光芒。

「不，我不能收。」我不曾倚賴任何人幫忙買單消費，現在當然也不想破例。我想歸還卡片，但他不肯接受。

「請妳收下，就當成禮物，報答妳對喬納的幫助。」他試圖說服，我依舊搖頭。

「拜託讓我感覺能夠爲妳做一點事，比起應該給妳的補償，這不過是九牛一毛。」他傾身低語。

又來了，就像在猜謎，我一臉茫然地看著他，知道他不會讓步，只好勉強接受。

「好吧，等我找到工作後，我會馬上還你。」我堅持己意，對空搖搖那張信用卡。

「找工作？」他一臉困惑。「我說要讓妳的生活恢復正常，妳應該了解以後還要繼續躲藏。」

「呃，總不能天天待在家裡，我要工作。」

他優雅地捲起寶藍色毛衣的袖子，彷彿強調這是正事。但那身昂貴的衣著讓我更自慚形穢，感覺更寒酸，即便穿了名牌大概也改變不了我的本質。

他語氣嚴肅地強調。「不，當然不行，妳可以離開屋子，但要有人同行。我們必須保護妳，獨自一個人容易受攻擊；有些事情尙待釐清，這段期間妳最好留在這裡，即使非要出門，我們其中一個要一起去當保鑣。」

我正要開口爭辯，我既不是犯人，也可以照顧自己。

「希望妳不要介意，」他繼續說。「一般而言，多數的狀況……會由我陪妳去。」他嘴角上揚，就是那一丁點笑意，悄悄漫過他的臉頰，讓我立即改變了心意。我用微笑回應他。

「不過第一次還是請布魯克帶妳去逛街……」

我抬頭望向門口，布魯克剛好走進來，彷彿接到暗號。

「天哪！那件洋裝不能配內搭褲！」她朝我翻個白眼、一臉懊惱，我對加百列皺眉。

「為什麼我有一種上了賊船、肯定後悔的感覺？」我嘲諷地一笑。

「後悔什麼？」布魯克反問。「來吧，我們要進城。」

她抓住我的手，一把把我拉起來，出奇不意的動作嚇了我一跳，直覺想甩開。但我迅速地回過神來，如果要住在這裡，就得適應這些吸血鬼室友，無論如何，我得學會信任他們。我轉身面對加百列，撈起沙發上的新手機。

「不能進城。」加百列皺眉警告。

「什麼？可是牛津街最熱鬧耶！」

「不行，就在本地。去溫莎好了，那裡有足夠的商店供妳們消費。」加百列顯然是大頭目，大家都要遵守他訂下的規矩。

布魯克氣得吹鬍子瞪眼，不滿地做鬼臉。她的行為感覺比外表更年輕，就吸血鬼而言，這樣很少見。我還以為活了那麼多年，即使外表不會老去，行為應該更成熟、世故才對。

「不公平，只因為有人追她就不能進城！為什麼我要跟著倒霉？我又不想陪她去！」

「有人追我？」這句話比布魯克鄙視的敵意更讓我吃驚。

加百列起身踱向門口，我們都站在那裡。

「不，茜希，沒人追妳。」他平心靜氣，立刻緩解我的憂慮。

「當然有，我聽見你跟喬納這麼說了。」布魯克惡意地反駁，對自己的竊聽技巧似乎洋洋得意。「你說艾立歐一族仍然對她緊追不捨。」

我轉向加百列求證。

「茜希，我和喬納所討論的，私下討論的，」他刻意強調用字，不滿地看著布魯克。「就是他們有可能還在找妳，就這樣，跟我們原先懷疑的一模一樣。」

我忍不住惱火，腳尖在地上拍打著，知道他又有所保留。

「然後？」

「就這樣，什麼都沒有。」

如果沒有下文，那我爲什麼覺得他在防堵我窺探他的思緒？我不喜歡被人瞞在鼓裡。

「布魯克，去開妳的車，茜希很快就過去。」

她甩頭離開，碰一聲摔上房門。

「嗯哼？」我問。

「沒什麼好擔心的，只是從我們回來以後，麥可對艾立歐的心電感應又強了一些。」他依舊試圖要保護我，盡可能輕描淡寫。

「感應比平常更強烈？」

「對，麥可是最新的成員，才剛脫離族群，加入我們的行列，所以他和葛堤羅的連結比其它人強烈。」

「我不懂，這表示他知道的一切，他的艾立歐也知道？」

「不會，艾立歐創造了麥可，他的毒液永遠是麥可的一部分。因此，他們可以察覺對方的存在，除非其中之一改變癖性，基本上他們的頻率是一致的。」加百列試著讓我放心。

「麥可感覺艾立歐有些許變化，似乎蠢蠢欲動，但也可能是我們多心。」

我吐了一口氣，心想也可能更糟。我在幻象中看見他們站在克雷高鎮失火的房子門外，毫無疑問地認定他們會來找我。

「我們會小心防範，妳很寶貴。」他溫柔微笑。

「好吧。」剛接受他的解釋，布魯克不耐煩的喇叭聲就把我嚇了一跳，「我該走了，她在等我。」

我百般不情願的握住沉重的門把，拉開大門。

亦步亦趨跟著布魯克，要當心。他的話傳入心底，我豎起大拇指回應，穿過長廊出了大門。

布魯克在駕駛座上扭來扭去，任由全新的Mini Cooper引擎空轉，果然，是粉紅色的車。我的屁股才坐進去，她立刻加速衝出車道。

行進中，她從後座抓了一件外套丟給我。「妳會凍僵。」

我拿外套裹住穿著布料稀少的自己。「嗯，溫莎？大採購……」我試圖找話題。

「不，牛津街，在倫敦，知道吧？」

啊，加百列肯定不高興，但我不想打擊她。

「別想跟加百列告狀。」

布魯克像賽車似地橫衝直撞，最終超越速限很多。倫敦的風景和黑澤雷迥然不同，綿延無盡、山陵起伏的翠綠色田野，如今現在換成高聳的水泥建物和高樓大廈。她打開收音機，某個樂團在演唱搖滾歌曲，我認得喬納開車時也聽同一團的音樂。

我將音量轉小一點。「早上沒看到喬納，他還好嗎？」

布魯克拉長臉，半晌才有回應。「他沒事，只是出去吸血的頻率比往常頻繁，自從回來以後，大多不在屋內。」

她沒有企圖美化他的飲食習慣，這麼率直的個性讓人很喜歡，看得出來她不太歡迎我加入團隊，這種漠不關心的態度反而讓我覺得親切。布魯克不給我應答的機會，自行把收音機的音量轉大，拉下頭頂的迪奧太陽眼鏡遮住眼睛。

牛津街上擠滿十二月和聖誕節購物的人潮，我們逛了四小時，布魯克拎了大包小包，我只勉強鼓起興致買了一件樣式簡單的羊毛長大衣和一雙平底鞋。我對衣服的要求以實用為考量，所以毛衣和牛仔褲就綽綽有餘，但對布魯克而言，買東西全然不必考慮，選來選去只有名牌設計師的商品才值得她大駕光臨。

我花了點心思讚美布魯克挑選衣服的眼光，她的心情似乎愉快了些，還主動提議帶我去咖啡廳休息一下，喝杯茶吃甜點。

坐在星巴克的角落裡，手捧咖啡和甜點，窗戶上的光線吸引了我的注意，當我想要再看仔細，它就不見了。

布魯克滑進對面的沙發座椅，看著我在熱茶裡加了好幾顆糖。

「對了，接下來的時間要用來幫妳買衣服。如果加百列看到妳只買了一件便宜的大衣回去，肯定覺得我沒辦好差事！」

「便宜？那是香奈兒。妳有看到標價嗎？」我羞愧極了，一直懊悔讓布魯克說服我用加百列金光閃閃的信用卡買了如此昂貴的東西。

「金錢不是重點，我們要關心更大的問題。」

「例如？」我反問，咬一小口讓人食欲大增的閃電泡芙。

「努力過好每一天，克制自己不要殺人。」她低語。

我認爲她在唬人，回答時刻意露出些許擔憂。「妳眞的會……殺人？」

「對，偶爾會發生，只有在必要的時候我們才吸血——那是迫不得已的情況。如果妳明白我的意思。不是遊戲，不是消磨時間，而是沒有第二條路，一定要那樣，不然加百列不會容許。他是天使，妳知道吧？」她笑著補充。

「有聽說。」

她有點生氣，似乎是懊惱被別人搶先一步傳遞這個消息，並繼續追問我。「所以，人類女孩，告訴我，妳交易的條件是什麼？」她邊問邊梳理頭髮。

「沒有條件，只是誤打誤撞，錯誤的時間出現在錯誤的地點，我想。」我盡量漫不經心回答。

「同病相憐！」她哈哈笑，笑中帶了一絲感傷。

現在可不是詢問她怎麼會變成吸血鬼的好時機。

「嗯……那妳爲什麼要躲起來？妳有什麼特別之處讓純血窮追不捨、咬著不放？」她壓低嗓門。「還有，加百列爲什麼如此保護妳？」

最後一句話讓我心花怒放，顯然她知道加百列很關心我，想到這個就很開心，我差點笑出聲。「或許他認爲這麼做才公平，如妳所言，天使的身分讓他要做正確的事。」

撇開過去的歷史，我自己也在納悶是否只有這個原因，或許是責任感使然，他也說過自己必須做補償。

「我不確定他們追我的原因，或許是不能釋懷，氣憤我半路冒出來救了喬納一命？就像剛才說的——錯誤的地點、錯誤的時間。」

一提到喬納，布魯克有限的注意力幅度立刻往上攀升。「呃，這一點我們應該感謝妳，我們不想失去他。」她轉動脖子，按摩肩膀。

「妳跟喬納是一對？」我試著討好她，故意這麼問。他們應該不是那種關係，但我想讓她放下防衛。

「噢，呃，不是，但我們的關係比妳想像的更親密！坦白說，是他救我脫離……呃，妳知道的。我猜他想要我，或許我們終究會在一起，如果可以的話。」她辯解似地越說越快。

「我相信，但他年紀比妳大很多，不是嗎？」

「看妳從哪一個角度來說。或許吧，但年齡差距不是我們不能在一起的理由。」她突然下結論，彷彿自己無意間透露太多。

不能？輕吹熱茶，淺啜一小口，故意無心地問：「爲什麼？」

「事情就是這樣。吸血鬼，」她再次壓低嗓門。「不能跟另一個吸血鬼在一起，這是禁忌。不過吸血鬼也不能跟人類在一起，從來沒有成功的案例。」她假意研究那些購物袋。

「呃，誰會想要跟喬納出去約會！」我格格笑，試著緩和緊繃的氣氛，擔心她會閉緊嘴巴。

順著我的心意，她的防衛鬆懈下來，露出微笑。

「爲什麼是禁忌？」我咬一小口綿密的泡芙，又追問一句。

「妳是外人，我就不要拐彎抹角，直接切入主題。因爲像我這樣的女孩——其實很少，至少他們是這麼說的，很少創造出像我這樣的女孩，假如一男一女屈服於本身的慾望，最後很可能……」她指著茶杯。「妳懂的，就是你們現在對彼此做的事。」

「會有問題？」

「對，因爲我們血液的特質，從另一方吸血是一回事，但是那種激烈感受會導致雙方都過度投入，最後兩邊都停不下來，彼此的力量透過血液交流，互相摻雜，最終有一方會死亡。而男性通常比較強勢，所以無可避免的是女方輸。」她熱切解釋下去，我的反應讓她備受鼓舞。

「我懂了。那麼是誰下令禁止？」

「主人們明訂這是禁忌，因爲會減少我們的數目，不過羅德韓告訴我偶爾也有例外——爲了特定的目的。他們會蓄意操縱，藉此提升某個男性的力量。但是喬納應該不會對人類女孩感興趣。」布魯克說。「要有強大的意志力，才能避免那個無知的女孩走向人生終點。」她確定我會聽懂背後的隱喻。

「我很驚訝妳能夠輕易脫身，一定是妳不夠刺激，滿足不了他的胃口！」

我回想起喬納吸血時眼中閃過的光芒，相信我還不只刺激他的食欲而已，但我不打算洩露這一切。

「所以你們不能談情說愛？」我問。布魯克所謂的禁忌顯然也適用在喬納身上。

她一臉不屑，「愛情……吸血鬼不會那麼輕易動情。」她再度低語。

逛街疲憊的人跑進來歇腳，搞得咖啡廳人聲鼎沸，四周都是嘰嘰喳喳的聲音。我扭頭看了一眼，應該沒有人竊聽，無庸擔心，這才繼續閒聊地問。「妳愛喬納？」還來不及多想一下，我已經脫口而出。

布魯克的表情彷彿挨了一巴掌，這是我至今看過她最真實的反應。她靜靜坐著，一聲不吭，我不敢率先打破沉默，擔心她隨時會發飆，這時突然很感謝她戴了墨鏡遮住眼睛。沒想到她出人意料地忽然摘掉眼鏡，輕聲回應。

「對，或許。這對他而言更困難，我沒有服侍過葛堤羅，喬納倒有一段時間，或許我因此保有比較多的人性，相信在內心最深處，他肯定也有同感。然而他知道無可避免的結果，不願意拿我去冒險。」

聽她這麼說，我只能同情地點頭，卻暗地裡感覺她可能自作多情，欺哄自己。我認識的喬納不太適合「披著閃亮戰甲的騎士」頭銜，那似乎是她幻想中的形象，很可能是她自欺欺人，以免被他拒絕。我眞心同情她，因爲事情的眞相往往讓人痛苦，很難接受。

我喝完熱茶，揉掉泡芙的包裝紙，站起身，預備面對繼續逛街的折騰。

這回我們快速地逛過一家又一家店面，挑了好幾件實用型的緊身褲、長靴和一雙被她叫作Uggies的黑色雪靴。她顯然相信實用之外，也要兼顧潮流的走向，才會這麼堅持。我逛到兩腳痠痛，塑膠袋掛在手腕上，讓指頭發麻。我正想棄械投降，宣布今天到此爲止的時候，街角那家小小精品店吸住我的目光。

Mademoiselle 以優雅的字體印在玻璃門上。

布魯克試著把我拉走，但在被她說服之前，我已經衝動地推門跨進去，檢視一排又一排復古風格的服裝設計。

一層樓的店面，就那幾排衣桿，但每件衣服都顯得獨特、別有韻味。我小心翼翼地捻了捻蕾絲上衣，終於有一股輕鬆自在的感覺。

「這個哪叫做復古！簡直像舊衣服！」布魯克嚷嚷。

「很美。」我挑了一件象牙白，有成排鈕釦的蕾絲上衣。轉過來一看，衣服背後的設計讓人嘆爲觀止，心頭卻又一陣感傷，因爲要多穿一件小背心遮掩疤痕。

十五分鐘後，更衣間塞滿我今生見過最雅緻的布料和設計。我從蕾絲上衣到細綿布洋裝，一一試穿，雖然我不得不同意布魯克的看法——有些看起來眞的像褪流行的舊衣。

我挑了第一眼就看上的蕾絲上衣套在身上，布料服貼地包裹著肩膀，就像按著我的曲線量身設計。我把金髮撩到背後，左側的衣服稍微用別針別上，再配一條黑圍巾，就此大功告成。

「呃，有點老氣，但在妳身上顯得很雅。」布魯克評論。

不用別人說，我自己就覺得滿意，即便跟黑色緊身褲搭在一起，復古當中也多了一點時髦品味，至少把我帶回本世紀！我到櫃檯付賬，接著哀求布魯克放我一馬，收兵回家。

「先去 Ralph Lauren，妳需要厚毛衣，這種該死的鄉下地方，幾乎凍死人！」

在買了八件同款不同色的毛衣、八件T恤、五件襯衫，並加買兩件大衣之後，她又把我拖進塞爾福里奇百貨公司（注1）。我乾脆讓她全權處理，做主挑衣服，不必經由我同意，但她依舊不滿意，拉著我逛過每一區，這個女孩也買得太認真了。

兩個小時後，我買齊了一切，從腰部荷葉邊設計的洋裝到所謂的哈倫褲，一無所缺。

我跑去女鞋區避難，布魯克抓住機會，硬是把我的腳塞進克里斯提・盧布登（注2）的厚底高跟鞋。

「夠了！拜託，我們回去了好嗎？」我丟掉名牌鞋，穿回平底鞋，對比之下像個醜小妹。

「好，可是我要幫妳買這雙。妳需要幾雙高跟鞋，妳是女生，妳知道吧？」

「我不穿高跟鞋，布魯克。我只穿平底鞋，好穿又耐用，那種五寸的高跟涼鞋什麼時候穿得到？」

「首先，這是六寸，是露腳趾的細跟高跟鞋，不是涼鞋。第二，總有一天……妳會感謝我。」說完她朝熱切的店員招招手，指了一堆高跟鞋請她包起來。

大衣口袋開始震動，我驚訝地伸手一摸，撈出iPhone，我完全忘了它的存在。簡訊提醒，該回家了，天快黑了，最後署名加百列。

不知道現在幾點了，一路逛街幾乎沒看到天空。

我回簡訊：請提醒布魯克回家。

幾分鐘後她回來了，又多了幾袋戰利品，歸還信用卡，我懊惱地塞進借來的外套口袋。

「加百列在發脾氣，要我們收兵回去，走吧。」布魯克不悅地說。

她百般不情願地走向出口，我倒是很高興終於可以離開。經過街道時，我停下來想看看聖誕節的櫥窗布置，燈光都點亮了。布魯克卻一把扣住我的手臂，拖著我離開，不給我時間好好欣賞一下。

天曉得那麼多袋東西要怎麼塞進迷你車裡，後車廂空間肯定不夠，後座只好也派上用場。在停車場，我們的車燈是唯一的亮光。

布魯克再次戴上墨鏡，我忍不住納悶她為何要多此一舉，畢竟現在是冬天、又是晚上。我整個人癱進副駕駛座，只覺得腳趾頭發痛水腫，不用再承擔體重的壓力時，後腳跟釋懷地嘆息。回程途中，音樂震天響，我潛心思索今天閒談的內容。如果布魯克真的愛上同類，情愫已生，又不能和對方在一起，至少沒辦法真心廝守，那我非常同情她，偏偏她又不能冒險和人類男子談感情，最終很可能害死對方。這樣的結局叫人情何以堪。我開始納悶她何時變成吸血鬼，在這之前又過著哪種生活，轉化之後迫不得已，又拋下了什麼？

路邊的建築物越來越少，顯然我們快抵達黑澤雷了。我特意鬆開胸前的安全帶，將音樂調小聲，正式向布魯克道謝。

「妳在幹嘛？」我還沒開口，她就大聲嚷嚷。

「嗯？」我說。

注1 Selfridges，位於倫敦牛津街的塞爾福里奇百貨公司，於一九〇九年開幕，是倫敦第二大百貨公司。

注2 Christian Louboutin，法國著名的高跟鞋設計師，最出名的是紅底鞋。

「怎——麼——回——事？」她強調。「我喜歡那首歌。」

「我只是想說，妳知道這是禮貌，謝謝妳花時間陪我去採購。」

布魯克皺皺鼻子，大大的墨鏡被推到精心描畫的眉毛上。

「妳戴墨鏡，看得清楚路面嗎？」我問。

「吸血鬼有夜視能力，茜希。」

「噢，跟貓一樣。」

「天哪！妳要記住我們是可以致人於死地的掠食動物，不是家裡的寵物。」

「我記得的……」

看她偏頭的模樣，我確定她有聽見，只是沒有再追問。

「我有明星臉，長得像安·海瑟薇（注）——尤其是她扮演貓女的時候，只是我比她更火辣。」

她嗤之以鼻。「妳不必感謝我提供的逛街服務，這對我的益處多於妳。」

「哦，怎麼說？」我邊問伸長腿休息。

「我們要公開露面讓人看見。再者加百列說如果本地人看我們在一起，就會認定妳是我們的親戚，坦白說，妳現在的模樣比較像女僕，不像家人，寒酸的打扮很難讓人聯想。」布魯克變換車道，車子震了一下，穿梭在車陣中。

低頭打量舊舊的平底鞋，她說得對，我像雞立鶴群，無法融入其中，根本配不上加百列。

布魯克從路面移開視線，看了我一眼，發現我脹紅了臉。

她軟化下來，以她特有的方式安慰，「別擔心，灰姑娘，妳已經買了玻璃鞋，這要歸功於我，記得穿上就對了。」

她聳聳肩膀，把音樂開到最大的音量，跟著英國當紅女歌手潔西・J的《售價標籤》哼哼唱唱——反諷的意味清楚明瞭。

注 Anne Hathaway，美國知名女演員，曾經演出《穿著Prada的惡魔》，《麻雀變公主》和《蝙蝠俠》影片中的貓女。

9

當我們抵達前門時，加百列似乎有點不高興，但仍保持風度、幫忙將大包小包拎進屋裡。

「廚房桌上那杯熱茶給妳。」他邊說忙著把物品拎上二樓的臥室。

我急忙穿過長廊來到屋子後面，突然想起要向布魯克再次道謝，但轉身已經不見人影，我猜她是急著要去懸掛戰利品。

手握熱茶慢慢品嘗，糖和咖啡因的混合體立刻幫我補充體力，喝不到幾口，加百列走進廚房，坐在我旁邊座位上。

「溫莎好玩嗎？」

我慢慢把茶吹涼，藉故爭取時間，「布魯克逛街逛得如魚得水，心花怒放。對不起，我猜信用卡幾乎刷爆了。」我顧左右而言他。

「在溫莎嗎？」他鍥而不捨。

我不說話。

「沒關係，我知道妳們去城裡。」

忸怩不安的我直視那嚴肅、不動聲色的臉龐。

「對不起，我不想得罪她，再說我們一路都很安全。」我羞愧地道歉。

「我知道，我一直跟在後面。」

「你跟蹤我們？」

「妳眞以爲如果有選擇的話，我會讓妳離開我的視線？」他那溫柔的表情、炯炯有神的眼睛，似乎在試探答案。

「噢，呃……那你幹嘛不一起去就好？」我反問。

「讓妳跟布魯克相處一下，妳們年紀相仿，至少表面上是這樣，」他說。「彼此認識一下，或許能夠點燃友誼的火花。」

「想得太美了，她還是不大喜歡我。」我緊握白色馬克杯的把手回話。

「嗯，同時妳也需要添購衣服，那方面我可幫不上忙。不過她帶妳去喝下午茶，顯然是個好兆頭。」他說。

笑意悄悄爬上他的臉，看得我心裡甜甜的。

「或許吧。她稍微敞開心胸，聊了自己跟喬納的關係，還告訴我吸血鬼永遠不能跟對方在一起，結果會自相殘殺。」現在換我測試他。

加百列沉思半晌。「她是對的，一方吸食另一方的血液，會像發燒似地興奮起來，血液相溶，相互吸收對方的能量後，那種依戀的關係將持續到永遠，直到有一方停止呼吸，無人可以代替。」加百列垮下肩膀，頭偏向一邊，雙眉深鎖，一副心事重重。

「哇，這個回答眞直接。」

「妳也問得很直白。」他頓了一下，跟我四目相對，我們似乎凝視了一輩子那麼久。我很想窩進他的眼皮底下，縮成一團沉睡到永恆。

「爲什麼他們會自相殘殺、至死方休？按照你形容的，那應該是墜入愛河的感覺。」我說。

「因爲這種關係到頭來，總有一方會著魔、滿心渴望下一次的吸血，最終不管彼此連結多麼強烈，鮮血總有被搾乾的一天；還有更慘的，如果他們是互相汲取，依戀的程度突飛猛進，雙方會情不自禁，忍不住回頭渴求更多，力量相比之下，總有一方勝出，結局一樣悲慘。我不曾遇過任何吸血鬼能夠和另一個同類維持恆久的關係，而沒有暴力相向，在我看來，最終勝利的還是成癮的慾望。」他解釋。

「聽起來好像吸毒或藥物上癮！」

「用吸毒形容那種情境，遠比妳偏好童話般的愛情故事更寫實一點。」他說。

我喝完熱茶，把馬克杯放在實木餐桌上，低頭玩弄手指甲，感覺加百列的眼睛就像顯微鏡，我的行爲舉止、眼神流轉都逃不過他的審視。我們默默坐在那裡，各自陷入沉思。

「說吧。」他說。

「對不起，你說什麼？」我驚訝地回問。

「妳還有疑問……」

他眞像我肚裡的蛔蟲，把我摸得清清楚楚，有了如此愼重的鼓勵，我不想再猶豫。「如果是天使呢？」我繼續低下頭，眼前要邁入一片危險的領域，我的腳步戰戰兢兢，深怕靈魂隨時會受傷、摔得粉碎。

「天使怎樣？」

「天使和吸血鬼可以相戀嗎？」

漢諾拉的俏臉閃過眼前，我不想看到他的表情，暗自擔心他可能的反應。一開始他沉默不語，顯然沒料到會有這麼一問，不管他以爲我想問什麼，絕對不是這一項。

他絲毫不浪費時間，直接勾起我的下巴，讓我別無選擇只能迎視他。「那個與我不相干，這位天使只關注一個人。」

她的名字叫萊拉。

心中的烏雲被風吹散，填補空缺的正是他這句話。我的心翩然起舞、閃閃發亮，如果可能的話，它們不是黑白，而是染上繽紛的色彩，金光銀光氾濫環繞。

他收回手，進而抓著我的雙手，緊緊地包覆，雙手的溫度立刻溫暖了起來。他神情肅穆，當他表情緊繃時，脖子上會有一根血管很突出；我試著板起撲克臉孔，才勉強維持幾秒鐘，就情不自禁地噗哧一笑。

我有好多疑問……

我突然瀕臨淚崩邊緣，覺得跟他好親近，覺得深深瞭解這個人，卻不記得箇中細節和過程，因此又好頹喪。

「噓。」他瞭解我的感受。我知道，因爲我也察覺到他的感受。

很快，萊拉，我保證，就快了。

加百列離開時，我再次有被吊胃口的感覺，心裡想著他，我沉沉地睡去。

冬天的陽光滲入臥室的窗簾，輕輕喚醒了我，起床時心情很好，直到突然想起還有那麼多新衣服要分類、整理。

沐浴刷牙時，昨天回程途中布魯克在車裡說的那番話嗡嗡響起，讓我決定在鼓起勇氣整理那堆山一般高的衣物之前先上點淡妝。

等我終於把最後一雙靴子整齊地放進衣櫥裡，才開始挑選今天要穿的衣服，黑色緊身褲，最想搭配的是昨天最滿意的收穫——優雅的蕾絲上衣。

我挑了一雙黑色長筒的雪靴丟在床上，直接走向門口把門鎖好，這才轉身翻找成套內衣褲。當然啦，還要一件小可愛遮住背部的疤痕。我脫掉晨褸，換上美美小褲，正要拿起內衣時，突然停住動作，一股濃郁的果香夾雜著誘人的森林香氣瀰漫在空中，我認得這個氣味，是喬納的古龍水。

我猛一轉身，同時用雙手遮掩身體。果不其然，他就站在我背後，背靠著牆壁。

「喬納！」

我正要彎身撿起丟在地上的晨褸，他的身影一閃，已經搶在手裡。

「妳要這個？」他遞過來。

我接過來裹住身體，緊緊繫上腰帶，溼髮撥到耳朵後頭。「你找我做什麼？」

「呃，既然妳主動問了……」

他靠了過來，完全逾越個人尺度。我直覺舉起手往他肩膀一推，很意外他竟然倒退了一步，但在一瞬間就回過神來。

「冷靜！我是逗妳的，茜希！」他竊笑的表情顯然非常得意。

「我鎖了門。」

「我是吸血鬼，上鎖的房門讓人難以抗拒。」

我匆忙躲到床舖另一頭，拉開彼此的距離。

正想要求他離開時，突然發現他的眼睛似乎變了顏色——淺褐色摻著褐紅的光斑，立刻讓我想起布魯克說的話：這幾天他頻繁地進食。我毛骨悚然，脊髓發寒。

「你殺了多少人？」我大聲質問。平常我不會這麼武斷，但是聽了布魯克說他們為了生存，偶爾也會造成死傷的時候，突然就想問個清楚。

「沒有好人，我保證，都是邪惡的靈魂。」

他的話像刀一樣刺入，我不在乎那些人是好是壞，想到他從那些不情願的受害者身上強行吸血，我的胃就開始翻攪，然後又想起自己衣衫不整，只有晨褸和小褲，現在不是雄辯的時機。

他穿了一件顏色相當罕見的豆沙紅條紋T恤，領口上翻，跟他的膚色和眼睛形成完美的對比；平常就很雜亂無章的頭髮，今天早上一樣亂得很有型。他真的英俊得叫人生氣，有股莫名興奮的感覺從我腹中流過，讓我羞澀得雙頰潮紅發燙。

「十塊錢買妳在想什麼？」

我立刻甩掉胡思亂想的念頭，在心裡把自己罵一頓。

「俗語是一塊錢。相信我，一塊錢連我的化妝品都買不起。」

他笑嘻嘻的，過了一會兒才說。「開個價吧。」他對我眨眨眼睛、潤了潤嘴唇，故意用笑臉刺激我，看我敢不敢接受挑戰，跟他玩遊戲。

「再問一遍，你有什麼事？」我朝門口擺擺手。

但本人向來不喜歡玩遊戲。

他挺直身體回應。「只是想帶妳到村子裡到處逛逛。」

他不是詢問的口氣，好像從來不問別人的意見。

「謝謝，事實上今天由羅德韓負責，加百列已經安排好了。」

喬納臉上閃過一絲失望，只持續短短不到一秒。

「難道妳不希望找個比較年輕、比較有趣的人帶妳去觀光？」

我沒有立刻抓住和他相處的機會，似乎讓喬納惱羞成怒。從他皺眉和額頭的紋路判斷，他一點都不喜歡、也不習慣努力去爭取別人的注意，反而習慣發號施令，要什麼有什麼，連時間都聽憑他決定。

「上次你那麼做，害我被壓在牆上，這回饒了我吧。」

「好吧。」他走向門口，我立刻懊悔提醒了他，自己依然介意那天木屋裡發生的事情。

「喬納，或許改天你可以帶我去喝酒？聽說附近有一間酒吧？」我心軟下來，希望表現出一點友善。

他回頭瞥了一眼，握住門把。「好極了，這是約會。」

他似乎笑得很得意，我突然領悟原來他在耍心機，讓我傻傻同意跟他去酒吧而不是去參觀村子。被耍的感覺讓人懊惱，下次我不會再上當。

我轉身背對他。他正要開門之前，卻拋出一句話。「順便提一下，臀部很漂亮！」

啊！氣死我也，這傢伙狂妄自大，真的被人應該修理一下、殺殺他的威風。

他離開以後，我還是草木皆兵，嘗試在晨褸底下套上新衣服，以防他改變主意跑回來搗蛋，卻又花了一點時間對著鏡子審視自己的俏臀。

擦乾頭髮，拎出Mulberry小手提包——要感謝布魯克——把手機和信用卡一起丟進去，還有昨晚睡前加百列交給我的大門鑰匙。

從五斗櫃的抽屜翻出各種僞造的身分證件，包括護照等等，艾立歐一族攻擊我和喬納之後，羅德韓冒險闖進克雷高鎮的房子裡，救出我背包內唯一的私人物品。加百列假設危機已經解除，才會派他去查看，事先並不知道我還有東西留在那裡。經過羅德韓的搜索，不知道那裡會不會還保持原狀，如同幾天前我們快馬加鞭離開時，加百列和吸血鬼住過的房子一樣。但願他沒有這樣做，這樣實在很浪費，但我還是非常慶幸能夠找回證件，萬一不久的將來要離開這個國家，少了證件將會寸步難行。

想到這裡，我明白自己已經預備好面對這一天。

漫步穿過走廊，旁邊有好幾扇門。我沒細問是哪個人住哪間房，只希望加百列安排我住他隔壁。剛到樓梯頂端，他已經在樓下等我了。

「早安。」他笑著打招呼。

他看起來賞心悅目，今天把金髮撥在耳後，只有幾綹不聽話的髮絲落在額頭。我蹦蹦跳跳，一次跨好幾步就到樓下，他以手肘撐著牆壁，兩腳前後交叉等著。我正想開口說話，發現他笑得有些遲疑，臉色垮下。我停在最後一階樓梯，兩眼跟他平視的位置，尷尬地看著他臉上露出一貫困惑的神情。

「嗯，一切都好嗎？」我說。

「是的，當然。」他很快就恢復正常。「妳從哪裡找來那件上衣？」

「噢，這是我自己選的，就在一間小精品店裡，你不喜歡嗎？」我有點難爲情，尤其是加百列竟然默不吭聲。

我自動自發地轉身上樓，只想回去照鏡子確認。

「等等，」他抓著手臂把我拉回去，「眞的很美。只是看妳穿這種款式太過詫異，一時恍神，想到從前的，呃，妳。」

他本來不想說出最後一句，但我又不是傻瓜。

「我知道這是復古款式，有點老氣橫秋，但我就是喜歡它，對不起，讓你想到以前的我。」感覺好洩氣。

我們繼續盯著對方看，彼此都沒有退縮的意思。看我這麼頑固，最後他噗哧一笑，我本來還想再板著臉孔，卻也忍俊不住，跟著笑開了。

「想起從前的妳，那個我所認識的女孩，這一點都不是壞事。只是太突然，沒有心理準備而已，本來以爲會看到不一樣的面貌。」

他恢復正常，手背輕輕撫摸我的臂膀，我很快就原諒了他，冰涼的撫觸立刻引來雞皮疙瘩。奇怪得很，有時他很溫暖，有時又像冰一樣冷，彷彿有辦法控制體溫。

他跟著坐在臺階上，一手穿過我的頭髮，順勢把我摟過去。他的手臂向下摩擦到我的下背，身體往前靠近，將我垂到腰部的卷髮撥到一邊去。

「這件衣服的特色就是炫耀美背，但願妳是因爲天氣太涼才穿了小可愛保暖，不是爲了遮掩背後的傷疤。」

加百列就是有辦法一針見血，一眼就看出背後眞正的原因。

「我不喜歡，即使有頭髮遮住，多穿一件感覺比較自在。」

他嘆了一口氣。「來吧！」他故做輕快，打破緊繃的氣氛。「帶妳去看個東西！」他抓住我的手，直接往屋子後面走，跨入宏偉的圖書室，書架上滿是收藏的圖書，種類繁多。最遠處是一扇俯瞰庭園的觀景窗，桃花心木製的桌子上擺著特別訂做的實木棋盤，做工精美，兩側各有一張皮椅，讓人聯想到老先生的書齋。

他先扶我坐在深綠色皮椅上，再走到書房的角落，神祕兮兮地掀起一塊地板。他回來時抱著一只沉甸甸的箱子，小心翼翼地放在旁邊，這才坐在我對面，打開箱蓋，慢條斯理地把一組紅色和白象牙製的西洋棋放在棋盤上。每一個棋子都是手工雕刻的精品，歷經細心的保存，即便已有一些年代，依然完好無缺。他把其中一個城堡遞過來給我，露出城堡底座的銘刻。

上面刻著：卡爾弗，艦隊街189號。（注）

那一瞬間，這東西對我而言似乎具有某種重要的意涵，只是印象朦朧，好像抓到鬆脫的線頭，沒有實際的益處。這回加百列給了答案，纏著線頭幫忙綁上蝴蝶結。

「一八三九年，我在倫敦一間小店買了這套西洋棋，當成禮物送給妳。」

我訝異地睜大雙眼——一八三九年！

問題立刻脫口而出、壓都壓不住，「我們認識的時候我幾歲？你知道我究竟活了幾世嗎？」

「當時妳是一般的凡人，我們剛認識時妳十六歲，一起慶祝妳十七歲的生日，就我們兩個單獨。」他說。

「我後來怎麼了？」我的心臟怦怦地跳得很劇烈。

「妳死了，萊拉。自妳走後我也跟著離開，箇中原因和過程以後再說，妳要找答案，我也想瞭解。」

「歷經這麼多年的歲月，後來你去了哪裡？」

「我的去處不是重點，妳說從來不曾忘記我。呃，現在我要妳回想從來不曾忘記的那些畫面，找回遺落的部分，其餘的就順其自然，總有一天會出現。」

他可以透露更多，至少起初認識的時候，我的一切他都清楚，不肯透露的背後自然有他個人的理由，但感覺像他試著麻醉我，緩和未來將受到的衝擊。

我無精打采靠著椅背，靜靜等待。

他終於動了一下，雙手互扣成祈禱的手勢，手肘靠膝、眼睛盯著我。坦白說我很疑惑，不知道他在期待什麼。

我率先打破沉默，對著棋盤點點頭。「雕工精細又漂亮，可是我不會下棋。」

他在等我起子嗎？

加百列一語不發，雙手遮住嘴巴，很難看透他在想什麼。我已經留意到，有時他的嘴角會洩露一些線索，如果他有小辮子可抓，肯定是那裡。

他還是不說話，我轉換其它感官系統，不用心電感應溝通。但是當我全神貫注的時候，感覺他又有某種期許逐漸攀高。

他又撐了一會兒，伸出手臂拉起我的手，放在士兵上面。被他抓著手指握住冰涼的象牙棋子那一瞬間，房間開始振動、隨即爆裂開來。

驟然發現自己走進光之隧道，隧道盡頭是一模一樣的棋盤。影像逐步浮現，因我心不甘情不願，所以畫面來得很慢，依稀聽見站在遠處的加百列鼓勵我探索的嗓音，我開始放鬆心情，不再試圖逃避。

接受之後，我認出在眼前的是往日的我和加百列，雙雙坐在棋盤前，這是我自身的記憶，就在碰到士兵的瞬間觸動而起，肯定也是他所希望的。

加百列跪在身後，抓著我的手，舉起士兵沿著方格的對角線移動，我一直咯咯笑。他跟我

注 Calvert, 189 Fleet Street，卡爾弗是十九世紀初英國著名的人物，他經手精製的西洋棋組都會在三個城堡上刻製自己的姓氏和地址。

臉貼著臉，邊聊天邊解釋下棋的規則。我們坐在穀倉裡，馬匹繫在底下，棋盤擺在捆著的乾草堆上方，玩得不亦樂乎。夏天的陽光從穀倉門口灑進來，往日的我心中盈滿喜悅，興奮地笑開懷。在我的注目下，那種感覺迎面而來。

比起現代標準，我的打扮有點過頭：淺藍色棉質長洋裝、襯裙和蓬蓬袖，五官沒變，溫暖明亮的金髮和細膩的膚色混在一起，除了衣著，外表看起來相差不多。

我看著他溫柔地移動我的手，按照不同方式挪移棋盤上的棋子，肌膚的接觸讓我的心糾結在一起，我還在適應那個畫面。崎嶇不平的地面傳來馬蹄踩踏聲，刺耳的噪音攪動耳膜，影像被震裂，玻璃碎片四散紛飛。

後面躲著全新的回憶。

就在古老的橡樹底下，依舊是我們兩個，全神貫注在棋盤上，秋天黃葉紛飛，厚厚一疊堆在腳邊，遮住草地。我們相對而坐，各自沉思下一步，似乎過了很久很久，我才舉起白棋的騎士，小心走向新位置，加百列放肆笑開，立即拿起主教吃了騎士，再把被扣押的棋子拿出來獻寶。我鬱悶地仰起頭，對著天空大聲嘆氣，加百列把騎士放回棋盤上，棋步重組，主教放回原處，似乎在教導我究竟走錯哪一步，應該怎樣落子才正確。

這些影像通常是默劇，偶爾會出現刺耳的噪音，但從不曾聽見講話的嗓音。我已經學會用身體語言和動作詮釋其中的含意。

看著回憶重播的畫面固然吸引人，比較罕見的卻是那種淹沒我的強烈感受。那股純粹的狂喜，在目前的生活當中，這股歡天喜地的幸福好像從來沒有過。

我伸長手臂，空氣在周圍膨脹，指尖微癢。我站在外面往裡看，還有時間好好咀嚼那些時光，只是加百列再也無法抗拒，直接跳進隧道，切入我的私人頻道，再度旁觀。

因他的加入，我的記憶被分割成小小片段，彷彿用吸管吹氣。他操弄那些影像，造出一連串的泡泡，一一反射出隱沒在我內心深處某些時刻，氣泡輕飄飄地飛升，然後消失無蹤。

我的記憶被風吹去，取而代之的是加百列意識中的影像，用幻燈片方式呈現，不過這回的照片不斷旋轉扭曲。它們描繪的都是類似的時光，總是我們兩個相對弈棋，其中一個畫面直接飄到面前，誘惑我伸手去捕捉。它似乎有意停駐在那裡，給我成功的機會，指尖戳入記憶的縫隙，順應地播出那段故事——

一樣在乾草堆上頭，我躲進最遠的角落，加百列坐在後面，我的後背貼在他胸前，依偎在他的懷裡。白色國王躺平，剩下的棋子零亂堆在一邊，幸福喜悅的感覺幾乎將我淹沒，加百列在那一刻的感受，我也經歷到了。那是一股迫不及待的強烈渴望，是因爲他的加入，讓我也能夠體會他的感受和經驗嗎？

我不確定答案，唯有在一剎那間，肯定了一件事情，他眞的愛我！

我集中注意力，加百列的手指穿梭在我的髮尾處。，我閉上雙眼，他的指尖順著我的手臂輕輕搔癢，不住地摩娑。

他湊過來磨蹭我的頸項，愛憐地吸入芳香。我看著他撫摸我的臉龐，臉上容光煥發，浸潤在幸福裡。前世的我睜開眼簾，原來是裝睡，他深情地凝視我的眼眸，一股痛楚揪住我的心，原來他用情如此之深。

我們的鼻尖互相廝磨，最後嘴唇膠著在一起，深沉留戀，捨不得分開。我們分明就是戀人。從加百列的回憶看見我們第一次擁抱的深情是一種奇特的經驗，不致讓人不安，而是興致斐然。嘴唇分開的瞬間，記憶凍結，懸宕在最後一個影像上面。

萊拉。

該回頭了，但我不想離開，我想看之後的故事。

萊拉。他在呼喚我回到現代，我寧願留在那裡，留在過去，無論如何，至少沒有那麼複雜。

該回頭了……我依然抓住不放，瞪著最後一幕影像。

萊拉……這次他呼喚的語氣不一樣，伸手把我拽出來。

我置身在圖書室，手裡抓著士兵，加百列蓋住我的手，我睜大眼睛望著他。

我燦然一笑，心花怒放。

10

「當時我們是一對？」我終於提問。

他挪開手掌，坐回椅子裡，慢吞吞地回應。「是也不是。第一次見到妳，我就神魂顛倒，完全對妳著迷。」

「是我嗎？」這一點很難相信，我向來覺得自己既平凡又不出色，加百列則英俊又獨特，無人可比。

「對，是妳，不要詫異！妳純眞無邪，生氣蓬勃，在在令我著迷，我想盡辦法要和妳不期而遇，找理由黏著妳，雖然那時的情況也很……複雜。」他收斂笑容，眉頭又皺出三條線。

「什麼複雜的問題？因爲天使的身分？」

「那是其中之一，但妳不知道我是天使，我正打算鉅細靡遺地告訴妳，結果太遲了。」他垮著臉，渾身僵硬。

或許這是不對的，但我試著和他連線，希望像剛才一樣一起旁觀。他的頻道依然敞開沒有封閉，結果這招失靈，他馬上堵住了。

「妳做什麼？」他的語氣仍然溫柔，但看得出來不太高興。

「我只想瞭解，爲什麼你不讓我看後來發生的事？」

「有些事本來就不希望被妳看見，也不會由我來揭開。」

他試著要保護我，我卻忍不住沮喪。這不只是他、也是我的人生，我有權利知悉一切，不能只侷限在他認爲可以分享的部分。

他振作起來，但神情淡然。「那時有些情況很棘手，不必現在去經歷。我只希望妳感受我們當年的喜悅和幸福，雖然妳要求答案，但現在這樣就夠了。」

我板起臉孔想反駁，但也瞭解加百列說一不二的態度。如果今天他只想透露到這個程度，爭吵也是枉然，所以我反過來感謝他幫我喚回記憶和感受。

「說到這裡，我倒應該再教妳下棋。」看我退讓了，他的臉色再度一亮，對著棋盤上預備衝鋒陷陣的士兵點點頭。

「十二點整，羅德韓會帶妳去村子裡參觀，我們還有一兩個小時。」

「這麼多年來你一直留著這些東西？」我凝神細看，靜靜地問。

騎士立即引起我注意。

「對，藏了很多年。」加百列解開袖釦，捲起衣袖，一臉正經。

「先從棋子開始，好嗎？」

隨後一小時內，他一一解說每只棋子的名稱、移動方式和下棋的規矩，而我應該是新手上路，第一次學下棋，但起手之間卻像出於直覺。

他繼續教棋，我開始胡思亂想分神，他的嗓音變成嗡嗡聲。我們相遇的時候我還是凡人，後來死了又還魂，不再是那些年前他一見鍾情的女孩，變化如此之大，連我自己都不敢確定當年那個純眞無邪的萊拉，還有多少成分遺留下來。

加百列非常愛惜那些棋子，拿得小心翼翼，我幾乎捨不得移開目光，最後他看一看錶，示意時候到了，棋奕課到此結束。

他慢慢地收拾整理，我抓著騎士，象牙冰冰涼涼、質感光滑又舒服，輕輕放回盒子裡，加百列將盒子藏回地板的密縫裡。

他摟著我的腰，把我拉離圖書室去找超有耐心、已在廚房裡待命的羅德韓。

「嗨，茜希，預備去散步了嗎？」他說。

「嗯，應該不錯喔。」我拿起大衣，皮包斜掛肩膀，轉身跟加百列說拜拜。「我不在，你有什麼計畫？」我問他。

我納悶這次他會不會又在後面。

「羅德韓會好好照顧妳，麥可和我還有一些事情要處理。」

這大概意味著他信任羅德韓不會像布魯克那般任性，我提醒自己他這麼做也是要確保純血和吸血鬼爪牙不會窮追不捨。

「好吧。」我用眼神表達感激。

離開廚房時，加百列叫住我，丟了一顆蘋果過來。

我單手接住。

「早午餐的點心？」

我其實不餓，平常胃口也不大，但還是收著放進包包裡。

走到外面的車道，仍感覺得到加百列其實不太放心讓我離開，但他似乎認爲這樣對我比較好——即便心裡不樂意，他需要時間跟麥可訂策略。

順著車道通往馬路，到村子裡還有很長一段路，我很快察覺這群人看重隱私、保持適當距離的態度。眼前是瞭解羅德韓的好機會，他以人類的年齡來說大約四十多歲，看起來風度翩翩，一身斜紋軟呢西裝，燙得筆挺的長褲搭皮鞋，深色頭髮兩鬢泛灰，有著同髮色的濃眉，但膚色蒼白，臉頰和鼻梁都有淡淡的雀斑，下巴多了一撮小鬍子。

我們瞎聊著，最後來到當地的教堂和墓園。他領著我到處參觀，一邊解釋自己的背景是愛爾蘭裔的天主教徒。

「發生這些事後，你還相信上帝嗎？」我問。我們在教堂裡慢慢散步，羅德韓似乎很欣賞彩繪玻璃的圖案。

「現在比從前信得更認眞，純血來自於地獄，加百列從天堂來拯救我們。」他說。

離開教堂之前，他站在祭壇底下無聲地低頭禱告。

冬天穿梭在墓園的感覺詭異而冷清，羅德韓卻很悠閒，仔細閱讀每個墓碑上的刻文。「好奇妙，對嗎？想想我都一百歲了還站在這裡，而他們在那裡頭。」他低頭看我，六呎身高和精壯結實的身軀，讓人不敢小覷。「這是人生常態，茜希，妳會年華老去，最後變成一坏黃土，生老病死、人之常情。」他似乎很謙卑，絕不會想到其實我比他還老，就我所知，這種狀態還沒有結束的時候。

我們離開墓園，沿著狹窄的街道漫步，經過一處天高地闊的建築物，看起來似乎可以追溯到都鐸王朝（注）。「那裡在一九〇〇年代的用途是學校，後來改裝成住家。」他解釋。

那麼古老的一層樓建物，窗戶從右邊底部一路沿伸到頂，依稀能聽見孩子站在大操場等著進門的時候，興奮地嘰嘰喳喳，奔跑笑鬧的聲音。

對面是一排白色的小木屋，被白色圍籬圈住，小小的房子看起來溫馨又舒適，主要街道兩旁的住家就擁擠很多，不過越走到後面，房子越宏偉，空間越寬敞。我們站在一塊指標前面，它在寒風搖晃、發出吱嘎響聲，上面畫了馬頭，指標上寫著「白馬」。

「本地的酒吧。」羅德韓解釋。

一靠近門口，歡樂的氣氛迎面而來。同樣是一層樓的紅磚建物，看起來比較像某人的家，而不是公共場所，老式的黑、白兩色橫梁，屋外的遮陽傘底下排了桌椅，當然啦，凍死人的天氣誰會坐在室外，不過室內人聲鼎沸，顯然擠滿了顧客。

羅德韓提議進去看看，順便請我吃午餐。

「很棒的提議，謝謝你。」他展現紳士風度，站在旁邊替我拉開雙扇門，雖然沒什麼食欲，但我很想進去躲避寒氣。

酒吧的氣氛立刻讓我聯想起最近本來在過的生活，古老的建物和這些享受星期天聚餐的家庭，那種和樂融融的氣氛都會讓我覺得很溫馨。然而那種感覺在離開酒吧回家後，會立刻被孤

注 Tutor period，英國都鐸王朝的統治時期介於一四八五到一六〇三年。

單取代。

酒吧擠了滿滿的客人，酒保站在實木吧檯後面，手忙腳亂地試著同時應付五個不停吆喝的客人，木頭在開放的壁爐裡熊熊燃燒，大廳暖和極了，立刻驅除屋外的寒意，因著低矮的天花板，感覺更加擁擠。我看到羅德韓的頭頂幾乎要撞到天花板的橫梁。

「妳可以往前直走到右側，穿過另一道雙扇門，就會看到座位區。那裡有帳棚擋風，還有取暖的暖爐，也比較可能有位子。」

「好的。」

「妳要吃什麼？」他問。

「都可以，我不挑剔。」

「飲料呢？」

「只要果汁。」我說完便穿過摩肩擦踵的客人，抵達那道雙扇門。

果然沒錯，最遠處有一張空桌子，我趕快跑過去佔據。透明的帳篷後面是個花園，好多小朋友在那裡盪鞦韆，還有一些孩子逗著狗奔跑，這樣迷人的鄉村景色，正是英格蘭酒吧該有的模樣。

羅德韓瞥見我坐在角落，端了一個註明第六桌的鹽巴罐放在桌上，給了我一杯小紅莓果汁，自己面前放了一瓶健力士啤酒。

我好奇詢問。「平常你會吃喝嗎？」

「有喝飲料，食物就免了，當一個，呃，妳知道的……酒精對我們的影響力遠勝於你們正常人。食物，妳知道就是那回事，算妳幸運，我可是經過多年的練習！」他哈哈大笑，仰頭灌了一口健力士，上唇留了一截白色鬍鬚泡沫，我笑著用餐巾紙幫他擦掉。

「告訴我，茜希，妳的家鄉在哪裡？妳的父母呢？」

我猶豫半晌。羅德韓很討人喜歡，隱瞞他讓我有罪惡感，我盡可能不要偏離事實太遠，頂多省略某些細節不談。

「呃，其實沒什麼可說的，我是孤兒，印象所及都是自力更生。本來在克雷高鎮的酒吧當服務生，下班回家途中遇見喬納，剩下的你都聽說了……」我停頓，喝了一口果汁。

「家？我去過那裡，如果妳問我的話，那裡只有屋殼，哪裡是家。像妳這麼好的女孩爲什麼留在那種地方？」

我忘記他曾回去拿過我的物品。

「呃，我沒有家人，收入又少，那棟房子沒人住……」我說。「你呢？我敢打賭你的故事有趣多了，」我想改變話題，他不自在地動動身體。

「我本來住在翡翠島，妳大概猜到了，」他中途停下，嘖嘖有聲地喝了一口啤酒，思索如何訴說。「被轉化的時候我不算年輕，服侍純血十年後，加百列找到我，救我脫離葛堤羅的掌控，幫我找回人性。」他一臉哀傷，悔恨極了。我想被拯救的吸血鬼不該有這種反應才對。我靠過去，希望他多說一些。

「加百列救了我，我卻難以適應，轉化當時，我被迫離開妻子和女兒。加百列說我還沒預備好，不能回去找她們，但我冥頑不靈、不肯聽勸。」

他就此打住，我明知不該催促，卻又忍不住。「你有跟她們告別嗎？」

「某方面而言，加百列說對了，我無法控制自己。」他揉揉眼睛。

「不是你的錯，」我低語。「不是你自己要變成這樣。」

羅德韓眨眨眼睛，眼中的綠斑像漩渦般旋轉，他看起來應該比喬納更能控制自己的衝動。

「或許，但這是我現在的能耐……當時真想自我了斷，可是加百列爲我冒生命危險，我欠他一份情。」

「那是支撐你活著的唯一理由？」我說。

「對，我幫助他釋放其它人，但願這樣的付出能夠帶給我些許的救贖，直到最後那一刻，我對加百列的責任就是盡己所能的協助他。」

想到最後那一刻，這個聰慧有愛心的人也會跟著消失，讓我於心不忍。

「所以你就爲他而活？只爲了他？」

「直到他不再需要我，我會請他幫忙了斷。我們都是邪惡的，無一例外——不管是不是我們自身的抉擇，這世界不容許邪惡存在，應該跟著創造我們的純血一起下地獄……我希望貢獻一己之力，在生命結束之前，把他們送回黑暗世界。」

「即使是你的葛堤羅嗎？你們不是還存有某種形式的感應？」

他眼中射出火焰，「尤其是他。當妳和我們同進同出的時候，就算不相信我們所說的，至少相信這一回。只要給我除掉他們任何一個的機會，我會毫不猶豫地抓住，事實上，我祈禱自己有這等榮幸。」

他的話句句劃破空氣。

我們坐在那裡，一語不發，羅德韓深刻的愧疚和悲傷沉重地壓在我心頭。

餐點終於送上來，是烤小羊排——半生不熟還帶血，搭配烤馬鈴薯、約克夏布丁和鮮蔬，通通淋上濃郁的肉汁。讓我發現自己其實飢腸轆轆。

「看起來不錯耶！」羅德韓哈哈大笑。「爽朗的女孩，豐盛的大餐！」

我直接攻擊羊排，雖然帶血，肉質卻很有嚼勁，可口得很。

羅德韓輕觸我的手臂。「妳讓我想起我的女兒。」

我微微一笑，他把手移開，讓我繼續切羊排。「你怎麼遇上加百列的？」用餐區滿是人潮，噪音澎拜，我依然發問。

「是他找上我們，最早救了漢諾拉，之後是我。」他往後靠著椅背，雙手抱胸，注意力似乎突然被那只玻璃杯吸住，看了好一會兒都沒有移開視線。「加百列深信有幾個葛堤羅帶著手下的軍隊在四處找妳。」

出乎我意料，他突然轉換話題。

「我們相互信任。」羅德韓說下去。「他沒有說得鉅細靡遺，但我聽得出來，背後應該有很好的理由。他說他們要找妳，原因不明，我們要保持警戒，輪流在村子裡巡邏，妳對他顯然別具重大意義。」

他的語氣比較像陳述事實、不像詢問。我趁著咀嚼紅蘿蔔，思索要怎麼回應。「你的猜測跟我差不多。」我說。

這是實話。答案似乎讓羅德韓滿意，至少暫時如此，剩下閒聊的話題就輕鬆很多。

豐盛的午餐幾乎讓我撐破肚皮，我們走向出口，羅德韓付完賬，才護送我離開酒吧。

吃得這麼撐，散步有助消化，我們挑了不同的步道和馬路橫越小村落。我不介意多走走路，在戶外呼吸新鮮空氣也是一種變化和調劑，即便氣溫很低，新買的香奈兒大衣穿在野外顯得過度奢侈豪華，保暖的效果卻不錯。感覺走了好幾英里，放眼望去都是起伏的田野、小溪流、樹木參天，我卻一點方向感都沒有。

時間已幾近傍晚六點，我們整整出來四小時之久，夜幕逐漸降臨，我忍不住打了個呵欠，趕緊伸手摀住嘴巴。

「噢，親愛的，甜心，我害妳累慘了嗎？對不起，我常常忘記有時候……不太習慣人類的同伴！妳的腳一定很疲吧？」

我抬頭正要回答，突然猶豫了一下。

「怎麼了？」

襯著陰暗的暮色，羅德韓就像天空的星星般閃閃發光。

「我們造於黑暗，」他說。「天黑的時候力量最強。」

不知我的天使又是怎樣。「加百列呢？」

「他出生在光明中，力量的源頭是太陽，在地球上，他的天賦跟著太陽起落升降。」

有道理。無論白天或黑夜，加百列都讓人無法轉移視線，跟我見識過的人事物全不一樣。想到了他，我的膝蓋一陣發軟。

「該回去了，他在等妳。」

「還要走多遠？」我但願不是好幾英里。

「不遠了，妳能走嗎？或者搭個便車？」他微笑。

「嗯，還可以走一段。」

又走了半小時，我們才靠近私人產業邊緣，我無法再硬撐下去，剩餘的路程決定由羅德韓代勞。果然，加百列站在大門口等候，對著我笑開一口完美雪白的牙齒。

「人交給你囉！」羅德韓呵呵笑，把我從肩上抱下來放進加百列懷裡，轉身離開，讓我們單獨在一起。

「玩得開心嗎？」他問話時頰邊有深深的酒窩。

我在他懷裡伸展身體，手背按著太陽穴，盡全力演出落難少女，等待英雄來救美的劇碼。

「眞好笑，沒想到因爲吸血鬼強迫我多運動，害我竟然需要被人拯救！」我笑著嚷嚷，臉蛋埋進他的頸窩。

加百列抱得毫不費力，彷彿我身輕如燕，「嗯，現在救回來了。或者說，回來領賞，妳要什麼獎品？」

我凝神思索，想到他可以幫我做的事，但又不想點破。

我一躍而下，脫掉大衣時冷得發抖。

「來杯熱茶吧！」

11

喝完熱茶配巧克力餅乾，我的頭枕在加百列腿上，凌亂的長髮蓋住臉龐，馬靴丟在沙發旁，整個人昏昏欲睡。加百列憐愛地玩弄我的髮梢，輕柔地撫摸我的手，最後用我的掌心圈住他的手指。我迷迷糊糊地打盹，卻又敏銳察覺他手上的小動作。

他輕輕解開我上衣背後的鈕釦，手心貼著我的肩膀，試探地捏了捏，這才挪到脖子左邊，撥開懸在項鍊底下不斷晃動的水晶戒指，攤開手掌。

我隱隱感覺他在摸索脈搏，我忍不住擔心因肌膚接觸會被發現我的心跳快得就像每小時飆一百英里的速度。我試著想想別的事情，但就算故意分心，他的碰觸依舊讓我心臟大力跳動，慢不下來。

「妳的心跳很快。」他湊近低語，手指慢慢移到我的頭部，大概想幫我檢查。

我緊張地坐直身體，挪開他的手重新放在我的腰上——一瞬間的癡迷，讓我解開了他襯衫上方的幾顆鈕釦。闔上眼簾，我投桃報李地把手貼在他胸前。他伸手按住，壓得更緊密，彷彿用他的靈魂將我緊緊裹住，我想像雙手捧住他的光，凝視那純淨潔白在掌心跳躍舞動。

「你也一樣。」我呢喃提醒，繼續閉緊雙眼。

雀躍的光芒逐漸褪去，我拉攏他襯衫的衣襟，恢復打盹的態勢，心滿意足地睡去。

我睡了一小時後才逐漸甦醒，感覺還不太情願。加百列看到我醒來，說他必須和麥可一起離開「處理事情」。

「想吃晚餐的話，冰箱有新鮮食物，還有很多牛奶和茶水。」他往門口走，麥可焦躁不安地尾隨其後。

不知怎麼的，我對麥可沒有好感，感覺就是不對。加百列說他是重要成員，因爲他跟純血的連結既新且強，可以偵測葛堤羅行爲的改變，例如情緒起伏等等，因爲這個緣故，他是很有用的資產。但我認爲福禍相依，最有價值的資產也可能是最大的弱點，麥可是最新加入的吸血鬼，跟他的葛堤羅一族分離不久，加百列引導他恢復人性的時間有限，現在跟他單獨出門很令人擔心。

加百列跟麥可剛走到門口，我就大叫。「讓我跟去好嗎？或許會有用處？」我不想流露哀求的語氣，這是個建議。

加百列轉身對我微笑。「不，妳留在這裡，抱一本好書，藉機休息。麥可和我沒問題，不是嗎？」

跟在後面的麥可半轉過身來，故做熱切地豎起大拇指，特意露出大大的笑容。但是加百列一跨出門外，他就收起笑臉，面無表情地瞪著我看，壓低聲音說：「一如加百列所說的，好好享受……相信我們很快就會幫妳找到可用之處。」

他的話讓我一陣毛骨悚然。麥可跟著加百列走出去，我不死心地跟上。

「加百列，我眞心認爲你應該多帶一個幫手，如果不帶我去，至少找羅德韓幫你好嗎？他很強壯，呃，愛爾蘭裔——總是用得上！」

漢諾拉突然冒出來，把我撞到一旁，逕自跟了上去，完美的髮型左右甩動，「我同意妳的看法，但他需要的是我。別擔心，我會照顧他，這是我們一貫的默契。」她扭頭嚷嚷，我僵硬地站在後面。

權衡之下，不知哪一樣更糟糕，但至少有她在場，總比麥可靠得住。我告訴自己應該滿意了，畢竟麥可陰險的低語讓人神經緊張、充滿狐疑。

大門碰地關上，羅德韓拎著一本書出現。「妳還好嗎，甜心？」

「嗯，我想跟加百列一起出去，結果他只肯帶走漢諾拉跟麥可。」

「是公事，」羅德韓說。「妳最好留在家裡讓我照顧，外面不安全。」

「你知道他們去哪裡？有什麼事嗎？」我問。

羅德韓挪動身體重心換另一隻腳。「就是去辦事，不用操心。妳留在屋內，或者早點去睡？」他建議。

「聽起來好像沒什麼選擇。」我強顏歡笑。

「如果有任何需要，到書房找我。」離開之前，他躊躇了一下。他靠了過來，出乎意料地給我一個擁抱。我尷尬的回應，他親吻我的頭頂說：「晚安，親愛的。」

我還不想上床睡覺，決定看看冰箱裡有什麼。冰箱超級大，想想眞滑稽，在此之前大概沒人用過它。加百列爲我塞了不少食物，看起來豐富可口：雞蛋、起司、披薩、雞肉、果汁、應有盡有。我不餓，只想找事做忙一下。乾脆來做個三明治，我從冰箱挖出切好的生菜、小黃瓜、番茄、煮熟的雞肉和麵包，通通放在流理臺上，用過濾水清洗蔬菜，為了殺時間，特意把生菜切得很細，乾淨俐落地放進玻璃碗裡。

「嘿，茜希，」喬納站在廚房門口出聲。

我轉過頭。「嗨，你好嗎？」我回應。

他坐在桌子旁邊，看我處理生菜。「很好啊，妳在做什麼？」

「做三明治……雖然不餓。」

「既然不餓，幹嘛要費事？」

「讓自己忙一點，才不會胡思亂想，擔心加百列和其它人出去做什麼。」

「呃，如果妳想找事做，除了拌生菜，還有其它更刺激的——」

他站起身，椅子在磁磚上摩擦，我瑟縮了一下，預備推開他。結果驚訝地發現他走到櫥櫃前，拿出兩只平底酒杯，放在旁邊，分別倒滿伏特加。

「我不太喝酒。」我說。

「少誆我，聽話，喝一杯吧。搞不好妳會很享受我的陪伴，至少給我個彌補機會。」

喝一杯應該無傷大雅。雖然單獨跟喬納相處讓我不甚自在，但我放下刀子和番茄，舉起杯子，相互碰了碰杯子，小小喝了一口澄澈的液體。這個味道讓我聯想到脫漆劑。

他一口就乾了。「天哪，茜希，妳很無趣耶。」

我皺眉，再喝一小口。烈酒入喉，讓我的眉頭糾結在一起，很想吐出來。

喬納兩眼一翻，拿了一罐傑克丹尼爾威士忌，再倒一杯。

我好奇地瞄他一眼。「你又抽菸又喝酒，我從後視鏡看過……你跟吸血鬼給人的刻板印象完全不一樣。」我說。

「沒錯，有趣吧。妳或許也注意到我們在陽光底下不會爆炸。」

「我有點不懂。」

喬納仰頭又乾了一杯，空杯放在流理臺上，表情一凜。「吸血鬼曾經是人類，被純血的主人轉化，感染毒液；換血成功以後，我們原來的一切全都抹滅，連DNA編碼都變了，成爲不同的異類——專門掠奪，長生不死，有更強大的力量服侍我們的主人。不過就像所有的物體，不管是否會死亡，只要有形體，就需要補充能量，因此我們倚靠血液，畢竟鮮血是生命的來源，這些大致正確。」

我有點手足無措，不確定該怎麼說。「呃，看起來電視演得都是錯的。」

喬納再添一杯，慢慢搖晃琥珀色液體。「是人類誤會了，就像以訛傳訛的電話遊戲，加上多年來的加油添醋，遇上吸血鬼的人類奔相走告。因爲不知所以然，找不到解釋，又欠缺事實佐證，最後變成鄉野奇談，日久天長，就成神話一樣。」

他停頓半晌，語氣突然輕快起來。「會飛的吸血鬼就是一個好例子，我們不會飛，大概有人看到吸血鬼一跳跳很遠，口耳相傳下，最後傳成吸血鬼會飛卻不能跳躍。至於木樁刺入胸口倒是正確無誤，拜託不要拿我做實驗。」他咧嘴而笑。

「知道了。」我點點頭，這些聽起來很有趣，但無法緩和我對加百列的掛慮。「你知道他們去哪裡嗎？」

續杯之前，喬納點了一支菸。「麥可接到湯瑪斯的消息，去跟他會面。」他說。

「什麼？」我愣得口吃，握緊手中的酒杯，「你知道是這樣，爲什麼還冷靜地坐在這裡，慢悠悠地告訴我吸血鬼的歷史沿革？太瘋狂了！這是陷阱！」我激動地嚷嚷。

「噢，當然，他們知道湯瑪斯想逃走卻失敗，乾脆利用他當誘餌試圖把麥可抓回去——妳瞧，結果是我被逮到。」他凶惡地解釋。「湯瑪斯意圖潛逃失敗，還能活到現在讓他們安排了這次的會晤，顯然他們認定他還有一點用處。」

「那加百列他們還去自投羅網？拜託！我們趕快去救人！」我撥開杯子，起身就往門口走，喬納突然擋在前面，按著我的肩膀。

「相信我，如果他們需要人手，我們不會在這裡。我今晚的職責就是保護妳的安危，加百列不是傻子，不會掉入敵人的陷阱裡，妳要信任我。」

我根本聽不進去喬納的話，要找加百列，最好是帶著喬納、羅德韓和布魯克同行。我不放棄地再試一遍，「他們一靠近湯瑪斯，肯定會遭突襲！何必冒這種風險？加百列救了你，你怎麼可以安心坐在這裡袖手旁觀？你們這些人都欠他恩情！」

喬納嘴角叼著香菸，雙手依舊按住我的肩，煙霧從鼻孔呼出，他突然退後一步，彷彿我拿槍頂著他的胸口，威脅要開槍一樣。「我們必須查出純血一族的企圖，湯瑪斯肯定瞭解他們的動靜，加百列熟悉風險所在，才會想藉這次的機會試探他們的計畫。妳忘記了一個最大的重點：加百列不是吸血鬼，他有自己的天賦，還有周全的計畫，他很安全。」

「那他爲什麼帶麥可跟漢諾拉同行？如果這麼安全，就不需要他們！」我不死心。

「他是不需要。他跟湯瑪斯會晤的時候，麥可和和漢諾拉不會在旁邊，而是會去找某人。」

我不解地皺眉。

「是湯瑪斯的朋友送出消息，他的葛堤羅打算用最卑鄙的手段了斷他的生命，他心知肚明自己已經沒救了，我們也無能為力，但是加百列可以給他別的東西，用情報換取最後一刻的安息，相較之下算是不錯的交易。」

喬納舉菸就唇，深深吸了一口。「我們即便到了現場，也只會壞事。如果他們這一趟眞的很凶險，可能一去不回，我一定會站到他身邊去。」

看來我是無能為力了，對他們的去向一無所知，出門也是白費力氣，只能坐在屋裡靜候消息。

我懊惱地哼了幾聲，繼續回頭切菜，喝光最後一口酒，希望酒精眞有助於放鬆情緒。喬納依舊站在旁邊，是責任感使然或是自願的，我不知道也不在乎。

我把氣憤發洩在番茄上頭，喬納看得好笑，挑起右邊的眉毛。「妳虐待那顆番茄，好像頗有深意，呃，可惜那只是一顆番茄……」他說。

我繼續用力地切，對他充耳不聞，讓思緒漫遊，想要試試看能否透過我們私人的頻道感覺加百列的存在。他不在附近。

「加百列似乎認為妳是震央中心，各方人馬追逐的焦點。妳可以告訴我原因嗎？」他再把酒杯倒滿，捻熄菸蒂，重新點了另一支。

我把蔬菜倒入大碗，不發一語，幾分鐘後，又把酒杯添滿。

我朝酒杯方向點個頭。「羅德韓說酒精對吸血鬼有顯著的影響？」我挑起眉毛問他。

他翻起衣領，輕輕一跳坐上流理臺。

「小心我的番茄！」他差點坐在番茄上面，我不由自主地笑了出來。

「這樣好多了！笑一笑！妳不要這麼冷淡，夜晚的時間才會過得快一點。」

仔細想了想，他說得對，一分一秒地算時間不會過得更快。

「我在鎮上酒吧打工，酒量好得很，看起來妳需要一點誘導——妳的瞳孔微微擴張，眼睛很漂亮！」喬納說。

我聳聳肩膀。「我偶爾喝酒是爲了幫助睡眠，」我回應。「讓我可以不容易做夢……」

「做夢有什麼不好？」喬納問。「我想念那種感覺，我們不睡覺。」他又說了一項吸血鬼的特徵。

「連你聽了我的夢，都會毛骨悚然。」

他輕鬆的神情轉成關懷，他掐滅菸頭，吐出肺裡最後一口菸。「妳究竟是什麼身分，茜希？我知道妳不是凡人，據我觀察，妳看東西的模樣彷彿生平第一次看到一樣。還有妳的眼睛……加百列看過這對眼睛嗎？」

我不確定他言下之意是什麼。

「你應該另找新的嗜好，而不是騷擾我。」

他停頓了一下，沒有明顯的反應。「我嘗過妳的血，苦澀中帶著甜蜜的滋味。妳是某一種生物，充滿矛盾的氣息。」

我不予置評，酒精產生了極好的麻醉效果，讓我對他的探詢毫不在意，就算有答案，也沒有跟他解釋的必要，無論加百列知不知道都跟他無關。

「妳是誰？」他鍥而不捨。

「茜希。」

「茜希又是何方神聖？」他追問。

「不知道，喬納！我不知道！」

憤怒的淚水湧進眼底，被我硬是壓回去，想起當時在露臺上掉眼淚，到現在都沒搞清楚淚水怎麼會變成鮮血。

「嘿，嘿。」喬納抓著我的手，被我甩開，我繼續怒沖沖地狠切番茄。

「眞的沒問題？」他放下身段，口氣軟綿地說。

我不肯對上他的眼神，知道他死盯著我看。

眞的沒問題嗎？我沒那麼樂觀，眼前可供判斷的資訊如此有限，誰能一口斷定沒問題呢？

「茜希……」

我把切好的番茄灑在碗裡，他再次拉著我的手，握得很緊，我頓時感受到安慰。

他把我拉到他懸在流理臺邊的雙腿間，「妳很獨特，茜希，顯然每個人都這麼認爲，我沒有異議。」

沒想到他有這樣的一面。

「謝謝你……」我垂著頭，不想迎向他的目光。

他撥開落在我額頭的髮絲，一頭長髮被整齊地攏在肩膀上。他脫掉我手腕的橡皮筋，彎腰幫我把頭髮束成側邊的馬尾巴。他傾身向前，蓄意磨蹭我的臉頰，一股電流竄過了我。我知道自己的心已獻給加百列，但只要喬納碰我一下，即便輕輕柔柔的，我仍然深受震撼，渴望他那雙手有更好的用處。

「綁好了，美女。」他說。

我揚起目光，他頑皮地咧嘴一笑，眨了眨眼睛。

輕輕一聲嘆息，我從他雙腿中間挪開一步，回到砧板前面。伏特加逐漸發揮功效，其實我哪需要，單單喬納陪伴的效果已經不輸烈酒的效果。

我再拿一顆番茄放在木頭砧板中央，喬納自流理臺一躍而下，站到背後。「妳的鈕釦開了。」他的手從我的背部滑到脖頸，害我一時分心，刀子擦過番茄，直接切入手指頭。

「哎呀！」鮮血立刻從傷口滲出。

我轉身去找毛巾，卻發現自己跟喬納正面對視。他的瞳孔擴張近乎剛才兩倍大，這不是酒精的緣故。

他單膝跪下，迷戀地盯著我的眼睛。

他張嘴含住我的手指，一開始非常輕柔，舌頭尖端順著手指上下舔舐。我怔住不動，甚至忘了眨眼。事實上，當我看見他的眼睛燃起火焰，我就停止呼吸了。他的目光須臾不離，舌尖旋繞不已，舔食我的血液。

他的舉動讓興奮的感覺湧過我，見他結實的身體貼上來，我甚至沒有推開他。

他後退一小步，下唇在我的指尖流連忘返。

我屏氣凝神，觀察他目睹傷口逐漸癒合、皮膚神奇黏接的反應。他不發一語，抓著我的手指用力捏，讓皮膚合起。

他身體前傾，直到我們鼻尖碰鼻尖。他的眼珠在淺褐與火紅中變幻，臉上容光煥發，正是命中注定那一晚我救了那個生物的複製版。

我不願意率先讓步，直直探索他的眼神；他懸而不退，我讓他自行決定。我們的身體已經貼得很近，彷彿我是磁鐵，他完全被我吸引。

這一瞬間是屬於他的。

我的身體越來越熱，燃燒的感覺從小腹深處往上蔓延。他的唇拂過我的臉頰，啪一聲獠牙破縫而起，立刻找到我的頸項，預備刺破皮膚，深深埋入。

或許是酒精作祟，或許是自己失了魂，我的體內竟有某種東西渴望被他的獠牙刺穿、榨乾抹盡。我滿懷期待地睜大眼睛、眼窩微癢。

門口傳來布魯克十萬火急的吼叫聲，迅速切斷這一幕。

「喬納！你做什麼？」布魯克的叫聲震斷我們中間緊繃的繩索。

我開始回神，喬納沒有畏縮，繼續貼在我脖子附近。一眨眼布魯克就閃到喬納背後，不顧一切地想要把他拉開，但他強壯許多。我抓住他的肩膀，用自己的體重撞過去，驚訝地發現他竟然被撞開了。

布魯克死命抱住他，大聲呼叫羅德韓。

「放手！」喬納低吼。

我的雙腳發軟，全憑流理臺支撐平衡，他的眼中仍然殘存著閃爍的紅光，幸好晶亮灼熱的程度比不上我們相遇的那天晚上。雖然處於興奮狀態，但我看得出來喬納已恢復自制力，讓人著實鬆了一口氣。

喬納輕而易舉甩開布魯克，把她推到一邊，彷彿她沒有重量。布魯克垂頭喪氣瞪著他看，這才發現他眼神有異，因我而生機盎然。

她渾身一僵，轉而盯著我看，臉上怒火沸騰。

我馬上走向通往後面露臺的雙扇門，嘴裡咕噥著需要呼吸新鮮空氣。

隨後幾秒鐘內，我學到一個極爲有用的教訓——這個慘痛的教訓最早來自於我生平認識的第一位吸血鬼佛瑞德，卻在驚慌當中一時忘記了。

絕對不要背對殺人狂的吸血鬼。

12

我才剛握住門把往下壓，背後就突然有如上千塊石頭的力道猛撞而來，我撞破玻璃飛了出去，根本來不及護住頭臉，玻璃碎片就毫不留情地刺入皮膚，整個人臉朝下撞上冰冷的石板，感覺身上有幾千把刀子在割一樣。沒時間防範和多想，她已經揪住手臂把我拖起身。

漆黑中，我的視線一片模糊，只看到布魯克眼睛發紅，睜得很大，好像要吞噬周遭的一切。我呆在那裡，她覺得被人奚落，我看不到脫身之道，不確定傷勢有多糟。我相信她只是因為妒火中燒，才想好好教訓我一頓，讓我鼻青臉腫。但我必須承認血腥味的誘惑或許大得難以抗拒——尤其對他們而言。眼前這一幕的風險如同揮中下巴的拳頭，而加百列把我丟在一屋子吸血鬼的房子裡。

被她緊抓的手臂發出吱嘎響聲，就在她突然放手的時候，喬納將她撲倒，猛然撞到地面。我頹然倒下，兩條強壯的手臂緩和下墜力道，原來羅德韓站在我背後及時攙扶。布魯克被喬納壓在地上，尖叫哀嚎著，刺耳的噪音迴盪，讓人搞不清方向。

羅德韓扶我靠著椅子，然後跑過去幫助喬納安撫啜泣的布魯克。我的左手臂沉甸甸地垂在旁邊，應該沒有骨折，但是難保沒有裂痕。但願手臂趕快痊癒，萬一他們反過來襲擊，我才能夠防禦自己。

肚子似乎在震動，我伸手按壓，竟然有一片玻璃完全插進去，只剩一小部分外露。我感覺身體在抽筋，幸好剛剛有喝酒，酒精稍稍緩和當下的劇痛。

我伸手按住腹部，掩藏傷勢，耐心等候。片刻之後羅德韓跟喬納終於讓布魯克冷靜下來，喬納抱她起身，讓她的手臂環住肩膀。無論她是哪裡受傷，都會快速痊癒，這是我倆的共同點。她像小女孩一樣窩在喬納胸前啜泣，喬納時不時轉頭看向我，神情侷促不安，似乎很想靠過來查看，或者過來陪伴，卻又莫可奈何，他的表情緊繃。

他們離開後，羅德韓回到我身邊，輕輕撥開黏在傷口和破皮地方的頭髮，「對不起，親愛的！我去拿水來幫妳清理一下。」他起身離開。

我試著撐起身體爬起來，但手臂彎曲的幅度痛得我大聲呻吟，顯然骨頭癒合沒有想像中快。我把手從肚子上挪開，仔細檢查插進肚臍左側的尖玻璃，在這裡拔掉絕不是好主意，加百列不在，又有三個虎視眈眈的吸血鬼近在咫尺。

我再次把傷口遮住，慢慢挑掉刺穿牛仔褲和蕾絲上衣的玻璃碎片。羅德韓走過來，堅持幫我清除眉毛上的碎玻璃，表情冷靜得像醫生，即便過程中偶爾有血噴出，他也沒有瑟縮或皺眉頭。我手臂的感覺逐漸恢復，這應該是龜裂處幾乎癒合的癥狀，羅德韓拿了白色毛巾幫我擦臉，乾淨之後再一一塗上藥膏和乳霜，這是多此一舉，破皮和擦傷會自行癒合，但我不能告訴他。

「對不起。」我說。

羅德韓莫名其妙地看我一眼，伸手搔搔下巴的小鬍子。

「是我的錯，我來這裡造成改變，讓你們的存在……更加困難。」我有些結巴。

羅德韓輕觸我的脖子，毛巾摩擦到比較深的傷口，痛得我皺起臉。他靠近一步，打量我的皮膚，「喬納差點吸了妳的血，牙齒印看起來很明顯。」他觀察後說。

「沒有，他沒有刺破我的皮膚，請你別讓加百列知道。以免現況變得更加複雜。」

羅德韓聳聳肩膀，沒有答應我的請求。「明天布魯克將會非常懊悔。」他說。「他們兩位，呃，關係複雜，但妳應該知道她不會殺你。」

「我明白。」這是謊話，其實我哪知道她爲了喬納會做到什麼程度，「謝謝你，羅德韓。」我嚴肅地說。

「親愛的，不用謝。妳站得起來嗎？」

「對，你可以離開了，我沒事。」

「讓我扶妳回房。」他堅持地一把抱我起來。

我不想讓他看見肚子的傷口，只要玻璃還插在皮膚表面，血就不會冒出來。若非親眼看到，他不會察覺或嗅到氣味。

「我沒事，羅德韓，拜託，讓我獨處。你去看看布魯克，喬納或許需要你幫忙。」我堅持趕人。

羅德韓勉爲其難地讓我自己慢慢走進屋裡，我爬上二樓，房門一關，便虛脫地靠著房門滑下。我抱住門側邊的木頭，不顧一切地咬牙忍住哀嚎，手臂的感覺已恢復正常，我用雙手抓住地毯，慢慢爬到床邊，奮力地探手去拿被我丟在床尾的晨褸。我痛苦地移動身體，扭曲地套上再繫好腰帶。

我用力深呼吸，預備起身走向浴室，等一下絕對不能留在屋裡拔玻璃，屆時強烈的血腥味必定瀰漫到空氣裡，最好神不知鬼不覺的躲到花園去處理，但我需要毛巾加壓止血，失血過多就慘了。

我靠著床邊的柱子支撐勉強站起來，遲緩蹣跚朝浴室走去。

我開始擔心自己浪費了不少寶貴的時間，羅德韓去找喬納和布魯克，但是喬納能等多久才會跑來房間看我？應該很快，有他在旁邊，我不敢信任自己的理性。每當他將我拉近懷裡，我就迷失在其中、渾然忘我，搞不清楚自己要什麼。他觸動我內心深處連自己都不明白的情感，我不想危害自己的生命，更不願意破壞和加百列的關係，無論過去如何、未來又有怎樣的結局。

我決定不能再繼續留在屋裡，時間越拖越危險。仔細衡量眼前少得可憐的選項，坐落在樹林裡那棟遺世獨立、殘破不全的小木屋在腦海裡浮現，那裡可以給我迫切需要的隱密感，拉開跟喬納的距離，躲避目前的處境。

我抓了幾條大浴巾，虛弱地一跛一跛走向門口，閉上眼睛祈禱自己能夠不引起注意地走到屋外。到了樓梯口，沒有喬納的身影。我踮著腳尖，一步步慢慢下樓，努力避免樓梯板發出聲響。順利下了樓梯後，我靠著扶手喘氣，過了半晌才踉蹌地摸著走廊往廚房去。

羅德韓站在角落，拿著掃把和畚斗，陡然詫異地轉過身來。我用雙手摀住臉龐，但奇怪的是，他的目光直接穿透我。人在眼前，他爲什麼看不見？

沒時間探究這個怪異的現象，身體的疼痛迫使我必須趕緊離開。羅德韓漫步走開，我繼續往前穿過門框，赤腳踩在碎裂的玻璃上。我再次回頭，看到羅德韓滿臉疑惑的表情，他知道有奇特的動靜，但我對他而言卻是隱形人。

穿過冰凍的石板，來到小屋前門，我心裡鬆了一口氣。抓著門把吱嘎一聲把門推開，屋裡暗暗的，廚房門半掩，月光從縫隙中透進來，延伸到走廊，月光所到之道，連磁磚上太陽形狀的裝飾都閃閃發亮。我累到虛脫，靠著磚牆坐倒在地板上，雙腿往前伸展，休息了一會兒，拖延痛苦的行動，等一下再把肚子的玻璃拔出來。

想到加百列，我開啓頻道，試探他是否在附近。沒有訊息。事態發展不順利嗎？或者他和湯瑪斯會晤的時候故意把我封鎖了？

我脫掉晨褸，橫披在腿上保暖，低腰牛仔褲掛在臀部，被上衣遮住。我解開鈕釦和拉鍊，緊繃的褲頭繼續往下拉，露出輕薄的小褲上半部，小心翼翼撥開本來很美的緊身衣，勉爲其難地撕開衣服，露出一大片腰部，強迫自己冷靜鎮定地評估創傷的程度。

玻璃扎得很深，才會避免鮮血湧出，一旦拔出來就不再如此，只能祈禱加壓的結果讓我得以保持清醒，等它自己修復痊癒。我自己沒辦法縫合，頂多用毛巾壓住傷口、盡量讓皮膚黏在一起。

想好計畫，我拿起丟在旁邊的大浴巾，捏住玻璃碎片，決定就像撕掉ＯＫ繃的感覺，下手越快越好，倒數到一，用力深吸一口氣，我使出全力抽出。

尖銳的玻璃——現在被緊握在我的掌心，映著落在腹部的光線閃閃發亮。我再也忍耐不住、大聲尖叫。我呼吸急促，努力抗拒那股猛然爆發的椎心痛楚，又低頭咬著手臂，堵住部分的叫聲，丟掉血淋淋的玻璃，看著它在磁磚上彈開。我不敢低頭看傷口，用手指將皮膚捏在一起，趕緊抓了毛巾，由前到後，盡可能把肚子纏緊。

我伸手再拿另一條毛巾，但是畫在磁磚上的太陽似乎變得栩栩如生。我分心一看，上面滿是亮晶晶的小光點，裊裊上升，在地板上方躍舞，令我看得入迷，捨不得從旋繞的金色銀光上挪開視線。熱流湧入體內，我看也不看就把毛巾壓在肚臍上，努力施加壓力。

頸項上的寶石開始發熱，漩渦狀的色彩似乎被戒指吸引，越靠越近，讓我不敢確定自己是清醒亦或是夢境。我從來沒有看過如此奇特卻又真實無比的一幕，就在恍惚之間，疼痛漸漸麻木，寧靜的感覺籠罩下來，屋外的月光輕柔地移動，彩色和光點跟著消失無蹤，讓我再次置身於黑暗之中。

我的兩隻腳冷得像冰塊，幾乎感覺不到它們的存在，戒指恢復冰冷，身體痛得扭曲。我呼喚加百列，他依然不在，我的思緒開始變得縹緲，即便很努力想要保持清醒，眼睛依舊睜不開，隨即昏厥過去。

就在意識深處，黑霧散去，明亮的光點逐漸清晰膨脹，射入我的意識，亮得好刺眼。我昏昏沉沉，不知道是夢是醒，直到光線暗去、遠處現出一道身影——加百列。

在他身旁，一捧冒出輕煙的灰燼隨著冬天的冷風飛散，刺耳的尖叫聲在田野間迴盪。我突然領悟誠如喬納所說的，加百列幫湯瑪斯做了了斷，他縱身一跳，搶在一波吸血鬼蜂擁而至之前離開現場。

畫面震盪跳動，就像受損刮花的DVD，然後開始快轉：加百列連同漢諾拉回到屋裡，麥可跟在後面，羅德韓驚慌失措，一邊比手畫腳，說得飛快；加百列衝進房裡，一間一間地蒐找，漢諾拉、麥可和羅德韓依樣畫葫蘆，一哄而散往不同的方向，最後回到廚房會合。

喬納隨後才出現，加百列不肯看他一眼，唯一缺席的是布魯克。加百列站在後門，一腳踢開所剩無幾的雙扇門門框，當他拿起裝滿碎玻璃的畚斗，我幾乎大叫要他住手。他挑了好幾個碎片，指尖輕觸鋒利的邊緣，看到殘餘乾涸的血跡黏在上面。他怒火沖天，臉上是前所未見的憎恨，我懷疑這是在做夢。

加百列撲向喬納，一把掐住喬納的脖子，羅德韓按住他的手臂，似乎苦心規勸，想避免場面鬧僵。不久之後布魯克出現了，她哀求加百列無效，便開始捶打他的背，但他有如雕像，動也不動，拒絕鬆手。我看著他的影像忽遠忽近，光線和顏色攪在一起旋轉，令我驚恐萬分。先前闖入這個畫面目睹他了斷湯瑪斯，現在的他全身發光，似乎帶著相同的預兆。

加百列，住手！我找到聲音，但不確定他是否聽得見。

我仔細觀察，加百列的表情起了變化，鬆手時臉上露出歉意。喬納有些懊惱，卻不害怕，僅僅朝加百列的方向點個頭，我猜是表示尊重或諒解，就此轉身走到外面的露臺。

萊拉，妳在哪裡？

正想回答他，影像倏忽消失無蹤，感覺急速墜入黑暗之中、意識開始朦朧，似乎再度陷入昏迷邊緣，這才猛然感覺自己或許要死了。

眼皮沉重如鉛，硬是張不開，彷彿黏成一團。我極力掙扎，想要振作起來，可是頭好痛好痛，身體開始恢復知覺，原來是加百列把我抱進懷裡。他及時趕到，臉龐埋在我的肚子上，一股奇怪的感覺把疼痛撥開，我抬頭睜開眼睛，恰好目睹亮光灑在腰部，餘光擴及四周圍，就像紅海分開一樣。他的氣息一觸及傷口，疼痛立刻消褪遠離，我不明白他是怎麼做到的，只知他正幫我治療、最後一口氣從肺部呼出，他停住不動，靜觀我的皮膚自行癒合。

「加……加……加……百……」我找不到聲音。

我把肺裡的血吞回去，不再嘗試開口講話，一陣劇烈的咳嗽卻讓鐵鏽色的液體從嘴角湧出，夾雜著泡泡。

他迅速應對：伸手捧住我的臉，嘴唇貼了上來，輕輕磨蹭，同一抹燦爛的光芒由他的唇傳到我身上，使我的呼吸順暢很多。

他在我唇上徘徊停留的時間像永恆一樣，輕柔地撫摸我的肌膚，把最燦爛的光芒透過親吻注入我的口中，即便身體微微退開，依舊流連，靜候我的反應。他捧著我的臉龐，我伸手蓋住他的手掌，用舌尖和他糾纏，先是輕輕柔柔，直到他的上唇含住我的下唇，才緊緊貼住。他的吻繼而轉成深入急切，彷彿擔心我隨時會消失無蹤。我伸手摟住他的後腦，將他拉近擁緊，指尖探入金色的卷髮，宛如抱住一整個宇宙，而他按照既定的步驟，一道一道抹上顏料，從頭到腳，直接將生命氣息灌注給我，感覺神妙無比。

我熱切地回應，雙腳纏住腰側將他拉近，他沒有反對，我引導他光滑、完美的手從我的背部挪往腰間。他輕輕滑過皮膚，最後攫住我的臀部摟過去貼住他的身體，兩人完全纏繞在一起。他的氣息是香橙和檀香的混和，滋味像柑橘。

我的手溜進他的襯衫底下，感受他寬闊的肩膀，指尖順著脊椎而下；他挪到我牛仔褲的開口，輕搔肚臍，嬉戲地探入探出，當他觸及小褲上緣，酥麻的感覺猛然竄過全身，我蠕動臀部，試圖鼓勵他更進一步。因他的碰觸，感覺全身生氣盎然，心底沒有一絲絲猶豫，確信我們有過深刻的連結。他親吻我的頸項，找到掛在鎖骨間冰冷的戒指，遲疑地看了看，就此停住不動。

他挪開身體，抓著我的腰，眼睛微微發亮，最後拉起我的牛仔褲，細心扣上鈕釦。我不知道要說什麼，只能無言以對。

「回去屋裡比較溫暖，妳在這裡會凍死。」他說。

什麼？他為什麼喊停？我困惑不解，感覺他的渴望跟我一樣強烈，只是有些事情讓他卻步不前。我一頭霧水地盯著他。

「我在屋裡死得更快，我不要回去。」我激動強調，掩飾失望的情緒。

「留在這裡不要動。」加百列跳起來跑開。

我一時傻眼，留在那裡等他回來，任由寒氣冷進骨子裡，幾乎凍成冰塊，卻仍然遵守他的交代。他只離開幾分鐘，拎了羽絨被和枕頭跑回來，把我緊緊地包在裡面，我背對著他，心裡很受傷。

他鑽進羽絨被底下窩在我的旁邊，用他結實的雙臂環抱我的身軀，鼻尖挨著頸窩，幫我撥開臉上的髮絲，指頭摩擦著我臉頰上那些橫七豎八的傷痕。我蜷縮身體，自己看起來一團糟，而他完美無瑕，自作多情的傻瓜才會以為他要我。

「別擔心，妳這些疤痕明天就沒了。」他輕鬆地耳語。

這句話證實我心底的恐懼：*果然看起來很醜*。我極力忍住眼淚，自覺難堪地閉上眼睛。

他纏住我的赤足，腿上散發的熱氣足以解凍，我的腳恢復生機，讓我非常感激。

加百列發光的影像浮現眼前，不確定自己看到的是眞實或幻影，但我心底知道是眞的。

你幫湯瑪斯做了斷，我看到了。

他沒回答，只是靜靜地聽。

沒想到天使會殺人，況且是爲了自身的利益。

我再試一遍，希望激起他的一點反應。就算我的怒氣發錯邊，但更讓我懊惱的其實是他的冷淡。

*我答應了湯瑪斯，若非如此，他不可能得到這樣的結局，最後那一刻充滿光明。這是他最終的請求。*加百列總算回應了。

我沒有繼續追究，加百列輻射而出的暖流無比溫暖，我很快就睡著了。

不到幾分鐘前，他才拒絕我的投懷送抱，現在又把我摟在懷中，彷彿抱著世界上最貴重、最稀罕的珠寶。當時我並不瞭解，以後會繼續讓他付出一切代價，只求守護我的平安。

他也還不知道，我眞實的樣貌和未來將變成的身分。

13

清晨醒來時木屋的房門半掩，冷風自縫隙長驅直入，身旁已經沒有加百列的身影。我裹著羽絨被走向門口，眼前這一幕讓人大吃一驚，加百列側面的輪廓沐浴在地平線上升起的晨曦裡，身體透亮發出金光，晶瑩閃爍、星星狀的水晶從他皮膚上迸出，他飄然立於青草上方，腳不落地，吸收甦醒的晨曦。直到太陽逐漸上升，黑夜退位禮讓白晝，他的光芒起了變化，形體恢復正常，遲疑半晌才轉身迎視我的目光。

「我的創造始於光、生於光，到了地球，太陽是我的能量。」

他直言不諱地回答了我沒拋出口的疑問。

順著石板小徑，他走回木屋門口，低頭瞧了一眼，姆指食指並用，勾起我的下巴，讓我仰臉直視他的眼睛。他上下掃了一遍，輕柔碰觸眉尾的地方，我微微瑟縮了一下。

「通通消失了，大概只有這道疤痕還要一點時間。」他說。

我搔搔頭，金髮弄得亂七八糟，外表看起來肯定更加蓬頭垢面。

「妳在陽光底下更顯得艷麗。」他看著和煦的陽光照在我臉上說。

冬天的陽光炫目耀眼，我瞇著眼睛凝視加百列的臉龐，東升的陽光從他頭頂上方灑在我身上。

他把我連同厚厚的羽絨被一起攬入懷裡，下巴輕輕抵著我的太陽穴，鼻尖磨蹭我的臉頰，熱熱的氣息吹拂在肌膚上，跟髮香混在一起，「清香的柑橘。」他呢喃。

「對不起，你說什麼？」我貼著他臉頰低語。

「妳的香氣至今不變。」

我差點笑開了，他一定是聞到自己身上的味道，也是同一種香氣。

「加百列，」我很嚴肅。「告訴我，你來自何處？」

他思索了一下才回答。「好吧，萊拉。」

他用力捏捏我的手，回到屋裡的起居間，扶我坐在地板上。他掀開覆蓋新壁爐的床單，丟了幾塊木頭進去，爐火溫暖地燃起，確定一切都舒適了，他才跪坐在我旁邊。

「我們的世界有很多名稱，人類稱之為天堂，也有人說第一度空間，但真正的名字應該是水晶星際。」他停頓一下，讓我消化這些資訊。

水晶星際，單是名稱就很特別。

「我們族類的演化，最早源起於巨大的水晶球體，飄浮在文明成形的中心點，逐漸繁衍而成。」

我疑惑地看著加百列，他繼續回答我心底的問題。

「我們不知它的起源，有人懷疑是墜落的星星，但誰也不確定。美麗的生物因而誕生，在光中繁衍豐盛，光輝燦爛純潔。用妳所瞭解的時間觀念來說，我們的生命最初創始於一萬年前，就在祖先歷史的巔峰期，從水晶散發而出的金光和銀光逐漸微弱、黯淡，宛如能量消耗殆盡一樣。」

他眉頭微蹙，繼續講故事，「亮光微弱之後，黑暗漸增，物質和生物逐漸銷聲匿跡。我們的種族不只生於光中，還要有光才能生存，就在我們偉大的先驅歐利菲爾跟著黯淡枯竭的時候，那時種族還存活著的寥寥可數，但他竟然在光的邊緣發現有閃爍的銀光成形。」

我聽得入迷。「他怎麼做的？」

「看著它顫動，那是前所未見的現象。他從褪光的水晶雕出一小塊握在手裡求心安，開始逐步移動，徐徐靠近在空中成形的銀色裂縫。傳說他靠近時，它們催眠似地把他吸過去，手裡的水晶再次煥發光芒和熱度，讓他一腳跨入膨脹的空氣裡，穿越到另一個空間，就是我們所謂的二度空間，你們稱為地球。」

我聚精會神地聆聽加百列敘述他世界的起源，能夠成為他的聽眾讓我備感榮幸，「怎麼會以前都沒發現？」

「要怎樣才看得見光輝中的光芒？」他似乎認為我問了一個好問題。「唯有當黑暗悄悄匍匐而來，在極短的瞬間、細微的差距裡面，藉著虛無的襯托，才能看見金光閃爍。歐利菲爾好奇地探索這個新世界，發現美麗的山川、河流和動物，滲透到地球大氣層的陽光溫暖臉龐，讓他發亮。同時領悟這個新世界是適合生存的地方，當時人類才新生，還沒有來得及留下任何重要的事蹟，歐利菲爾速速走了一圈，試著尋找可以延續我們存活的東西。」

「他為什麼不乾脆把其它人都帶來地球生活？」我說。

「地球自有它美麗的一面，但終究比不上水晶星際的輝煌和壯麗，他發現凡人——也就是人類從嬰兒長大成人，最終老死消滅、不復存在。死亡是萬物的結局，對一度空間來說卻不是自然的循環，我們的祖先也會成長，但生命的階段大大不同，時間移動的速度遠比地球緩慢。我們的種族過一天，相當地球的二十年，時間像凍住一樣，形體不會改變，沒有生老病死，永存不朽。這種充滿恩典的生命的頭一天，我們會被帶到水晶前面，這也是唯一一次准許我們伸手去摸它。就在這一天，他跟我們講述水晶星際過往的歷史，啓示生存的目的和使命。我們的起源、我們的傳統和未來的歲月，都在一系列的影像和記憶中一閃而過。」

「所以才觸摸水晶？」我問。

「對，言語難以形容它的魔法。那是自四面八方、當頭罩下一股寧靜和心滿意足，被接納的感覺流過全身每一處。」

聽起來很棒，讓我聯想起加百列給人的感受。回想過往的經歷時，他幾乎又開始發亮。

「很快的，歐利菲爾察覺自己的天賦在這個空間極其特殊，他能力所及的、凡人卻做不到，速度、力量增強不說，連影響力都無遠弗屆，甚至可以變成隱形人，這還只是舉例而已。正當歐利菲爾四處尋找答案，恰巧目睹一個垂死的女孩，在她嚥氣的瞬間，出現一道純白的光芒，近似我們水晶發出的亮光，光束升到空氣中，懸浮在女孩身體上方，除了他以外，圍繞在女孩四周的凡人都沒發現。那道光似乎被他手中的水晶雕刻品吸引，直接飛向歐利菲爾，就在那時候，手中的水晶再度恢復生機，變得燦爛耀眼，明亮無比，突然有一道如髮絲般纖細的銀色裂縫在半空中成形，就跟他穿越時一樣，裂縫出現在正前方，讓他返回我們的空間，順手帶來女孩的靈體。」

「歐利菲爾偷走她的靈魂？」我有點不安。

「他沒偷，只是引導它往心之所欲的方向。透過影像，我目睹歐利菲爾帶著她的能量返鄉，靈體翩然起舞，近乎歡唱似地流入晦暗的水晶球體，球體立刻發出光芒，輻射出純白和金色的亮光。這當下歐利菲爾突然領悟自己無意間找到生存的關鍵藥方，他帶了同伴回來，學習駕馭在人類斷氣瞬間離體的能量，帶領它穿越二度空間，回到水晶星際，利用水晶開啓宇宙通道。從此一度空間的生命跡象再度興盛繁衍，規模超過以往，彷彿這就是宇宙命定的方式，光明無遠弗屆，我們的世界立足深廣。」

他的眼神似乎在鼓勵我提出懸在舌尖的疑問。

「你的意思是每當地球有人過世，來自水晶星際的使者就會開啓通道，收取他們的靈魂，呃，做爲你們的能源運用？」

我試著釐清問題，確認理解正確。

「基本上是這樣，奇妙的是水晶汲取的那些靈魂，仍然以美好的形態存留，跟地球上的一切迥然不同，如同燦爛的光輝……是愛。人類說得沒錯，那是天堂的形體，靈魂以不同的形態繼續存在——只是換一種形式，生生不息，是另外的個體，構造、空氣……本質因爲光產生改變，存續到永遠。」

加百列停頓一下確認我能理解，才繼續說下去。「然而經過日積月累、斗轉星移，必須建立一個結構完善的社會體，好讓水晶星際綿延不絕。，因此歐利菲爾親自挑選幾位人選以確保我們的世界能夠永存下去，這幾位後來通稱爲『天使』。」

「類似你這樣？」

「我雖然是天使，但其實是天使的後裔，不是最初那幾位。用地球的算法，我活到現在大約只有兩百年，就我們的物種而言，仍然是年輕的後輩，」他回應。「不過在水晶星際住了那麼一天，就被派了任務……」他突然打住，僵硬的身體顯示這個話題讓他頗不自在。

「你怎麼是後裔？」

「我們當中只有少許能夠執行這些任務，就是最像人類的一群。黑暗降臨那一天，我們只剩四十位：男女各半，包含歐利菲爾在內，怎麼算都不夠把靈魂挪移到我們的星際。他看過地球人口的繁衍，決定運用類似的方法，採取前所未見的措施，透過光與能量的交換，男女天使能夠孕育出嬰孩；大約同時間，另一對天使也用相同的方式創造一個嬰孩，這才舉行特別的儀式，藉由水晶的白光和能量，觸摸母體子宮內尚未出生的嬰孩，把他們連結在一起，將一道光分割成兩個個體。」

「配對的天使？」我咕噥。

「兩個天使，命中注定成雙成對，一起到地球執行任務，隸屬同一階級，彼此引導相互支持。他們對彼此的愛別人無法插足。」

「這樣大費周章是爲了什麼？」我說。

不安的感覺油然而生，加百列既是配對的天使，他的另一半在哪裡？

「最初的時候，每次只孕育一個天使後裔，獨立承擔任務，沒有連結的關係。隨著歲月的物換星移，天使後裔開始墮落，寧願選擇留在地球上變成凡人，面對死亡。」

「爲什麼？」我問。

「離開水晶星際，遠到地球執行任務，日子一久，他們開始倦怠，很多迷失的天使最後都選擇了墮落。歐利菲爾這才決定幫天使後裔配對，因此天使有重責大任，肩負起保護星際，讓同胞得以像以前一樣繼續活在天堂裡。歐利菲爾也給我們與眾不同的回報，連大天使都無法享有：透過沒有條件、完全包容的愛，彼此密切的聯繫，兩個靈魂的結合將永世不渝。因此不管離開多久，只要擁有對方，他們的光就會繼續散發光輝，這些天使的等級慢慢往上攀升，一概由歐利菲爾派任。」

我悲傷地看著加百列，原來他不愛我，命中注定還有別人。我不想追問，不想自找沒趣。

「你是死亡天使？」

「對，天使有九種不同的等級，共通的任務都是收集人類靈魂的純潔能量，只有方式不盡相同。有些天使負責傳遞消息，拜訪地球，引導凡人做出正確的決擇，找到人生目標，當最後的時刻到來，他們才有純潔的能量，供死亡天使收集，輸送到另一個空間，」他解釋。

「如果那個人的靈魂不夠純淨呢？碰到壞人要怎麼辦？」我追問。

「一旦靈魂汙穢有了瑕疵，那是黑暗、不是光，剩下的就是軀殼而已。水晶星際從光而生，唯有光，它的居民才能夠在純淨美好的境地裡生生不息，黑暗的靈魂對我們毫無用處，他們的能量會存在地球上，直到清道夫現身，把他們抓去第三度空間。」他揚起眉毛，等待我的反應。

「第三度空間？」我困惑地盯著他看。

「有人深信是歐利菲爾在不同空間穿梭時造成裂口，又有天使在兩個世界之間來來去去，裂痕越來越大，導致地球和另一個空間形成裂口，就是我們所稱的第三度空間，人類稱爲地獄，純種吸血鬼就來自於那裡。」

我想弄清楚。「他們真的來自……地獄？」

「我們不太清楚他們的起源，只知道黑暗的靈魂離開人體之後，流連一陣子就會轉向一道門。歐利菲爾親自跟蹤調查，看著它飄向大氣層一處黝黑的裂口，應該就是通往三度空間的甬道。天使往來地球越頻繁，縫隙越多，一開始似乎沒什麼影響，但有許多天使後裔墮落之後，某些去向不知所終，連歐利菲爾都找不到。他們離開水晶星際，變成凡人，迷失了心性，傳說有些墮落的天使越門而去到三度空間，歐利菲爾無法證實這些謠言的眞實性。」

「在光中出生的天使怎麼會存在於黑暗裡？一開始造成你們世界趨向滅絕的不就是幽暗嗎？」我打破砂鍋問到底。

「墮落的天使喪失光芒和天賦的能量，變成會生老病死的凡人，但他們的靈魂猶是生於光明中。如果他們眞的跨越雷池，沒人曉得會發生什麼事。不久之後，歐利菲爾就發現新的物種——那是駭人聽聞、幽暗、邪惡之輩——牠們穿越到三度空間，在地球興風作浪。大天使看到牠們把獠牙刺入凡人血肉，吸食鮮血，直到被害者變成乾屍。更讓人不安的是，這些死者既沒有釋出光也沒有倒出黑暗的能量，彷彿那些怪物同時吞噬了他們的血液和靈魂。」

我聽得膽戰心驚。

「一開始他們像是沒有進化的蠻族，意外撞見裂口便穿越到三度空間，活得行屍走肉、沒有目標和方向，後來卻造出第二代吸血鬼，合爲一股力量，變得井然有序。純種吸血鬼逐步利用被毒液感染的人類建立軍隊，讓他們尋找乾淨美好的靈魂，毒液在這些人身上的效果最好，不只將他們轉化成力量強大、身強體壯的吸血鬼，還會美化他們的外貌，除去所有的瑕疵，讓他們更有機會吸引無知的人類、隨心所欲帶回吸血或轉化。」加百列說到這裡，深吸了一口氣。

「你的意思是，他們以黑暗的靈魂爲食物，純潔的靈魂則轉化成屬下？」

「顯然是這樣，他們倚賴的食物是人血和黑暗的能量，靈魂潔白的人類感染吸血鬼的毒液之後，轉化比較有成效，同時會跟他們的主人葛堤羅產生密切的連結關係。」他提示。

「那些清道夫呢？」我問。

「似乎有越來越多怪物悄悄潛入這個空間，清道夫跟我們一樣收集死者的靈魂，但他們要的是黑暗的部分。」這個念頭似乎讓他懊惱。

「基本上來說，爲了確保水晶星際存在，你們把靈魂之光轉過去，變成你們世界所需的能量，在不同……空間來來回回，導致裂痕產生，邪惡的妖怪滲透到地球來作亂，謀殺無辜的凡人？還有更糟的，天使明知道每開一次轉換門，就會造成更多裂縫，而你們還是不停地來？」

加百列那個世界的居民怎會如此粗心大意、不顧人類死活？

「他們不是故意的，萊拉。這個空間本身就不容易生存，地球雖美，仍有許多黑暗面，水晶星際卻很神奇，那裡純淨無暇，沒有痛苦與悲傷，我很想形容給妳聽，可惜言語有限，不足以呈現它的美好和壯麗。犧牲少數人類的生命來成全水晶星際大多數人和宇宙本身，這是值得的。」加百列的眼神閃過深切的渴望，顯然很懷念他的家鄉。

「帶我進入你的回憶，讓我親眼看看。」我柔聲哀求，淚光閃爍。

「我不能，萊拉。人類無法以肉身穿越裂口進入水晶星際，那會失去原有的形體。如果是純淨的靈魂，只能以光的形式存在。妳雖然是人類，卻有我不瞭解的部分，我不能讓妳去經歷，讓妳看見我的回憶，怕妳一進去就回不來。我不能冒險，不能失去妳，上次是墜入黑暗，這回是光。」

大概是我垂頭喪氣的模樣，讓加百列不忍心地想要彌補。

「妳可以想像北極的冰山，下方海水清澈不受汙染，周遭的一切倒影在水面上嗎？平靜如鏡——無風、無浪、靜止不動，完美至極。彷彿呼吸的不是空氣，而是新鮮的果香，清爽舒寧，整個陶醉在裡面。頭頂上不是天空，而是繁星和月亮，世界在裊裊薄霧中轉動，如果妳可以想像的話，這樣的景色只是千分之一而已。」

我閉上眼睛試著模擬那個畫面。奇怪的很，它很快就浮現，不只清晰無比，而且不太費力。我一眼就看到加百列形容的美景，沒有天空，沒有地面，似乎就是命中注定要看到的畫面。

後來我才明白自己被剝奪了什麼樣的生活。但是現在，我僅僅只是甩掉驚嘆的感覺，衡量背後的代價。「你說大天使認定為了維持水晶星際和它居民的存活，人類的犧牲是值得的。然而，他們既不是犧牲自己，也就沒有權利代替別人做決定，不是嗎？」

14

加百列沒有回覆我的疑問，他突然變得有點緊張，心有旁騖的模樣，一句話說了兩次都沒講完。他踱步了一圈，凝神思索，最後試圖說服我回到主屋。我衝動地拒絕，固執己見，暫時不想面對他們任何一位，所以加百列去幫我端了早餐和水，同時帶了棋盤回來。

「我實在沒心情……」我說。

他一臉受傷，「趁妳吃早餐，還有時間下一盤。」

他開始擺放棋盤，棋子一一就位，我啃著水果的時候，這才發現自己餓得多厲害，即便不忘保持禮貌和風度，依舊狼吞虎嚥地咬著艷紅的蘋果，順道舔舔手指頭。加百列朝棋盤揮揮手，示意我來開棋局。

放下水果，用牛仔褲擦拭了黏膩的手指頭，我在不太平整的水泥地上，勉強移動重心，伸長手臂，小心翼翼地抬起沉重的棋盤轉了一個方向，把棋子對調過來。

加百列揚揚眉毛。

「今天我選紅色。」我說。

這是目標聲明，「今天」堅持要得到問題的答案，「今天」他要知無不言。

士兵往前移兩格，動作小心翼翼，避免摩擦古老的松木。

正預備發問，卻被他搶先一步。

「萊拉，我必須離開了。」這句話帶著殺傷力，本來要裝作堅強大膽女英豪的我，立馬變成縮頭烏龜。

「什、什麼？」我連說話都結結巴巴。

「湯瑪斯昨晚留下訊息，情況比我預估的更險峻。純種的主人大肆聚集，宣佈要活逮妳的消息，公告已經發出去了。牠們聯合行動、組織大軍到處尋找妳。」他那湛藍色眼珠的瞳孔擴張，周圍眼白部分收縮。他不動聲色，沒有明顯的反應，讓我自行吸收資訊。

「全部嗎？」我窒息地說，一臉難以置信。

「是的。」

我深思地揉搓臉龐。「還有其他訊息嗎？有沒有說爲什麼？」

「沒有，只警告牠那一族的葛堤羅——艾立歐——趁著其它族群召集期間，率先追蹤我們的下落，希望拔得頭籌、搶先找到妳。」

「你說必須離開，是指我們嗎？」

「我們都得離開，但要分頭走。」他說。「妳跟著羅德韓，他會保護妳，把妳藏起來。」

「那你和其他人去哪裡？」

他轉移視線，捏著士兵往前一步，「我去找梅拉奇，他是墮落天使中最有智慧的一位。我不知道純血找妳的原因，只知道還有別人也要找妳。」他收回目光，說完時抿抿嘴唇。

「什麼？」

他還隱瞞了什麼？

「大天使也要找妳，似乎各方人馬的最高統帥都在找妳。我們知道妳雖是人類，卻與眾不同，至於他們對妳深感興趣的原因，我百思不解，所以一定要查出原因。」

我的胃緊張地揪在一起。

「去找天使長，」我催促。「去找你的同類，他們應該會幫忙！」

他別開臉龐。「他們要殺妳，萊拉，不能去自投羅網。」

他怎麼知道？爲什麼要殺我？他說的這一切眞叫人一頭霧水。

「妳跟羅德韓同行，我去找梅拉奇，或許他知道答案。在沒有追查清楚、瞭解妳的身份之前，我無法保護妳周全。但我一定會回來找妳，相信我，就算追到天涯海角，我都會保護妳不受傷害，這是我對妳的虧欠。」

他伸過手來，指尖磨蹭我的臉頰，這是我第一次覺得不自在，微微後縮。他做了什麼事所以虧欠我，我不知道也想不起來。其實無所謂，我吞回心底的疑問，覺得自己應該不喜歡那個答案。

「其他人呢？」喬納、布魯克、麥可及漢諾拉去哪裡？

「他們一起行動，經過昨晚妳和喬納發生的事情，我不確定可以把妳託付給他們。」

我僵住不動，不想重提自己近似背叛的舉動，遲疑地說，「我切到手指頭，喬納有所反應，剛好被走進來的布魯克撞見。」

我挪動另一只士兵，幸好有下棋當遮掩。

「她看到什麼？」加百列鍥而不捨，撥開有礙視線的金髮。

我臉頰發燙，忸怩不安。「這一步該你。」我嘟噥著，專注地盯著棋盤不語。

他舉起另一顆士兵快走一步，焦距又回到我身上。「萊拉，妳的行爲是個人的私事，別人管不著，我只拜託妳爲了自己的安全，不要置身危險。喬納是吸血鬼，不管妳再怎麼喜歡……有他陪伴，千萬不要忘記這一點。」

他的聲音微微顫抖，顯然懷疑我對喬納有異樣的感受。

我移下一步。「呃，我——」

他打岔。「如同剛剛說的，我管不著。」

他語氣極其冷淡，可能不是眞的受傷。因爲他說過，盡心保護只是償還我過往的人情，不需多心。我不確定他對我是否還有感覺，但至少不是此時此刻坐在眼前的我，讓他揪心的是往日的自己。到目前爲止，只有一件事情很肯定，加百列並不是一刀兩斷的類型，眞是叫人捉摸不定。

「其它人都預備好了，妳也帶妥隨身的小包，我們必須離開這裡。」加百列的語氣有一股寒意。

「我帶了背包，」我說。「不用額外整理。」

我移動城堡，手指沒有挪開，瞇著眼睛，眉頭一皺。「加百列，我……」

我不知道要怎樣跟他示愛，只希望他不要離開我。我很恐懼，不是害怕純種吸血鬼對我不利，而是擔心再次失去加百列。

他的臉色緩和下來，隔著棋盤握住我的手，跟我十指交握。「別擔心，我不會讓妳發生事情。」他誤解我恐懼的原因。

他收回手，移動主教。

我陡然失去耐心，渾身不自在。「我們為什麼要下棋？」這句話脫口而出。

「因為我想開啓這一局，等我回來找妳的時候接續，這樣才有期待。」他說。

旁邊的爐火越來越熱，我微微挪動身體。

「為什麼我不能和你一起去？」懇求的語氣有一絲尖銳。

「他們肯定懷疑我在尋找梅拉奇，這樣不安全。」他回答。

我不確定他說的是純血還是大天使。

「如果你的上級要把我除掉，何不直接動手？」

他愁苦的模樣，讓我感覺這句話一針見血，刺中核心。

「他們不能怠忽職守，還要監督其它天使遵守既定的約束。要找妳沒那麼簡單，他們也沒有管轄權。」

我的指尖觸及紅色騎士的頭頂，身體微微顫抖，切斷原有的思緒，平滑的鬃毛和騎士似乎開始放大，指尖有點酥麻。「這顆騎士給我很特別的感覺。」我的嗓音不太穩定。

加百列咧嘴而笑。「這是妳最喜歡的棋子，還說它讓妳聯想到自己的坐騎……烏麗。」

一提起這個名字，皮膚就有輕微觸電的感覺，瞬間倒退鑽進回憶的隧道：看到自己高高坐在白色駿馬背上，馳騁在濃茵青翠的草地裡，田野一片溼氣，頭頂烏雲密布。我勒住坐騎，看著另一匹駿馬疾馳而來，最終在身旁停住。讓我驚訝的是，對方竟然不是加百列，他丟開韁繩，撥開垂在額頭的金髮，整整齊齊塞在耳朵後面，手上的戒指引起我的注意，剎那之間，看起來很熟悉，正想看清楚他的長相，影像陡然浮動，有一種奇怪的感覺，讓我被迫挪開視線。

畫面迅速捲入漩渦當中，濃密的烏雲掩住日光，我開始驚慌，上次跟加百列坐在一起，迷失在回憶裡面，最後墜入純血的陷阱，也是這樣的感覺。我心跳加速，不顧一切地渴望掙脫開來，回到現代。

爐火的熱氣拂過臉頰，我放鬆下來，再次坐在屋裡。對面是加百列，嘴唇動了動，奇怪的是聽不到聲音，好像啞了。我這才領悟自己懸在半空，介於加百列和烏雲之中。

他沉著臉，猛然傾身向前，我拚命伸長手臂想要拉他，就在要觸及的邊緣又滑開。

這回完全脫離控制，我直接摔回隧道裡面，木屋、棋盤、火光通通消失無蹤，似乎有人把我往回拽。

面對虛無的黑暗，純血出現在眼前，魁梧的身材以居高臨下的姿態，慢吞吞地走過來。一近身，我就認出那如黑炭般的圖騰，從中心點往外延伸、滿臉都是，一路擴散到脖子，完美對稱的羽毛形狀，皮膚上好些黑色的斑斑點點，看起來很髒，眉心正中間有一道突起的疤痕十分明顯。跟上次和加百列一起喝檸檬水的時候看到的純血是同一位，牠又回來了，這次單獨出現。

牠越靠越近，感覺沒有移動，卻不停地改變位置。我強迫自己膝蓋微彎、做出百米衝刺的姿態，但是身體不聽使喚，一寸都動不了。牠繞著我打轉，時而出現、時而消失，最後伸出利爪般可怕的手掠過我的眼睛和鼻子，停在喉嚨，用力一捏，足以擠出空氣讓我窒息，牠嘿嘿地冷笑，享受折磨人的樂趣，剃刀般銳利的獠牙凸出在下唇外。

我開始窒息，看到那種邪惡噁心的表情只想死掉，但是脖子動不了，躲不開憤恨的眼神，驚恐狂升，只見牠瞳孔起變化，就像在放映電影，反射出幽暗的身影——那個陰影中的女孩，她在哪裡？

受盡驚嚇的淚水悄悄滑下，我勉強閉上眼睛。就在手腳麻痺、逐漸失去知覺的時候，牠鬆開掐住的喉嚨，我急忙喘氣。牠張開嘴巴、像蜥蜴般分岔的舌尖從我的下巴舔到眼睫毛，品嚐眼淚的滋味，我嚇得發抖，牠再揪住我的頭髮往後拉扯，指關節處伸出鋸齒狀的利爪，割斷一小綹頭髮抓在手裡，然後把我踹在地上。

我一臉疑惑，看牠拿起頭髮湊近鼻孔嗅了一下，髮絲看起來是黑的，或許只要被他摸到的東西都會變成黑色？

牠歪著頭左右轉動，骨頭發出霹啪的聲響。我從地上浮起，牠舉起手臂，我繼續上升，整個人被他控制。

「妳是我的！」牠大吼一聲。

聽不懂牠用的語言，但我了解他的意思。

怒火在肚腹深處翻攪，前所未有的強烈，血液幾乎沸騰，濃稠變黑，雙手變成爪子的形狀，指關節冒出刀尖。

我也不知道怎麼會這樣，就是全身發熱，牙齒格格作響，突然恍神了一下，意識變得模糊。這時有一道閃電劃破黑暗，末端分叉，顫動間似乎在喊我的名字，震碎我內在的質變；第二道閃電再一次唱名，讓我立刻冷靜下來，怪物莫名地失去蹤影，我全部的注意力都在照亮大地的閃電上，虛無的世界充滿亮光，地面崩裂，我栽了進去。

睜開眼睛，視線所及盡是浮動、耀眼的光芒，就像指引回家之路的明燈，持續發亮擴散，最後凝聚成加百列的影像。我咳了幾聲，身體放鬆下來，連喘好幾口氣。

「妳在哪裡，萊拉？妳沒事吧？」加百列重覆地嚷嚷。

我說了幾句，他一臉茫然。

他安撫地說。「萊拉，我不懂妳在說什麼。」他以手背磨蹭我的臉頰，才注意他手上滴血，是沾到我的血淚。

「她是我的！」嘶啞的嗓音不是我本來的聲音。

加百列沒有退縮，雙手捧著我的臉頰，和我鼻尖對鼻尖。我閉上雙眼，不願意被他看見自己黑暗腫脹的眼球。

「她受我保護！如果你敢傷她一根寒毛，我就殺了你！」加百列大吼。

挾制我意識的怪物聽見加百列的要脅，但我是他的容器。

「等你瞭解她是什麼之後，天使，你就會放手把她丟給我！」

對峙到此結束，內在的黑洞讓我明白純血說的是實話。我不清楚自己的眞面目，只知道我跟加百列想的不一樣，本質已起了變化。

「萊拉。」加百列呼喚。

我從地板一躍而起，掐住自己的喉嚨，胸口和純血碰觸過的皮膚好像被人千刀萬剮、刺痛難當。我拚命抓自己的脖子，尖叫聲長而淒厲，希望體內那種滾燙的感覺能夠離開。

加百列的身體像大理石般堅硬，肌肉緊繃鼓起，飛快握住我的手腕，強迫我放下以免抓傷自己。我激動地搖頭晃腦，爲什麼這種事會生在我身上？他們要我做什麼？我又是誰？怒火熊熊燃起。

「看著我，萊拉！」加百列提高嗓門，但我不肯配合，不肯讓他從眼睛透視到靈魂深處，那不是我，我不確定他會看到什麼。

靠著一股邪惡得不像人類的力量，我扳開他的手，甩開他的掌握，竄出房間，跨過地板的太陽跑向入口。沉重的木門突然被推開，喬納站在門口。

「攔住她！」加百列大叫。

抬頭瞅一眼喬納，他一臉驚訝，我的眼窩炙熱燃燒，血淚順著臉頰而下。

喬納雙手環抱我的身體，強迫我靠在胸前，讓我難以動彈。

「不能讓他看到我這副模樣……」我喃喃自語，感覺他放鬆下來。

自信讓他卸下戒備，我抓住機會，用力推開他衝向屋外的小徑。

兩腳無力加上缺少方向，讓我沒辦法跑快，只想躲得遠遠的，不要被人發現。我跌跌撞撞衝進廚房，穿過走廊，漢諾拉懶洋洋地窩在沙發上，好奇地往我的方向瞥一眼，依然沒看見，彷彿我是隱形人。

我毫無阻礙地離開主屋，來到屋外的馬路，隔絕加百列的心電感應，不想讓他察覺自己內心深處洶湧的情緒。我眺望周遭的景色，想要找個安靜的地方，一個人獨處，平復五味雜陳的心情。馬路對面有一條步道通往樹林裡，我直接走過去，眼前霧氣瀰漫，感覺身體側面突然遭受撞擊，跟著踉蹌好幾步，回頭一看，原來是橫越馬路時被車撞了，駕駛一臉錯愕緊急剎車，車頭凹陷，但我毫不在意，扭頭跑向步道。駕駛搖下車窗時，我已經進了樹林裡，沒機會洗耳恭聽他的三字經。

我跑到兩腿乏力，剛找到足以擋住身影的粗樹幹就躲了過去，坐在樹幹底下喘氣，不停地顫抖，努力試著鎮定下來，但是體內的熱度仍然處於戰鬥狀態。額頭直冒汗珠，血淚依然奪眶而出，整個人昏昏沉沉，前後移動手臂，視線時而清楚、時而分散，彷彿自己並不存在於這個世界。我強行閉上雙眼，試著去想一些美好快樂的事物，想到加百列，兩個人對弈的場景，在穀倉裡兩情相悅的親暱，柔軟的嘴唇輕輕掠過我的……

那些影像重覆出現，變成一個循環，身體逐漸降溫，不再頭暈目眩。我伸手握住藏在上衣底下、套在項鍊上的戒指，一摸到光滑的水晶，立刻覺得很欣慰。

這時天門大開，暴雨如注，傾盆而下，迅速將人淋成落湯雞。我仰起頭，任由雨水洗刷臉龐，忍不住啜泣，正常的眼淚和雨水混在一起，難分難解。

我雙手抱腿、身體蜷縮成一團，不知道身在何處，也不曉得這樣跑出來又沒有人保護有多危險。

*萊拉，妳在哪裡？*突然間有光照耀，感覺不再孤單。

我不應聲。

妳不能獨自在外面徘徊，告訴我妳在哪裡。

明知道這樣不對，依舊任性地切斷聯結。我曉得自己不該跑出來，不想獨自流浪街頭，但我更害怕自己。我需要時間確定純血不在心裡，不能讓加百列再度看到那種可怕恐怖的模樣。我想像自己正建立一道圍牆，擋住隧道入口，直到把最後一塊磚頭疊上去堵住縫隙。寂靜籠罩，一片沉寂，我緊緊抱住雙腳，輕輕搖晃身體。

暴雨之下，我昏睡過去。身上扯破的襯衫和牛仔褲無法禦寒，寒氣再度深入骨子裡，整個人凍成一團。天色漸暗，夕陽被環繞的濃霧淹沒，我開始驚慌，知道這樣很危險，他們會不會丟下我就走？還是會到處找人？我不確定，心底突然有一股罪惡感，自己跑出來多久了？好像只有一會兒時間，但是西沉的夕陽證明應該很久。我緊閉雙眼，強迫自己清醒過來，試著拆掉圍牆，他必定在等我回應。

萊拉，拜託，妳在哪裡？

我專心冥想，把周遭的景色和坐著的樹幹存進腦子裡，不到一分鐘，他已出現在眼前，絲毫不浪費時間，直接把我從樹幹上抱起來，擁進懷裡。他抱得很緊，兩人之間不留空隙，手指纏住潮溼的頭髮，我抬頭直視他的眼睛，眼底滿是擔憂和悲情。

「對不起。」我低語。

「不用道歉。」他堅定的回應頗有說服力，我體內的怒火已經消散，再次有人模人樣的感覺，反倒困惑了，眼前我的處境堪慮，不只脆弱而已。

「別再把我隔絕，聽見了嗎？我試著保護妳的安危，得要妳配合才行，明白嗎？」

我愧疚地點點頭。然後忘我地提問。「你曾經愛過我……」

「對。」他答得乾脆。

「我已經不是你認識的那個人。」我說。「我變了，甚至不知道你說的萊拉是怎樣的女孩。我不知道自己是誰，一點概念都沒有。」

他沒有立刻回應，只是把我擁緊，親吻頭頂。「妳錯了，當我凝視妳的時候，我看到同一個人。或許笑容變淡，或許眼神帶著戒備，但妳跟我愛上的那個美麗女孩沒有不同，不知怎麼的，我甚至覺得我們之間心有靈犀的程度更勝以往。」

他蓄意加強語氣，但我不由自主地感覺他似乎試著說服自己而不是說服我

他勾起我的下巴，另一隻手繼續托著我的下背，眼神探索、溫柔地撫摸我的臉，輕輕吻了一下。

「萊拉，」他說。「妳要釐清自己究竟想要什麼。」

我靜靜揣摩，他的言外之意是，我得想清楚自己要的是誰。

我的嘴唇顫抖，「這些年來我一直記得你的模樣，甚至可以打賭從你離開以後，還是感覺到你的存在。那股奇特、難以解釋又無可避免的力量讓人無法否認。我或許不知道自己的身分，唯一能確定的是不管我是誰，不管我想要什麼，少了你，剩餘的一切都不具意義。」我忍不住啜泣，雖然淚水早已乾涸。

「啊，萊拉，」他停頓，一隻手緊握成拳頭。「我不允許所謂的必然操控妳的幸福，無論命運引導妳走向何處，妳都有快樂的權利，應該自己做決定，不要被發生的事情影響妳的抉

擇。」他的下顎緋緊，但表情並沒有因此變得嚴厲。

我要什麼？跟常人無異的平凡？不，我雖然羨慕正常人，那卻不是命定的方向。我知道自己想要加百列，但要瞭解背後的原因，首先要瞭解自己是誰，或者說得精確一些，現在的我是誰。

泥土潮溼的氣味漫入鼻腔，雨水毫無停歇的意思。加百列的襯衫黏在胸口，白色布料變得透明、滿是肌肉的軀幹清晰可見，柑橘的香氣被雨水稀釋開來，但我依舊聞得出來。他持續按摩我的肩膀，最後才伸向手掌，我感激地握住。

我們處在某種僵持狀態，到了無話可說的程度——有些還不能說，在彼此盤算下一步行動之前，只能以靜制動，忍耐一陣子。

透過他的撫摸，我的身體充滿熱能。「走吧，我們必須離開，天快黑了。」加百列有點焦急。

抵達車道前方的人行道，發現大門的鐵條彎曲，有的被拔開丟在旁邊，嘶啞的尖叫聲讓我的自憐消失無蹤。

牠們來了。

15

加百列的瞳孔收縮，我驚慌地看他一眼。

「妳必須離開，萊拉！現在就走！」他直接抱著我狂奔，前方停了一輛老舊的福特汽車。

他拉開車門，把我塞進駕駛座，食指輕觸點火器，引擎立刻發動。「立刻離開，手機帶了嗎？」

「沒有。」我從錯愕中清醒過來。

他把 iPhone 塞給我，命令我馬上走。我猶豫了一下，抗議的聲音才到舌尖就被堵住。

「現在就走！我去幫助其他人，妳必須離開。」

爭論只會浪費時間，我只能點頭。他摔上車門，我打了一檔駛離現場，從後照鏡看到他離開了，就急踩剎車，輪胎尖銳的回應，就此停住。他眞的認爲我會這樣落跑？任由他和其它人跟追捕我的獵人手下灰飛煙滅？看來他對我的瞭解不夠透徹。

我開始倒車，加速倒退，直接停在大門外面，深吸一口氣，逕自走向被摧毀的鐵門。

夕陽西沉，半輪明月剛剛升起，目送我走進難以預測的未知裡。

我的水晶反射出微光，隔著襯衫就看得見，光線照在鋸齒狀的金屬物上。我抓起鐵條，指尖輕觸邊緣，足以致命的鋒利。

有了武裝——呃，某種程度上——隨即想到加百列或許會察覺我的存在，再次築起高牆阻擋。嘶啞刺耳的尖叫聲傳入耳朵，讓人毛骨悚然，真希望自己能夠躲起來不被發現。

我躡手躡腳進了大門，歡迎我的是玻璃碎裂和扭打碰撞的聲響，聽得我渾身顫抖，雙腳發軟。我慢慢靠近樓梯底部，蹲低身體躲在角落裡，一動也不動，評估下一步該怎麼做。

我極度欠缺對抗吸血鬼的實際經驗，周圍噪音連連，不用多久肯定就會碰上。之前常來酒吧的老顧客一度留了一句名言：「最佳的防衛模式就是攻擊」。不過他是極度超重的大胖子，當時在討論橄欖球策略，而我感覺這似乎也是目前的最佳策略。我凝聚勇氣，正準備從樓梯底下衝出去的時候，起居室那邊突然傳來麥可的嗓音。

「這是幹什麼？我們有過協議，我已經把人交給你了。」

這番告白讓我寒毛直豎，麥可就是牠們找到這裡的原因。是他告的密，背叛加百列，背叛所有的人。回應他質問的就是一串高亢刺耳的笑聲，是純種吸血鬼的奸笑，這位應該是麥可的始作俑者——他的葛堤羅——艾立歐，屋裡最致命的對手。

不管怎樣，我從地上爬起來衝進走廊。麥可或許不值得我去救，但若不是我，他也不致走上死路。

手指剛抓住木頭門框，另一手舉起尖銳的鐵條，剛要上前一步，一大片濃厚灼熱的灰燼和塵土就撲面而來，彷彿碰到火山爆發一樣，幾乎要讓人窒息，看來我遲了一步。

沒時間伸手擦拭麥可的餘燼，我重新站穩腳步，保持平衡，又聽見樓上傳來尖叫聲，急忙轉過身去，不假思索地飛奔上樓。房子突然劇烈搖晃震動，逼得我停下腳步，往後跌了下去。我重新爬起，跟隨聲音的方向，根本不用開門，半邊牆壁已經垮下，彷彿被拆除大隊的鐵球毀掉一半面積。

布魯克蜷縮在房間一角，雙手摀住眼睛，畏懼地啜泣，喬納挺身保護，捲入隨時致命的保衛戰裡。他用力將另一個吸血鬼踹向牆壁，對方整個人撞穿到另一邊，一眨眼又彈跳回來，齜牙咧嘴，尖銳的獠牙帶著致命的意味，瞬間將喬納釘在地毯上，作勢欲咬，隨時會將他撕裂。

我的腦筋一片空白，直接竄了過去，撲向吸血鬼，使出吃奶的力氣把鐵條插入對方左邊肩胛骨處，刺穿肌肉和骨頭，從背後透出。我剛好錯過被牠壓住的喬納，吸血鬼痛呼一聲，猛然轉過身來，但還來不及看到我的眼睛，旋即爆炸變成灼熱的灰燼和煙霧。

喬納一躍而起，一把扣住我的手臂。我正處於驚嚇當中，來不及回神，仍在顫抖。「妳在這裡幹嘛？妳必須離開！」他大吼。

他緊盯我的眼睛，彼此間的感應立即連上。我回過神來，朝布魯克的方向點點頭，她靠著牆壁的支撐慢慢站起來，「你快帶她離開，」我說。「好好照顧。」

我不是故意用這麼斷然的語氣，只是心裡覺得或許這就是最後的結局。就算以後還有機會跟喬納相遇，很可能不復記憶，百般不情願地轉身背對他，我逕自朝牆壁的大洞走過去。

他猛地將我拉了回去，一手環腰，緊緊的擁抱充滿保護意味。「妳要跟我們一起走。」他低語。

原來他在擔心我的安危，我搖頭以對。「他在哪裡？」

喬納垂頭喪氣，肩膀垮下，找不到加百列，我不會離開。他沒時間說服我改變心意，如果讓布魯克繼續待在這裡，不需多久就灰飛煙滅，她完全沒有奮戰的能力。

他呼出一口熱氣，頭部左右轉動、下顎嘎嘎作響。「剛剛碰面時他在一樓。」

「你還等什麼？快走！」在我命令下，他不甚情願地跑向布魯克把她抱起來。

他在窗臺上停頓半晌，縱身而下之前扭頭丟了一句。「我會回來找妳。」

我沒有逗留便穿過灰泥牆的破洞，他的嗓音傳了過來，我知道這句話是真心的。

剛到樓梯口，三個吸血鬼出現在樓下。看到憑空出現的大獎，牠們腥紅的眼珠閃爍發光，我已經手無寸鐵，毫無機會和希望，唯一的機會是呼喚加百列求救。

我需要你——

吸血鬼火紅的眼神讓人害怕，讓人腎上腺素加速上升。我渾身發熱，血液沸騰，突然發現左邊閃過一道陰影，讓我暫時忘記呼喚加百列，從咆哮的吸血鬼臉上挪開視線，感覺她深色的長髮拂過臉頰。

她回來了。

三名吸血鬼縱身一跳，躍上通往二樓的欄杆。我一臉震驚、蹣跚倒退，從後方看見刀刃從她指關節處彈出。她低吼一聲，嗓音似乎發自於腹內深處，女孩的身形像籠罩在四周的黑夜，遮掩一切，只剩模糊的輪廓，僅僅透過底下爆炸時火焰閃爍的光芒、勉強看見她腰部前方的手臂上有墨色的刺青圖騰。

站在欄杆頂端那兩名吸血鬼遲疑半晌，不太確定下一步該怎麼辦。另一個則不知死活，毫不猶豫地往前衝，飛向她的頭頂，隨即俯衝而下。她舉起手，兩者距離不過幾寸，牠突然停在半空中，竟是被她擋住。她轉了轉脖子——好像在思索，尖刀的手突然向上刺入牠的胸口，緊握的拳頭震碎牠的骨頭，吸血鬼痛苦的叫聲引起強烈的震波，竄過我的全身。

女孩微微抽搐了一下，低聲呢喃。「噓……」

看不到她的表情，感覺她在笑。

她在吸血鬼的胸腔裡張開五指，劃破對方黑色的心臟，吸血鬼在那一瞬間炸開變成濃稠的油體往下流，液體碰地時四處飛濺。我看得目瞪口呆，即使站在後面旁觀都無法倖免，不管她是誰，渾身的能耐遠遠勝過二代吸血鬼。

剩下兩個盤踞在欄杆上的渾球顯然也有類似的領悟，表情震驚，同時轉身想要逃命。她不想放手，反而有心戲弄，指頭一勾示意牠們靠近，救我只是目的之一，她同時要享受玩遊戲的快感。想到這裡，我突然害怕極了。

看到她用牙齒撕裂對方的喉嚨、迅速了斷吸血鬼的時候，我溢出恐懼的呻吟，鮮血自她嘴角流出，她頭也不回的走下樓梯，甚至不曾看我一眼。

我慢慢跟在後面，擔心她下一步要去哪裡，接下來又會碰見誰。穿過長長的走廊，冷靜的她完全無視於從房間竄出來的火焰，我跟在後面，不時注意到角落裡充滿令人窒息的濃煙，熱度高得驚人。

終於追上她時，已經到了破壞殆盡的廚房，我想看清楚她的臉，交談幾句。正要伸手碰觸她的肩膀，突然有一股大光從落地窗的門框那裡照進室內，她就在強光中陡然失去蹤影。

我跪在她失去蹤影的位置，膝蓋皮膚在地板磁磚上摩擦，雙手探到門框外面，只摸到地上的碎石頭。強光隨即消失，我甩甩頭，試圖清醒過來，弄清眼前的狀況，胃裡七上八下。

加百列臥倒在幾呎外，用自己的身體把漢諾拉遮得很嚴密。我動動嘴唇，旋即閉上嘴巴，感覺周遭的空氣急速扭曲，很像火箭升空前底下的氣氛那般緊張。

就像看慢動作一樣，我強迫自己旁觀，看他強壯的手臂挪到背後撥開她光滑的頭髮，露出脖子上泛黑的傷口。她猛然睜開眼睛，驚慌的搧動睫毛，眼珠越睜越大，流露強烈的慾望，伸手揪住他被扯破的襯衫前襟拉向自己胸前，流連地親吻他的唇。四唇碰觸的瞬間，我不覺得他有想要掙脫的意念，然後時間繼續前進，大腦裡面的長短針恢復正常速度。

就像兩輛競速的跑車迎面相撞一樣，我們的連結突然接上線，電光閃耀的瞬間，我察覺到有一股愛意流過他身體裡面。他立即扭轉身體，驚訝的眼神和我碰在一起。雙手一撐，我從地上爬起來，搖搖晃晃地試圖恢復身體的平衡。加百列立刻躲開漢諾拉，起身朝我跑過來，那幅模樣讓我更加氣憤，只想跑得遠遠的，這次是躲開他。

沒有太多時間自艾自憐，只覺得心臟被撕成兩半，背後突然橫出一隻手揪住我的襯衫，把我整個人拎起、雙腳離地，尖銳的牙齒狠狠咬住我的頸部皮膚。我痛苦地掙扎蠕動，就像滾燙的熱水潑向結冰的汽車窗戶，沒有任何一條血管抵擋得住，毒液侵入全身，讓人四肢麻木，連思考的能力都受阻變緩。

怪物把我往後拖回廚房裡，途中還謹慎地避開坍塌在四周圍的雜物和石塊，我看到加百列衝過來，卻彷彿被一座隱形的力場堵在前方。他死命敲打，依舊無法穿越，不用回頭看也知道抓我的人是艾立歐，牠那闇黑的邪惡在我血管中湧流。

純血偷襲我的同時擋住加百列的攻勢，讓他進退不得懸在原處。我很想迴避這一切，眼睛反而睜得更大，全身都無法動彈。

怪物突然遭到巨大的撞擊，我被摔在地上，無法轉頭查看。不論是誰轉移純血的注意力，都讓加百列有空隙突破障礙衝上來。一股難以想像的力量從後方撞擊地板，我的身體才落地又從磁磚上彈起，眞希望我可以尖叫、移動、快跑，做什麼都好，就是不要坐以待斃！喬納突然冒出來把我拖進角落。這時，耀眼的白色亮光——就像上次一樣——瞬間一閃而過，但他已經用自己的身體當屏障護住我，形成一個球體。

帶著圖案的白色或紅色碗盤像繽紛灑落的暴雨，掉在喬納背部又彈開，磁磚應聲碎裂，變成無數細小的碎片，如同我的心碎了一樣。強光褪去，沒有留下一絲蹤跡，血液中的毒液跟著蒸發，艾立歐死了，我還在這裡，這一切要感謝喬納。

16

「妳沒事吧？」喬納頹然無力地趴在旁邊氣喘吁吁。

我顫巍巍地伸出手臂，感覺重新恢復生機，試著搖動手指回應。「嗯，應該是吧。」我瞥了他一眼。

他穿著一件白色POLO衫，領口翻起，深色牛仔褲扯破好幾處。他伸手梳理凌亂濃密的頭髮，抓抓背後的髮梢，看見我盯著他。

他神態冷靜，眼珠變回平常的色澤，下垂的嘴角流露出關懷，讓我頗感安慰。喬納出於關心，特地回頭來救人，那專注的眼神扣人心弦，他的存在就像我身上搔不到的癢處。

撇開理性的警告，我只想找一個溫暖的懷抱給我迫切需要的擁抱。我把加百列、漢諾拉和其它的一切甩在腦後，跪起身體，臉龐埋在他的肩膀。他的手臂緊緊環繞，我沒有掙扎，抬頭凝視他的眼睛，逐漸貼近他乾燥的嘴唇，看他深吸一口氣，緊張地期待我的下一步。

「妳沒有虧欠我。」他開口。

滋潤嘴唇的動作透露了他心底的渴望。

我一面貼上去，一面把內在的掙扎壓到胃部深處。我獻出最甜蜜的吻，他不必再等綠燈，雙手捧住我的臉頰，微微推開，用姆指輕柔按摩我的顴骨。他的瞳孔擴張，黑黝黝的就像打翻墨水盤一樣，遮住原有的淡褐色。他進而掌控大局，熱烈地碾壓我的唇，從他急切的程度看得出，為了這一吻已經等了很久。

他說錯了，我的確有所虧欠，同時有些許的把握，相信這是他喜歡的回報方法。奇怪得是，他的滋味柔軟得不可思議，甜甜蜜蜜的很像肉桂粉，才一眨眼就晉級成了我的罪中之樂。存在這段時空裡面的，似乎只有他和我。然後我猛然察覺加百列走了過來，聽見他的腳步聲越來越響，大步跨過七零八落的場面。

目睹加百列親吻漢諾拉的場景證實我心底的懷疑，不管他再怎麼口口聲聲強調自己對我的感情，都在印證他所追求的是以前的某人，而非現在的我。當我過世之後，他已然放下舊情懷，繼續過自己的生活，或許現在的我也必須這麼做。

喬納勉強將我推開，對著右邊點點頭，顯然也聽到加百列的腳步聲，匆匆啄一下我的唇，抽身退開，挪出莊重的距離。

加百列自後方而來，手臂穿過我的腋下，抱著我站了起來。我們的身體緊緊依偎，他低頭吸入我頭髮的香氣。喬納跟著站起來，撥開衣服上的磁磚碎片，我掙脫加百列的懷抱，走過去站在喬納旁邊。

「艾立歐掉進第三度空間，」他開口。「他有能力開啓裂縫。」

我看著喬納，他的雙眉深鎖，表情驚懼。「這很新奇。」喬納說。

加百列抓著我的手，把我拉回去。「我叫妳先走，妳差一點喪命，甚至……」

他打量我一眼，我的身體還在發抖，不只全身溼透，還沾了麥可和其它吸血鬼的遺骸。我突然領悟過來，感覺好噁心，快步衝向水龍頭，顧不得水槽不見了，就開水洗臉洗手，狠刷一番。

油漆燃燒的氣味和窒息般的濃煙已經散去，一樓也不再冒煙，敵人銷聲匿跡。

我背對他們，說得咬牙切齒。「幸好有喬納在這裡。」我特意強調喬納的名字，就像把錨丟進海裡。

「我不知道妳還在這裡，」加百列迅速說，他對喬納信任度不足，不想讓他知道我們的祕密，「直到——」

我飛快地打岔。「說到這裡，你不是應該去看看漢諾拉嗎？」我語氣帶刺，極力灌入酸溜溜的苦澀，說完還轉過去直視他的眼睛，想看看他的反應。

他一臉困惑。「她沒事啊，她是吸血鬼，就算有傷口也已經痊癒了。」

漢諾拉從門口晃進來，踢開擋路的障礙物，那個本來是冰箱的一部分。她原本受到爆炸影響而泛黑的皮膚再度變回正常的白皙。「有人在背後講我，耳朵好癢喔，親愛的？」

她的語氣嬌滴滴的，模樣看起來也不像我這般狼狽得彷彿經歷第三次世界大戰一般。她嬌小的身材比例恢復一貫的完美形象，如波浪般泛出光澤的秀髮披在背後，烘托有微微雀斑的雪白肌膚。

我不想跟她同在一個房間，如果他要她，就儘管去，即便這個念頭讓人很想吐。

我低頭離開，穿過滿目瘡痍、凌亂不堪的廚房到走廊，經過加百列旁邊，頭也不抬，打算上樓去查看證件還在不在抽屜裡面，該是離開的時候了。

萊拉，我跟漢諾拉之間沒什麼。

他很快地解釋，卻不肯當著漢諾拉面前說出來，讓我更加生氣。我停下腳步，心跳加速，妒火中燒。

我特意讓他知道自己究竟目睹了什麼，回答：你在吻她的時候看起來可不是這樣，我感覺得到你愛她。

我還想說下去，羅德韓跑了過來——沒有察覺任何異狀——打斷我們私下的對話。

「茜希，親愛的！妳在這裡做什麼？我以為加百列把妳送走了？我們必須找到麥可和布魯克，盡快離開。各位，這裡不安全。」

漢諾拉和喬納身形一動迎向前面，我卻擦身而過走向原來的樓梯，上樓的時候悠悠丟下一句。「麥可走了，一半遺骸落在我身上。」我指著蒙灰的襯衫，上面都是他的渣燼。

霎時屋裡一片寂靜，嗡嗡交談的眾人聽到我宣布的消息都閉上嘴巴。加百列一臉疑惑跟著我步上樓梯，我沒有作聲，繼續往上爬。

「艾立歐解決了他，顯然和純血談條件不是明智的決定。麥可透露我們的地點，這是牠們找上門的原因。」我一方面告知，一方面增加警告的意味，以防還有人心懷不軌，想要採取相同的手段。就算我不認為這些人會出賣大家……呃，或許漢諾拉例外。

我瞥了喬納一眼，他伸手按住太陽穴，默默咀嚼這個消息。

走進原來的臥室，更衣間已坍塌，床鋪裂成兩半。我施施然走向角落的五斗櫃，這件家具倒是異常堅固，幾乎完好如初。我拉開歪向旁邊的抽屜，找到信封，抽出偽造的身分證和駕駛執照，再把抽屜闔起。

「有事嗎？」我問加百列。

他站在門口猶豫不決，我背對著他。

他終於恢復自信，走進來停在我背後。「妳並沒有感應到我愛漢諾拉，只是因爲我們彼此的連繫讓妳找了過來，感受到這一切。我並不愛她，更沒有理由說謊騙妳。」

他就事論事，不帶一絲情緒，語氣極其肯定。

「那你爲什麼趴在她身上，還親吻她？」我仍然面對破損的鏡面不肯轉身。

他把我擁進懷裡，溫暖結實的手臂像繭一樣將我包覆，下巴抵住我的頭頂，輕聲嘆息。「我沒有親她，只是幫她擋光。處決吸血鬼的亮光如果照在她身上，她會跟著完蛋，我在保護她，主動親吻的人是她，不是我——這是很大的差別。」

我心軟下來，沒有理由懷疑他的說法，畢竟自己只目睹漢諾拉主動將加百列拉進懷裡，僅此而已。一旦決心開始動搖，立刻感覺到他的殷勤和擁抱，口袋有震動的聲音，伸手掏了一下，原來是加百列的手機。

是漢諾拉發的簡訊：

該走了，親愛的，能夠有這一段單獨相處的時間感覺眞好。

我把手機塞給加百列，掙脫他的懷抱。他不解地接過手機，莫名其妙。「萊拉？」

躺在角落裡的背包毫無損傷，我拎了起來，挖出裡面的外套，回頭看了一眼，加百列正在閱讀簡訊。「她跟你一起走。」這是陳述，不是問句。

他輕輕點頭。

「呃，願你們好好享受，謝謝幫忙，改天有機會再回報，我現在就走。」

我既不能也不敢回頭，胃裡就像有攪拌器在上下左右翻攪。匆匆跑向屋外，不管喬納和羅德韓，我走上長長的車道，不能在這裡多待一分鐘，只能找其它地方梳洗並且換上乾淨的衣服。

還不到半途，加百列就擋在前面，巍然六呎的高度讓我無法再前進一步。「妳眞的認爲我會眼睜睜看著妳走掉？」

我傷心地瞪著他。「我不認爲你有決定權，再者你又何必費心？你有漢諾拉，你們相知相惜了一百年！比起來認識我才不過十分鐘左右！而我帶給你——和你們——的只有麻煩。」

他想牽我的手，卻被我甩開，往旁邊跨一步，但他再一次擋住去路，抓住我的手臂。「妳不能單獨一個人走，我和漢諾拉眞的沒什麼，妳要相信我。」他懊惱地強調，輕輕搓揉我的手腕。

「是嗎？嗯，我猜她有別的打算，你不肯帶我走，卻願意帶她，爲什麼？」我質問。

「因爲我不信任她能跟妳安然相處，跟著我會安全一點。」他倉促地解釋。

他臉上的酒窩微現，我暗暗打量他深邃但柔和的五官，心裡雖然懊惱，卻也突然想到如果現在分別，以後不知道還有沒有機會再看到這對酒窩。我情不自禁用拇指輕輕撫上他臉上的紋路，微微一笑，彷彿這是最後的機會。雖然現在夜色籠罩，他身上依然散發出淡淡的光輝，烘托出溫柔的氛圍。

「我相信你有最好的盤算。」但我實在忍不住要嘲諷幾句，因為我原本就不是那種大而化之的個性，對事情毫不追究，現在更不會改變。

加百列深吸一口氣，不管我願不願意，就將我擁入懷裡，撫摸我的頭髮。他箍緊手臂，溫暖的手掌貼住我的背脊，呼吸我身上芳香的氣息。我抓住最後一個機會，牢牢記住他特有的柑橘香氣。

「來吧，茜希！我們該走了！」喬納的呼喚打破沉默。

加百列不動如山，我輕輕地退後一步，發現喬納站在背後，腳邊有好幾個包包。看到他反射出頭頂的月光，我差點驚呼出聲。

橡皮摩擦燃燒的氣味才漫過來，羅德韓已經開著跑車停在旁邊，搖下車窗，語氣彬彬有禮多了。「親愛的，預備要走了嗎？」他問。

「嗯……從這裡開始，我們還是分道揚鑣比較好。我想一個人走，但是謝謝你，謝謝大家，不能再讓你們因我而冒險。」

我不自在地支吾其詞，找理由推托，布魯克和漢諾拉依序出現——後者當然不在我感謝的名單內。加百列渾身一僵，正要開口反對，卻被羅德韓搶先一步，才一眨眼他已經站在旁邊，直接把我抱起來放在前座。

「羅德韓，我……」

「親愛的，時間緊迫，不能浪費在爭辯上。不管願不願意妳都得跟著我們。」他的語氣就像嚴父在責備不聽話的女兒，直接拎走我掛在肩上的背包。

漢諾拉走到加百列旁邊卡位，一把勾住他的手臂——顯然是跟我示威——她癡癡仰望他的臉，加百列依然盯著我看，但願她有發現這一點。

嫉妒又狠刺我一刀。「好吧，喬納也要一起走。」我補上一句，加百列渾身一震。

「沒問題！」喬納把行李丟進後車廂。

「嗯，我也要一起走！」布魯克嚷嚷著，示意喬納把特大號行李箱丟進後車廂。

他順從指揮，把她的私人物品凌亂地塞進去，旋即擠進車子後座。我從眼角餘光瞥見羅德韓跟加百列懊惱地對看一眼，如果在其它的時間，同車夥伴的安排或許會吵鬧爭執不休，但現在時間緊迫，每耽擱一分鐘都是冒險，艾立歐很可能隨時出現。

羅德韓打到一檔，加百列輕叩我這邊的車窗。「妳的手機。」他把iPhone遞過來，我伸手去接時，肌膚觸碰的感覺讓我心蕩神馳。「記得隨身攜帶，隨時都可以來電……」

他睜大眼睛叮嚀，我的眼睛突然就像水彩畫淋到雨水，一片模糊。

拜託不要生氣，我會盡快回到妳身邊。

我沒有回應的機會，羅德韓猛踩油門，我們像奪門而出的強盜，飛也似地摸黑逃跑。一失去他的蹤影，我就開始後悔自己口不擇言，後悔剛剛沒有說我愛他，說我希望和他並肩作戰。不只爲了他、也爲了我們，說我信任他，雖然這句話有待商榷，畢竟他仍然有所隱瞞，而我疑慮未消，至今不明白他爲什麼不肯跟我分享的緣由。

念頭一閃過腦際，罪惡感由衷而生，其實我也一樣有所隱瞞，例如陰影中的女孩，我就沒告訴他。今晚她也在場，本來可以告訴加百列說每當自己碰到困難，她都會及時出現，我卻不知道她的身分。

她黝黑的長髮如瀑布般披肩而下，甚至掠過我的臉頰，我對她的記憶經常留有空窗或間隙，只記得她出現，然後……就一片空白。加百列的光芒從露臺照過來的時候，我好像看見她消失了，或者只是眼花的想像？當然啦，就加百列當時的場景而言，我也沒有說話的機會，即便想說，也不知道要如何解釋，再者只要想起那個女孩，潛意識裡就有一種鼓譟不安的感受，讓人揮之不去。

似乎在警告我不要追究下去。

布魯克的嗓音打斷我混亂的思緒。「嗯，茜希……我對昨晚的事情深感抱歉。當時，呃，是想幫助妳……總之，沒有造成傷害，就一筆勾銷，至少妳安然無恙。」她的道歉很勉強，看起來應該是因爲喬納堅持的緣故。

「沒關係。」

「呃，總之，爲了尋求寬恕……」她笑嘻嘻說。「今天早上我幫妳收拾了一些衣物，不過現在看到妳的背包塞得鼓鼓的，就覺得妳會浪費我努力的心血……所以不論我們今後去哪裡，妳還是可以維持妳穿著的品味和格調……」她沒有說下去。羅德韓在急轉的彎道上呼嘯而過，在蜿蜒的路面穿梭，駛向高速公路。

「噢，謝謝。我們要去哪裡？」我扭頭詢問，沒有針對任何人。

「啊……Oui，卡卡頌，在法國南部。」羅德韓開玩笑回答，愛爾蘭口音的法語聽起來怪腔怪調，但我非常感謝他試圖讓我振作起來的努力。

我瞥了喬納一眼，他湊過來回答。「別擔心，茜希，他離開了。佛瑞德已成塵土，這是妳自己說的。」

一提這個名字我就忍不住戰慄，在小木屋裡面透露的奇聞逸事，無意間洩露出我當時人在那裡。

「我怎麼聽得一頭霧水，是我錯過什麼嗎？」羅德韓壓低嗓門。

「沒有，沒有。」我說，「就是幾年前在尼斯遇見一個吸血鬼，當時有個奇特的經驗。」我不想解釋第三遍。

我悄悄把手伸到外套和襯衫底下，摸索那條長長的疤，果然還在那裡——不斷地提醒我勿忘那一夜，勿忘我把吸血鬼當朋友看待的愚蠢行逕。

「嗯，別擔心，親愛的，妳有我們保護，」羅德韓盯著路面說，「我們會把妳好好藏起來，等候加百列出現。」

羅德韓應該是爲了警告喬納，才故意提到加百列。我從照後鏡瞥見他注視喬納的眼神，忍不住納悶他究竟知道多少。

「有什麼特殊理由非去法國不可嗎？」我故意把話題的焦距從天使身上移開。

「那裡有個村落叫作安列斯。」羅德韓說，「從機場開車過去大約要一小時左右，雖然前不著村後不著店，荒涼得很，但如果需要急速離開，不用多久就可以抵達安道爾，從那裡轉到西班牙，或者經由佩比尼昂和馬賽通往非洲——」(注)

布魯克打岔。「——還可以去米蘭，能到義大利血拚就太棒了！」她像小鳥似嘰嘰喳喳。

考量一小時前凶險的經歷，這種歡天喜地的態度真讓人訝異。「妳去過嗎？」我問她。

「去過米蘭，沒到過安列斯，那裡太安靜，不適合我的品味。但是這一次很可能迫使我們必須遠離文明！」

「這也難怪。」我低聲咕噥。

我想探聽加百列的狀況，終究忍住了沒開口，準備等到獨處的時候再問羅德韓。

好一陣子都沒有人開口，直到上了高速公路，羅德韓鼓勵我小寐一下。但是一整天驚險事件折騰下來，腎上腺素分泌讓我的身體依然處於亢奮狀態。

「後來艾立歐怎樣了？」沒有人回應，我只好轉向喬納。

「加百列用光當武器，艾立歐被擊中之後掉進第三度空間的裂縫裡，他用光束封緘，縫隙已經封閉。」喬納似乎鬆了一口氣。

「他爲什麼能夠死裡逃生？」

「那樣的能量只夠對付我們，卻不足以殺死純種吸血鬼，雖然效果還不錯。」他說。

「艾立歐要怎樣開啓裂縫進入我們的世界？他在等幫手嗎？會不會引來更多援兵？」我追問。

羅德韓咳了幾聲，示意喬納封口，我卻希望他繼續。

「不知道，」他說。「他們應該沒辦法隨心所欲，命令旋轉門的縫隙開啓。他想把妳拖過去，帶妳一起穿越到第三度空間。」他停頓不語，我心裡七上八下。

羅德韓適時打岔。「這些事情喬納無法確認，茜希，純屬個人推論。」

「可是加百列說天使會收集光明的靈魂穿越裂縫而去，陰暗的靈魂則滲透縫隙落入第三度空間。如果我被帶到他們的世界，就會消失無蹤，不是嗎？」

眞是搞不懂，按照加百列的解釋，如果我穿越裂縫到任一個空間裡面，只要情況符合，靈魂的能量就會滲入其中。加百列還說我的靈魂純潔善良，所以艾立歐和他的爪牙如果把我帶進第三度空間，只會白忙一場，毫無收穫，連帶我的軀體也會毀滅。一定是喬納弄錯了，我猜他不像加百列那麼清楚狀況，羅德韓說的是天堂和地獄，不是空間的差異，我還在努力說服自己，喬納又補上一句。

「或許妳有陰暗的靈，或許妳有與眾不同的特殊之處，所以妳不會像我們這樣灰飛煙滅，從人間蒸發不見……還能保留形體……」

羅德韓的車子猛然撞上路肩的安全島，急速踩了剎車，伸手鬆開安全帶，扭身面對喬納，一臉凶神惡煞。「夠了！她不是我們！加百列說得很清楚，她純潔無辜，而且是人類！你不要再胡說八道，嚇壞這個可憐的女孩！」

說完他轉身握住方向盤，再度駛回路面。我瞥喬納一眼，後者對我揚起眉毛，咧嘴微笑。

我突然有些許領悟，仔細考量喬納的理論，聽起來或許讓人渾身不舒服，但卻隱約解釋得過去。

注 Neylis、Andorra、Perpignan、Marseille等地都位於法國境內。

17

路上很安靜，行程不久就結束，羅德韓在史坦斯特機場附近的旅館訂了房間，方便我更換沾到血跡的衣服。喬納站在室外守衛，讓我安心沐浴，羅德韓和布魯克去機場櫃檯處理機票的事宜。

我筋疲力盡地打開背包拉鍊，拿出乾淨的長褲、襯衫和連著兜帽的T恤，猶豫了一下，撈起衣服放在衣櫃上，再從口袋裡掏出手機，沒有任何人來電、也沒有簡訊。我把手機丟在床上，走進浴室裡。

脫掉衣服跨到蓮蓬頭底下，打開熱水轉到還能忍受的高溫，霎時室內煙霧瀰漫，我用力洗滌每一寸皮膚，只想盡快抹除沾到脖子和手臂的吸血鬼遺骸。我任由熱水沖刷臉龐，再轉身清洗頭髮，一面揉搓頭皮，一面感謝旅館預備了洗髮精和香皀。看著昨天才見過的吸血鬼現在順著汙水流入下水道，感覺心滿意足。我跨出淋浴間，拿起蓬鬆的黃色浴巾裹住身體，這才開門出去。

喬納已經等在那裡，就坐在手機旁邊。

「偷窺嗎？」我懶得關注衣衫不整的外表，畢竟我們的關係已超越幼稚的尷尬。

「沒有，就是等洗澡，感覺髒透了。」他眨眨眼睛起身，把手機交給我。「想不想幫忙洗？」

他靠近一些，我猶豫半晌，吐了一口氣。「你前一分鐘還很溫柔，下一分鐘卻……」我不確定要如何形容。

他歪著頭微微一笑，兩邊嘴角上揚，笑容燦爛耀眼。「嘿，不要到處宣揚我有溫柔的一面，我還想保持『壞小子』的形象！」

我們擦身而過時，他捏捏我的肩膀，接著流連地停住腳步。我抓緊胸前的浴巾，他湊過來撥開我頸部潮溼的頭髮，拉起項鍊。他把戒指推回正中央，就在鎖骨中間，指尖搔過我的皮膚，但他沒有縮手，繼續懸在半空中。感覺久到我再也壓抑不住，揚眸凝視他的目光，一切盡在不言中。最後他的態度又回復，我站在原地，慢慢呼吸他身上散發出來的濃郁木柴香氣。

「這東西哪裡來的，美女？」他把玩著項鍊上的戒指。

「不確定，打從有記憶以來一直戴在身上。」我悄聲說。

他搔搔腦袋瓜。「呃，看起來很像訂婚戒指，這件事我們應該知道嗎？」

一種似曾相識、奇特的感覺浮上心頭，之前不曾有過類似的念頭，然而他說得對，這應該是訂婚戒指。我搖搖頭，想起他話中有話，「我們？」

「我和加百列，看起來我們另有競爭對手。」

我張嘴想發言，喬納卻用力吻了我頭頂一下，又輕輕撫摸我的手臂，就此堵住我想說的話，我只好目送他走進浴室。

我沉默地站在那裡，努力回想遺忘的記憶，但喬納的嚷嚷引開我的思緒。「剛剛的提議仍然有效喔，美女，我需要有人擦背。」

我的回應是抓住門把，摔上浴室的房門，正好看見他跨入淋浴間之前一片赤裸的背影。

「現在是誰在偷看誰？」他笑嘻嘻揶揄。

我們以破紀錄的速度登上飛機。羅德韓持續戒備，不住地東張西望，確保我們沒被跟蹤，更確定沒有人意圖傷害我。排隊登機的隊伍很長，羅德韓堅持要最後再登機，他繼續打量同行的乘客，尋找任何異常的跡象，最後我從隊伍裡跑出來，走過去找他。

「妳還好吧？」他隔著我的肩膀四處張望，對任務毫不懈怠。

「有個疑問……」我沒說下去，現在似乎時間、地點都不宜。

「妳在擔心什麼？」

「克雷高鎮有兩名純種吸血鬼各自帶著人馬追殺我們，但是今晚只有艾立歐現身，對嗎？」

他凝神思索，但仍繼續觀察四周和登機門的動靜。「艾立歐似乎想單獨行動，湯瑪斯的紙條也說只有他那族會發動攻擊，但是……」他遲疑地說。

「但是怎樣？」

「還有其它純種吸血鬼也在場，我在走廊看到她。」

我沒看到啊，連艾立歐都沒碰上……呃，至少沒看清楚。「她？」

「她埋伏在屋裡，我試著追過去，卻被其它吸血鬼包圍，那些都是小孩——呃，跟我比起來啦，只是人數太多……」

這句話就像炸彈在腳邊爆開，他看到了陰影中的女孩！當時她應該是穿過走廊到廚房，這是我看到她出現之後接續的印象，沒錯，就是這樣。她一貫漆黑如墨，感覺從裡到外都籠罩在黑暗之中。當年佛瑞德看到她時還愣了一下，而她技高一籌，力量強大，當場了結他的性命。那時我還以爲是加百列的光芒滲入她體內，她才消失無蹤。不知道她去了哪裡，現今又在什麼地方？更重要的問題是，如果她是跟他們一夥的，爲什麼還要保護我？

「親愛的，妳還好嗎？怎麼臉色發青？」

「我……我要去洗手間。」

我踉蹌後退，轉身小跑步往洗手間標誌的方向，它就在轉角，但我沒有進去，而是頹然坐在地上，雙手抱頭、臉埋在腿上，試圖阻撓紛雜憂亂的思緒在腦中糾纏不清。當我試著專注去想她的臉龐，頭痛得像要裂開一樣。

我鬆開雙手，看著人們匆匆經過，隔著人群，「他」就站在一大片玻璃窗前面，嚇得我心慌。他像紀念碑似動也不動、眼睛火紅，暗金色的頭髮全往後撥，讓人清楚看見他的五官。我僵在原地，心臟似乎跟著停止跳動。他直線前進穿過人群，充滿目的性地朝著我走過來。我和喬納被攻擊的那一晚，以及後來我在幻象中看到站在克雷高鎮破房子的門外的純種吸血鬼，就是這一位。他的衣著老舊過時——滾著荷葉邊的白襯衫，下襬塞進長褲裡——隨著他越來越近，可以看到他發紅的眼窩擴張。

相隔不到幾英尺時，他伸出手臂，召喚我過去。我不敢移動也不敢作聲，因爲只要逃跑，眼前一定發生流血衝突。正當他靠近的時候，焦距突然轉移，似乎著迷地看著我脖子下方的東西。他的目光挪移到項鍊上的戒指，停住腳步，威嚇的表情變成困惑。

「天哪，妳怎麼隨便跑掉？我們差點錯過該死的飛機！快點！」布魯克突然出現，把我從骯髒的地板拉起來。

我望向他佇立的地方，已經渺無人影，彷彿他從來不曾出現過。奇怪，他怎麼消失得這麼快？

我持續在人群中搜尋，布魯克把我拖向登機門。我告訴自己大概是眼花了，或是出神的想像，現在我時常搞不清楚眞相和虛幻的界線。

到了登機門，跟羅德韓、喬納會合之後，布魯克把登機證和護照交給空服員。喬納低頭看我一眼，似乎察覺不對勁，朝布魯克與羅德韓打了手勢，示意他們走在前面，他伸手環住我的肩膀，扶著我登上飛機。

機艙客滿，我們勉強拿到相鄰的座位，喬納將行李放進頭頂上方，我到處搜尋羅德韓跟布魯克。他們分別坐在前幾排靠走道的位置，布魯克回過頭來，表情僵硬，顯然對坐位安排不太滿意。我勉強微笑，知道她想坐在喬納旁邊，過了幾分鐘，羅德韓也有類似的反應，表情不悅，理由卻不相同，他是擔心我。

喬納幫我扣上安全帶，我掏出手機，依舊沒有簡訊，我跟加百列的聯繫還在，只是處於水平線的兩端，漸漸越拉越遠，變成遠處的小黑點，顯然相隔越遠，連結越弱，在隱形的隧道中幾乎已感覺不到他的存在。臨別之前他既然特意給了手機，應該表示著我們不能再靠心電感應聯繫，看來這個小把戲不像長途電話，無法突破距離的限制。

彷彿許久以來的第一次，思緒再度歸我掌控，感覺卻好寂寞。

「妳要關掉手機，飛機快起飛了。」喬納拿走手機，過了一會兒又還給我，銀幕暗下。

「茜希——」

我打岔。「拜託別說話……抱著我就好。」我挨向他的胸口，他順從地伸出手臂環抱，我無聲啜泣著，震動的胸膛洩露情緒的異樣。

「噓——美女。」

我依偎在喬納胸前逐漸進入夢鄉，在如此寒冷的夜晚，唯有他讓我的靈魂得著溫暖。

喬納喚醒我的時候，飛機正要降落。因跑道不平，機身上下抖了好幾次才完全停住，我用拳頭揉了幾下眼睛，勉強自己離開喬納的懷抱。

「你有休息嗎？」

「我不用睡覺，記得嗎？」他微微一笑，笑容眞摯親切，讓我放鬆下來。

「對，謝謝你，呃，你知道……」我自行解開安全帶。

羅德韓和布魯克留在原處，等我們經過時才起身向前。一行人在空服員的祝福聲中走下樓梯，布魯克挽住喬納的手臂，我落後一步跟羅德韓並肩而行。

「機場很小，十分鐘就出得去，我已經租了車，最多一個半小時會抵達安列斯。」

我完全沒料到法國海關會認爲我的護照有問題，喬納和布魯克通過時非常順利，等我站上去，頭髮斑白的法國女士盯著護照和我看了好長一段時間。

她呼喚另一個海關人員，後者將我全身上下打量過一遍，這時羅德韓上前一步。聽她說話的口氣不甚友善，我當場說不出話來，只能呆呆看著他直視對方目光、慢條斯理地講著法語。她點點頭，重覆一遍他說的話，隨即揮手示意我過關，本來皺在一起的眼角魚尾紋好像燙平一樣，轉身面對下一位旅客。

「你跟她說了什麼？」我低聲問，快步走向行李輸送帶。

「吸血鬼的能耐之一就是對人有影響力……這是我們跟天使的共通點。」

「我的護照有什麼問題？」我接過羅德韓遞過來的護照丟進背包。因為年代太久遠，我已經忘了如何拿到這本護照，只知道是某個前世用的，當然還是偽造。

「似乎照片有疑慮，她認為不是本人，我告訴她……年輕人愛染髮，換戴有色的隱形眼鏡，諸如此類的話。」他匆匆走向輸送帶，拎起布魯克的行李箱丟給喬納。

我困惑地心想，自己看起來跟照片一樣啊，還來不及思索這個問題太久，羅德韓就像地獄飛來的蝙蝠，突然抓住我的手拖著往外走向等候的車子。他將信用卡一刷，黑色烤漆轎車的鑰匙立刻到手，幾分鐘後，一輛鮮黃色、黑色條紋的Mini Cooper也出現在眼前。

布魯克從出口跑過來，滿面春風地奪過年輕男孩手中的鑰匙，「來吧，茜希，我載妳！」

我聽話地靠過去，羅德韓橫過手臂把我拉回。「不，這個小可愛要跟著我，妳載喬納跟在後面，記得要看後照鏡，確定沒有任何可疑者跟蹤。」

她愁眉苦臉。「羅德韓，我道歉好嗎？我不會傷害她，該死，你不能指使每個人！」

羅德韓懶得回答。

喬納拎著行李箱過來時，布魯克停止抱怨，顯然她還是偏好有單獨相處的機會。

看我拉開車門，羅德韓低聲呵呵笑，「另一扇門才對，親愛的，這裡的駕駛座是不同邊。」

「在右邊！」布魯克大聲嚷嚷，刻意強調她的美國口音。

我摔上車門。

「預備好了嗎？」羅德韓問。

看我點了頭，他開啟大燈，將車子駛出路邊。儀錶板的時鐘顯示現在是清晨六點二十七分，我的思緒又轉到加百列身上，啟動手機，檢查是否有任何訊息。依然沒消沒息。

「他大概在橫越大西洋途中，無法打電話。」羅德韓偏著頭，彷彿我的想法很透明。

「噢……那他什麼時候回來？」

「等他找到要找的對象，事情調查清楚後，就會回來了。」羅德韓聳聳肩膀，兜了幾圈之後，終於走上筆直的馬路。我從鏡子裡查看後方的Mini Cooper是否有跟上。

他打破沉默。「我希望妳跟喬納保持距離。」

我沉靜半晌，過了一會兒才回應。「這是誰的意思，你或加百列？」我靠著椅背，摩娑大衣的袖子。

「加百列有些顧慮……喬納對妳的反應非常特別，這種狀況很少見，他又吸過妳的血，加百列擔心他會再一試再試。」

「兩天前就有機會，但他沒有進一步。」我提醒。

「或許，但若不是布魯克恰巧撞見，天曉得……」

其實我真正擔心的是那天晚上在廚房裡，自己差點就主動要求他這麼做。

「他是吸血鬼，甜心，跟我們一樣靠血維生，有時候意志力再強的人都壓抑不了那份衝動。」

「他不是妖怪！他甚至冒生命危險救了我，我非常感激！」

「我沒說他是怪物，他的確是好男孩，極盡全力克服每一次挑戰，但有很多人死在他手裡。在神的眼中，就算過了一千年，要救贖他都很困難。」

我們繼續沿著高速公路前進，不時超越速限，一排又一排的法國梧桐樹從眼前飛逝，樹枝宛如瘦骨嶙峋的手指指控著我，至於在控訴什麼，我也不清楚。

「你知道有其它空間存在？」

「是的。」

「那你怎麼還能夠相信有神？」這句話就像走鋼索，但我必須確認他知道什麼。

「不管加百列怎麼說，或者牽涉多少科學知識，還有這些空間如何命名，對我而言還是天堂與地獄。神話故事起緣於許多年前人們的所見所聞，不同的人用不同的觀點來詮釋，我依舊相信宇宙當中有神。」

「你問過加百列嗎？」我在鋼索上失去了平衡。

「他無法解釋到那個程度。他是天使，我是魔鬼的爪牙，我能瞭解也能接受。」

他點點頭，摩娑下巴，另一隻手僵硬地握住方向盤，顯然對水晶、歐利菲爾和天使存在的理由一無所知。

羅德韓在轉化之前就是虔誠的教徒，這一點從我們在黑澤雷教堂裡的對話就看得出來。一般而言，要擊垮類似他這樣的人的信仰並不容易，就算做得到，只要信仰能幫助他找到生存的目標，提供心靈慰藉，又何必多此一舉？

我決定話題轉回喬納身上，若真有很多時間跟他在一起，那就有必要瞭解他的個性傾向和動機。「喬納怎會變成吸血鬼？他遭遇過什麼事，羅德韓？」

「這樣能夠幫助妳瞭解他、瞭解背後的危險性嗎？」他不是那種碎嘴、喜歡道人長短的類型，欠缺合理性很難說服他開口聊。

「是的。」

他深思半晌才開口說話，我坐直身體洗耳恭聽。

「喬納加入的時間還不到七年，他的家鄉在紐澤西州，從各方面來看，他都是十分正常的年輕人，聽說還是橄欖球隊的隊長，佛羅里達州立大學甚至提供他獎學金，秋季就要入學。但開學沒多久，他就接到緊急電話說家人出了意外，無一生還。」

他住口不語，我用力地倒吸一口氣。「可憐的喬納……」我喃喃說。「發生了什麼事？」

「死亡車禍……肇事者酒駕，他們的車子翻覆從路邊墜落，根據喬納的說法，家人似乎是當場死亡，沒有太多折磨。但他無法接受悲劇，尤其妹妹是他的寶貝，備受疼愛。事後，他沒有再踏回紐澤西州一步，獨自留在佛羅里達，從此一蹶不振，脫離常軌，多數時候喝得醉醺醺，把繼承的遺產都揮霍在酒吧和賭博上，最後被學校退學。」

「你怎麼知道這些？」

「他親口說的。我們曾經分享過彼此的生活經歷，他依然困在過去的悲劇裡，難以掙脫，還不只這樣……」

「他怎麼會成爲吸血鬼？」

「那一天他在飆車族群聚的酒吧裡喝得酩酊大醉，路倒在大型垃圾桶旁邊，被第二代吸血鬼發現，拖回去找葛提羅——艾莫瑞。喬納有光明的靈魂，艾莫瑞選擇將他轉化，從此他像飛蛾撲火般看待自己嶄新的身分，盡情享受新鮮的權力感，在吸血鬼的階級上拔擢得很快，不到幾星期就被分派到外面爲主人尋找鮮肉來源的人類，幾個月後已成爲艾莫瑞手下的悍將，功勛彪炳。」

路邊圓形的街燈讓我聯想到軍人的頭盔，羅德韓的車速很快，開車卻很平穩，否則在丘陵起伏的森林裡快速穿梭，或許我會心臟病發。

「他又是怎麼加入你們，和加百列在一起？」

「他搶奪殺人、下手兇殘，茜希，最糟糕的是他還樂此不疲。艾莫瑞非常重視他，甚至特地轉化女性供喬納吸血，以增強他的功力，又給他相當程度的自由，狩獵人類當食物。喬納每次都是看上像妳這樣的美女，這是給妳的第二道警告。」

當我放任想像力，幻想他從少女身上吸血、享受追逐的樂趣時，心臟竟快速狂跳，很難壓抑下來。

「第一道警告是什麼？」

「他是不折不扣的吸血鬼。」

我靜靜咀嚼這句話，半晌才開口詢問。「你沒有回答我的疑問——他怎麼會加入你們？」

羅德韓特意強調喬納邪惡可怕的一面，試圖嚇跑我，如果我要了解故事的全面，這還不夠。

「那個不太重要，不是嗎，親愛的？關鍵在於妳得分辨風險，知道要保持距離。」

「這對我很重要。」

看我滿臉期盼，他勉爲其難地說下去。「他跟其他吸血鬼外出狩獵，摸進海邊一棟房子，屋裡有一對父母和女兒，女孩跟他妹妹同齡，也有相同的身障問題。」

「身障？」

「雙目失明。」

「噢……」濃濃的同情浮上我的心。

「他叫同伴離開，他們不肯，部分吸血鬼把那對父母帶回去交給艾莫瑞，還有幾位留下來對付那個女孩。因爲殘障不配獻給主人，他們打算折磨一下再把她殺了。喬納面臨抉擇，不管原因是什麼，他最後決定反撲他的同類，試圖拯救那個女孩，就在喬納抱著她殺出重圍、闖出大門口的時候，我和加百列恰巧經過那裡。」

「那個女孩後來怎樣？喬納發生什麼事？」

「她，呃，沒活下來……」羅德韓陷入沉默，我覺得他沒有說出全部內情。「加百列和我出手解決三名窮追不捨的吸血鬼，給了喬納選擇的機會：回去葛堤羅身邊，或者跟我們離開。他嘗試挽回人性的品格和尊嚴，因此選了第二條路。」

我低頭思索。「他對那個女孩的關愛就像面對死去的妹妹，愛心突破靈魂的黑暗面，讓他做出明智的抉擇，選擇救贖之路。在他顯然努力要找回自己、當一個好人的時候，你爲什麼要警告我離他越遠越好？」羅德韓口中的故事反而激起我對喬納的同情心。

「不管他有多麼努力，依舊跟我們一樣，具有不容忽視的危險。」

「那你爲什麼不警告我避開布魯克或是你自己？你們都是同類，不是嗎？」這麼說話直白又無禮，但我不得不問。

「基本上來說沒錯，但是我們當中唯有他喝過妳的血，而他現在已流露出被妳深深吸引的跡象，唯有這個原因能夠解釋得通。」

「可是布魯克說過，眞正的危險在於吸血鬼啜飲另一個同類的血，兩者透過吸血而連結。」

「對，但是人類的血依舊擁有難以抗拒的魅力。妳很可能是喬納經歷過唯一一位具有光明靈魂的對象。」他用通俗的方式說明。

「理論上我的血應該讓他厭惡才對，假如我擁有光明的靈魂，只會讓他倒胃口，不是嗎？」

「的確，同性相吸，黑暗招來黑暗，他不應該被妳吸引才對。但因某種莫名的緣由，他似乎情不自禁。」

羅德韓越解釋，我越得承認之前喬納或許別有居心。

我看得出來羅德韓還沒有認眞想到這一點，然而他也不完全知悉我的處境，單從外表來看是人類的我，卻擁有不死之身，至於是哪一種異類、又如何擁有這樣的天賦，只有天曉得。因爲我自己是某種詭譎、異乎常人的例外，並沒有違反一般自然的法則。

「呃，既然這樣，我就不必擔心了，或許他只想跟我做朋友！」我不希望每次跟喬納說點話，羅德韓就要緊張兮兮戒備起來。

「或許……我們再看看。」

跟著山巒起伏、蜿蜿蜒蜒的馬路終於到了盡頭。車子的大燈照著庇里牛斯山的標誌，隨著天色逐漸明亮，群山的景象映入眼簾，高低起伏雄偉壯觀，這是我第一次看到著名的庇里牛斯山，感覺非常新鮮。

「山上很冷，但是空氣清新，」羅德韓說，「海平面三千公尺以上白雪皚皚。」歷經一百年以上的時間鑽研和閱讀，加上對歷史和地理深感興趣，難怪他博學多聞。

「這樣的美景讓人嘆爲觀止。」我眞心誠意。

車子經過安列斯的標誌，與世隔絕的氣氛一點都不覺得奇怪——放眼所見、房子和住家都非常有限，顯然加百列精挑細選，才找到這種位置偏遠，風景獨特的地點置產。我們的目的地原本是一座宏偉壯觀的穀倉，後來整修改建成屋，但旅途讓我累得不想參觀，只想好好睡一覺。羅德韓關掉引擎，從花盆底下撈出鑰匙，打開一樓的門鎖，帶我走進地下室的臥房。

「你們有一陣子沒來？」我問。

床尾整整齊齊地擺了一疊乾淨的床單和毛巾。

「幾天前加百列派人過來這裡整理過。」羅德韓一邊解釋，一邊把我的背包放在床頭。

「幾天前？我還以爲他是昨天早上才決定我們得離開？」

「前幾天就定案了。但是麥可說服加百列在黑澤雷多留一點時間，現在我們終於知道原因是什麼。」

即便疲憊乏力，我依舊對羅德韓的說法感到心驚肉跳。「麥可明知道他們在附近，還處心積慮地說謊，隱瞞葛堤羅的行動，不是嗎？他滿心希望救回湯瑪斯，寧願拿我交換——」

「似乎是這樣。」羅德韓打斷我。「但他萬萬沒想到加百列搶先一步和湯瑪斯談妥條件，結束他的生命。至少湯瑪斯還有一點腦筋，知道跟純血談條件的結果只是浪費時間，牠們不會信守承諾，我猜麥可深受打擊，一定很想報復。」

「我害他賠上一條命。」我喃喃地拉開棉被。

羅德韓拉上窗簾，遮蔽升起的朝陽，幫忙拉好被子，似乎把我當成小朋友一樣。「不，親愛的，是內心的黑暗奪走他的存在。」他語氣溫柔。「早在很久以前，他就已失去了生命，妳要區分兩者的差異。」

相信羅德韓同時在提醒我，同樣的原則也適用在喬納身上。他最後下了結論，我已經累得無力反駁，甚至沒有換下身上的衣服，頭一沾枕就睡著了。

18

不確定究竟睡了多久，厚重的天鵝絨窗簾擋住光線，分辨不出是白天或夜晚，只有口袋裡嗡嗡震動的手機聲響將我喚醒。

我疲憊地坐起身體，忿忿掏出手機，看到加百列發送的簡訊，內容描述上次的棋局玩到哪裡。

眼前那副西洋棋上整整齊齊擺在角落的小桌上，等著我過去。詫異地隨著加百列的指示，小心拿出每一只象牙棋子，按照上次的位置擺放。

這回我謹慎很多，拿起騎士進二左一——本來就打算這麼做——接著摸摸圓形的底座，發送簡訊說明自己的棋步，其餘避而不談。回音來得很快，敘述他的下一步，後面多了注記：

右邊的城堡往前走四步。

妳還好吧？

除了移動士兵，我凝神思索要如何回應，尋求答案花費了更長的時間。

右邊第三枚士兵前進一步。

我們已經抵達，你跟漢諾拉好嗎？

我忍不住把她的名字加入簡訊裡——特意用這種方式提醒他，自己依然怏怏不樂。他沒有立刻回應，我窩在床尾耐心等候。

我們人在美國，已經跟漢諾拉分道揚鑣，單獨尋找梅拉奇。妳不要冒險，待在羅德韓身邊，不要離開屋裡，我會保持聯繫。

他不帶情感的措辭讓人有些失望。可能他想要拉開距離，給我空間。

我在背包裡東翻西找，換掉身上的衣服，套上輕便的運動褲、T恤和夾克，讓自己舒服一點，再走進浴室潑水洗臉，用手指梳開糾結的頭髮。

項鍊上的水晶在洗臉盆上方擺盪，映著鏡子閃閃發光，霎時想起吸血鬼看見它時臉上興致盎然的模樣。我取下墜子，順勢坐在磁磚地板上細細打量，寶石本身看起來的確獨一無二，從來不曾見過類似的花樣，相較於一般的戒指，指環顯得很雅緻。翻過來一看，我第一次注意到寶石下方圓形的基座上刻了某種記號，雖然必須要瞇起眼睛才看得清，但我確定那是一隻天鵝的標誌。奇怪，怎麼以前都沒有發現？大概是自己從來沒有需要仔細研究它的理由。

戒指在我掌心裡翻來覆去，心思又回到加百列身上，想起自己受到槍傷的復原期間，他也盯著項鍊看過。在小木屋裡擁抱親吻的時候，也是這個戒指讓他渾身一震，僵住不動。

這個戒指究竟有什麼意義？

一邊思索，手掌探到T恤底下，我無意識地撫摸肚臍部位，如今已平滑沒有疤痕。加百列的亮光充滿我之後，傷口就痊癒了，沒留下絲毫痕跡顯示那裡的皮膚曾經被刺穿，還流了很多血。耳際彷彿還聽見他微微的呼吸聲輕輕吹氣，就在幫我縫合的時候，他的氣息掠過腹部，靜謐的氣氛和中槍當時的巨響有如天壤之別。那天晚上，他爲什麼不用這種神奇的光芒來醫治我的肩傷？

我需要知道答案，當下決定離開寂寞的堡壘，直接發簡訊詢問。好吧，這是推託的藉口。應該打電話才對，但是離開堅固的堡壘和從城堡頂端一躍而下，完全是兩碼事。

在小木屋裡，你用神奇的亮光幫我治療，為什麼我中槍的時候不用相同的方法？而是大費周章幫我縫合傷口？你知道我的戒指從哪裡來的嗎？是你送的嗎？

搶在改變主意之前，我趕緊按下送出鍵，緊張地坐在地板上等待回覆。幾分鐘後，手機鈴聲響起，我沒想到他會打電話過來，猶豫到差點讓這通來電轉進語音信箱，直到最後一秒鐘，我才決定接聽。

「妳要刪除剛才的簡訊。」加百列的語氣很倉促。

「你說什麼？為什麼？」

「因爲很危險。」

「什麼意思？爲什麼會很危險？」

他停頓半晌，我聽見電話另一端沉重地呼吸聲，滋滋作響。

我將手機從耳際挪開，過了幾秒才領悟是因爲地下室收訊不良產生的雜音。

「神奇的亮光和我釋放的能量，無法醫治這個世界上的人類和任何生物，只要被其他異類發現這通簡訊，就會知道妳不是我說的那樣。」

「我不懂，若不能醫治人類，又能醫治誰？」

我問得很快，幾乎是脫口而出。然而他的答覆來得很慢，撐了很久才開口，「天使。」

換我靜默了很久。

「這個話題不適合在電話中討論，危險性太高，等我找到梅拉奇的時候，他或許會知道。」

「你從何時開始認爲我是……？」我說不下去。

他猶豫了一下。「在我們離開克雷高鎮的那一天。我也想不透怎麼有可能，但我一定會找出答案。拜託先刪掉這些簡訊。」

我用力吞嚥著。「戒指又是怎麼一回事？是你送的嗎？」

電話線路劈劈啪啪的，他的答覆終於傳入耳朵。「不是我給的，萊，是妳的未婚夫。」

電話斷了。

震驚過後，一波羞愧的情緒湧上，幾乎讓人畏縮。笨女孩，蠢到極點！幹嘛問那種問題？想也知道，加百列怎麼會求婚？那個未婚夫又是誰？後來發生什麼事？

我從冰冷的地板上爬起來，繞著屋子不停踱步，思緒飛快地轉動，就像剛加滿汽油的車子高速運轉。

加百列認爲我是……天使。他用光幫我治療，同樣的光也能夠結束第二代吸血鬼的性命，因爲他們是黑暗所造。但是艾立歐卻想挾持我穿越縫隙進入第三度空間，如果我的靈魂眞的是光，他豈不是白忙一場，到時候我只會消失蹤影，派不上用場。

喬納說我的鮮血與眾不同，讓他出乎意料地強壯，故此懷疑我不是一般的人類。然而吸血鬼所吸食的是邪惡、黑暗的靈魂，不是光明那一類，這些都是已知的事實。再怎麼左思右想，每件事都彼此矛盾，謎題也都沒有解開。讓人困惑的還有那個女孩——我藏身在黑暗當中的救命恩人。羅德韓親眼看過，還說她是純種吸血鬼，若眞是這樣，她爲什麼跟蹤我？爲什麼摧毀第二代吸血鬼讓我存活？爲什麼每次我都想不起來她究竟做了什麼？只記得她在現場，隨後發生的一切都變得模模糊糊，如墜五里霧。難道她故意抹滅了我的記憶？有什麼理由要如此費事？

此外，還有加百列。他找到第一世時候的我，當時我像凡人，在我死後他離開了，後來他去了哪裡？當年我是怎麼死的？又怎麼會死而復生，變成現在的異類？

想來想去依舊沒有答案，我決定上樓去找其他人。樓梯很陡，木板間隔過大，我只能扶著搖搖晃晃的欄杆往上爬。

我很快就來到了一樓平面，直接面對開放式的空間，起居室兼廚房兼餐廳，對面的牆壁是一大片落地窗，俯瞰外面的花園。屋內設計是一種奇怪的組合，把百年穀倉改裝成住家，奇妙地融入現代化的設備和家具。放眼望去，木頭地板顯得凹凸不平、坡度傾斜，我卻覺得走起來很舒服。

頭頂的梁柱暴露在外，半灰泥、半磚塊的牆壁讓人回想起以前的年代，夕陽逐漸接近地平線，靠著陽光的餘暉和室內的燈光，我好好欣賞周遭的布置和裝潢。

廚房再過去有四間臥房，一間沒有窗的浴室，還有一間藏書數量幾近氾濫的書房。我慢慢走上另一道樓梯，旁邊完全沒有欄杆可以倚仗，上面就是閣樓，頂多一個人的高度，卻擺了兩臺手提電腦、書桌和收納桌；三面寬大的玻璃窗傾斜向下，抬頭看一眼逐漸灰暗的天幕，這麼清澈的星空讓人讚嘆。至少有上千顆星星在夜晚甦醒過來，亮晶晶他眨著眼睛，襯著深藍色的夜空，感覺美不勝收，我希望自己飛到天際，陪伴它們。

「你不應該悄無聲息地走過來。」我文風不動地低聲說，依舊盯著天空的繁星。

木頭地板輕微的吱嘎響透露出他的行蹤。喬納伸手按住我的肩膀，用力捏了一下。

「睡美人終於甦醒了。」

「我昏睡多久？」

「噢，只有一兩天。」

「被手機吵醒的。」我聳聳肩。

「加百列打來的？」他問，答案早就心裡有數。

我轉過身，感覺面對面說話比較禮貌，但是熟悉感並沒有減少驚喜的感覺。雖然背後一片漆黑，他卻顯得賞心悅目，英俊惑人。

「坦白說，我非常感謝你，嗯，臨危還跑來救我一命。」我尷尬的左右交換重心，「不過我有很多，呃，疑問必須釐清。現在最需要的是朋友，勝過其他的一切，你能夠勝任嗎？」

他的姿態維持不變，唯有完美的唇形彎成俊俏的弧度，笑得非常誘人，眼睛就像燦爛的星辰一閃一閃，發出熱切的光芒。「悉聽吩咐，我全力配合。」

我點點頭，沒想到他答應得這麼爽快，沒有任何抗議或爭辯。我小心翼翼地穿過閣樓，喬納跟在後面，被迫彎腰駝背，以免頭頂撞到傾斜的天花板。我躊躇不定，前後晃了一下，突然領悟他曖昧態度背後的原因，猛然轉過身去，嘴巴湊近他的耳垂，生平第一次不必墊起腳尖就可以直視他的臉龐，低聲說：「羅德韓豎起耳朵聽，對嗎？」

他用手掌摀著我的臉頰，溫柔地幫我撥開蓋下來的頭髮，對著耳朵低語。「嗯。」他的氣息拂過我赤裸的頸項，酥麻的感覺像水中的漣漪般，一路擴散到脊椎下方。我情不自禁地回應他淘氣的笑容，還特意用翻白眼掩飾一下，隨後繼續慢慢地下樓，避免因爲粗心大意而失去平衡。

羅德韓站在廚房裡，倒了一杯橘子汁給我。「好好睡一覺是對的，親愛的。妳看起來神清氣爽，我們本來很擔心妳，但是加百列說讓妳睡一下沒關係。希望妳不介意，他吩咐我把棋盤留在屋裡。」

我點點頭，咕嚕咕嚕喝完橘子汁，沒想到自己這麼渴。

他揮揮手，示意我跟著走進客廳，那裡有一面壁掛式的平面電視，還有一整個抽屜的DVD。「我們會留在這裡一陣子，加百列認爲妳最好留在室內，不要出門；但是別擔心，屋裡儲藏了很多食物和飲料，還有電影可以打發時間，讓妳不無聊！」他搔搔下巴的鬍子，似乎深感抱歉。

隔著他的肩頭看了喬納一眼，後者使了個眼色，彷彿要我別擔心。

「謝謝。然而，從現在開始我來決定什麼對自己最好，加百列隔著大西洋、遠在幾千英里之外，相信一定跟漢諾拉玩得不亦樂乎。你眞以爲我會讓他過得這麼開心？」我偏著頭，裝出果斷的語氣。

不給他爭辯的機會，我就大聲嚷嚷呼喚布魯克。才一眨眼間，她已經窩在角落的沙發裡面，兩腳交叉，雙手枕著後腦杓。

「喲！」

「今晚看電影，明天逛街？」我問。

有一件事我非常肯定，我不打算當囚犯、被關在牢籠裡面。休想。

「這附近其實沒什麼地方可以逛，不過米雷普瓦明天有市集，就是你告訴我的那個地方，羅德韓。」

「我是讓妳了解城鎮的歷史，不是推薦逛街的景點！」他語氣懊惱，臉色不好。

我一屁股坐在布魯克旁邊的座位上，但保持安全距離。

「聽起來還不錯，幾點要出門？」我轉向布魯克。

「不可以，茜希。」羅德韓堅決反對。

「我知道你是好意，然而我有自主權，可以自行決定要做什麼、要去哪裡。」

他氣得咬牙切齒，雙手一攤，「如果妳堅持要出門，我們就一起去。」

「你可以去參觀之前念念不忘的聖莫里斯大教堂啊。你瞧，我有聽進去，不是左耳進右耳出喔。」布魯克得意洋洋地強調，傾身靠過來補充一句：「我也有聽，只是沒放在心上。」

我情不自禁地格格笑，不存心置我於死地的時候，布魯克還滿有趣的。

「喬納，播影片吧，順便去幫茜希端爆米花。」布魯克說，慵懶地對著他拍拍手。「噢，還有冰箱那瓶酒……」

喬納毫無怨言地順從她任性的頤指氣使，每次都讓我傻眼，應該是表演給我看的。他為什麼要聽從布魯克的命令，我一直想不透背後。

羅德韓體貼地拿來一條毛毯，鄉間獨有的氣息淡淡漫入，提醒我這裡遠離都市的塵囂，隨後他就告退回書房去了。

端了酒和爆米花，喬納才按下遙控鍵，畫面上開始播放《時空英豪》（注）的電影，我情不自禁地扭頭看了坐在對面沙發的他一眼。

他斜睨了我一眼，微微歪著頭，似乎想摸透我在想什麼。幸好只有加百列擁有這方面的特殊天賦。我甩甩頭，不管怎麼說，我都不屬於他們那一群，長生不死的雙方不斷地試圖殺死另一方，纏鬥不休。喬納心知肚明我的外表只是假象，其實沒有那麼簡單，他根本不相信我是一個平凡的人類女孩，這一點沒猜錯。但我只能假設他故意用這種方法，提醒我他沒那麼好騙。

我試著躲開其他人的注意力，偷偷在毛毯底下察看手機簡訊，想到加百列先前的交代，趕緊刪掉之前來回的簡訊。

勉強看到電影中段，瞌睡蟲再次降臨，怪只怪酒精讓人昏昏欲睡，鄉間空氣太過新鮮。

注 The Highlander，一九八六年上映的美國奇幻電影，內容根據Gregory Widen的小說而改編。

19

隔天早上，太陽從環繞穀倉東邊的山頭升起，我發現自己竟然斜靠著布魯克呼呼大睡，而她的手臂環住我的肩膀，陪了我一整夜。

「好極了，妳終於醒了，我可以起來了！」

我環顧大廳，出聲詢問。「羅德韓和喬納去哪裡？」順手脫下手腕的橡皮筋綁個馬尾。

「羅德韓還在看書，喬納出去收集雞蛋幫妳做早餐。最近的鄰居在一兩英里以外，不過他來回的速度很快，而且他們自己養雞。」

「謝謝妳讓我好好睡上一覺。對不起，我不是故意靠在妳身上大睡特睡。」我趕緊道歉，擔心自己又得罪紅頭髮的吸血鬼，惹來殺身之禍。

「聽著，茜希，我很抱歉前幾天情緒失控，對妳大發脾氣……呃，當時的反應有點過火。不過我現在已經了解妳對他沒有那方面的興趣，或許還要一點時間調適，但我明白妳心裡有誰。」她一臉開心得意，像個頑皮的小女孩，有祕密又不肯說出來。

我挺起身體，依然裹著毛毯。「妳知道？」

「我知道妳喜歡加百列。可惜妳愛錯人，這根本像水中撈月！不過我能理解愛情沒什麼道理可言，都是情不自禁。像我，永遠沒辦法和心上人在一起，也只能學習接受事實，繼續活下去。再來，以妳的情況來看，很可能也活不了太久，所以沒什麼好擔心！」她呵呵笑。

我實在笑不出來。

「所以妳想試著跟我交朋友？」我持續原先的主題，「我已經有好一陣子沒有跟同伴一起逛街了。」我試著提高她當我朋友的興致，其實這提示眞爛。話又說回來，布魯克也不是我的首選，而是僅有的選項，算是聊勝於無吧。

她顯然也有同感，一副興趣缺缺的模樣。「嗯，我們一起困在這種荒郊野外，也只好盡量不要苛求。再怎麼說也比留在屋裡，聽羅德韓嘮叨迦他利教派怎麼了來得好。」(注)

「妳說誰？」

「還是別問吧。」她起身掏出特大的太陽眼鏡，掛在完美挺俏的鼻梁。

喬納突然冒出來，速度之快，讓人還沒看清楚，就發現他已從廚房旁邊的落地窗推門而入，「水煮蛋、煎蛋還是炒蛋？」他興沖沖地詢問，像變魔術似地拋接三顆雞蛋。

「可以蛋黃微熟配『士兵』嗎？」我反問。他瞥了布魯克一眼，後者僅僅聳了聳肩膀便逕自離開廚房，我猜她回房換衣服。

「那是英國風的做法，」我說。「你負責煮蛋，我來烤土司。」

我走向廚房的工作臺，東摸西弄，乾淨俐落把土司切成長條狀，開始塗奶油時，忍不住偷

注 Cathar，盛行於十二到十三世紀的基督教派別，主要分布於法國南部。

看起來。喬納還是一貫的打扮，深色牛仔褲配白色POLO衫，但是今天多了新花樣，外面加了一件無領運動衫，鮮豔的橘色搭得很帥氣，合身地貼在他平如洗衣板的小腹和寬闊的肩膀。我努力移開暗暗打量的目光，移到奶油上面，免得被發現，不過喬納早就看在眼裡。

「妳似乎很喜歡鮮豔的顏色，我就稍微大膽一點搭配。」

「很適合你。」

坐在大桌子前，他興致盎然地看著我把麵包棍浸入蛋黃裡面。「妳爲什麼把吐司稱爲士兵？」

我咧嘴而笑。「因爲把土司切成長條形，再排成一列，看起來就像士兵列隊一樣。」麵包井然有序排列在盤子裡，我卻突然想起自己堪憂的處境，「經過這場戰役，還有多少人能夠屹立不搖到最後一刻？」我納悶。

想到麥可，他的殞落因我而起，希望其他人不會也面臨相同的結局。

我煩惱地拋下最後一片麵包，突然間沒了胃口。被我推開的椅子在地板上磨擦，尖銳刺耳的噪音就像指甲刮過黑板。我沒有停留，直接回到地下室梳洗換衣服。

穀倉距離米雷普瓦有三十分鐘的車程，當然啦，我們只花了十五分鐘。現在時間大約是早上十點整，陽光已經很強烈，天空晴朗無雲，但是氣溫卻非常低。

我出門前特地洗了澡，還特地花了一點時間吹頭髮，以免感冒。布魯克堅持幫我把上半部的頭髮編成法式長辮盤在頭頂，再用金色小髮夾固定，其餘髮絲自然垂落腰際，同時自作主張幫我穿衣服打扮。我試著提醒她這裡又不是巴黎，但她樂此不疲，彷彿我是她不曾擁有的芭比娃娃，可以盡情打扮。我私底下懷疑，她小時候一定擁有很多朋友，而且把他們都當成芭比。

她幫我選了蓋袖的蕾絲上衣，搭配土耳其藍的高腰窄裙和鞣皮腰帶，總算大功告成，但我死也不肯套上高跟鞋，她只好讓我用尖頭平底鞋取代。換衣服的時候，我盡力遮掩身上的疤痕，最後她丟來一只粗花呢手提包——這顯然是逛街的基本配備。因為我的堅持，她同意讓我再罩一件輕薄外套，整體造型或許因為外套打了折扣，但是這裡的氣候讓人不敢都聽她的。

我們轉進小型停車場，下車時，我東張西望，觀察陌生的環境。「今天的風有點大。」我的頭髮被吹得亂七八糟。

「這裡的氣溫總是偏低，我不確定是為什麼。」羅德韓回應，順手壓下車門的自動鎖。

「人群都在那邊！」布魯克興奮地嚷嚷，頂了一下巨型的太陽眼鏡，大步向前。羅德韓追了上去，重新引導她走進一條鋪了鵝卵石的狹小街道。

喬納走過來和我並肩，伸出手臂讓我挽住，竊笑說：「看起來是布魯克的手筆，對吧？」

「嘿，你看起來跟南瓜一樣可愛！」我呵呵嬌笑，輕輕拍他的胸口，「唉唷！」我叫了一聲，使命甩手，他的胸膛硬得像石頭。

他眨眨眼睛說：「小心，我是熟透的南瓜，皮很硬！」

「不早說。」我抽出手臂，來回按壓指關節，發出劈啪的聲響。「總之，有個大師告訴我，這樣的打扮最適合逛傳統市場，這方面聽她的準沒錯。」

「妳看起來很……時髦。」他輕聲回應，淺褐色的眼珠變得極其溫柔。

跟在布魯克和羅德韓後面不到兩三呎漫步，我抓住機會好好欣賞旁邊的雙拼型別墅和五顏六色的百葉窗，流露出溫馨家園的氣氛。事實上，我看得有點入迷——

「小心！」喬納攬住我的腰，一把將我抱離地面，摟進他充滿保護性的懷抱，及時躲開莽撞衝過來的腳踏車。我嚇了一跳，突如而來的近距離接觸讓人沒有心理準備，過了幾秒才緩了一口氣，抬頭看入他的眼睛。

「小心走路，灰姑娘。」他低聲說。

「灰姑娘？」我低聲重複。

「呃，既然這顆南瓜剛剛變成妳的馬車——」

我輕蔑地搖搖頭，「如果你想自我推銷，目標至少要訂得比馬車還高才行。」我指指地面，示意他把我放下。

喬納遵照指令，但把我拉近身旁，摟得很緊。我不想再被車子撞到，所以暫時默許、沒有抗議，跟他在一起既自在又安全。

「馬車沒有不好啊，至少把灰姑娘安全送達目的地。」喬納頑皮一笑。

「對，把她送到白馬王子面前。」我揚揚眉毛。

「噢，我沒想到這個……」喬納中途停頓。「好吧，我回去當南瓜。妳還是做妳的睡美人，兩個臭皮匠總會想出解決辦法的。」

放眼望去，其實街上的行人少得可憐，三三兩兩的。年老居民的頭上綁著絲巾，手裡挽著藤編的籃子，裝滿法式長棍麵包、乳酪和某種難以分辨的物品。和我們擦身而過時，一股像臭腳丫的氣味撲鼻而來，讓我忍不住咳嗽，表情又要裝得很淡定，逗得喬納哈哈大笑。

街道盡頭就是這裡最繁忙的中心，馬路對面的廣場熙熙攘攘，人來人往，攤販在中世紀的建築前方圍成正方形，羅德韓跟布魯克站在路邊等我們。

「市場周邊的建築物始於十三到十五世紀，妳仔細看，就會發現房屋上層是本地人和觀光客擁有的度假公寓，下層是商店和咖啡座。」羅德韓仔細地解釋一番，儼然是個盡職的導遊。

「啊，看起來很壯觀。」我讚嘆地欣賞這些中世紀時期的建築，房子本身似乎浮在半空中，只靠下方的木頭和水泥拱門支撐，有趣的是，這裡的居民竟然不管建築物悠久的歷史背景，隨心所欲地把屋外的百葉窗漆成鮮豔的色澤，包括深淺不一的藍色和紅色——跟房屋外觀咖啡色的十字形木頭和橫梁一點都不搭，這樣的建築設計顯然是出於當時著名建築師之手。

「無聊死了……」布魯克不耐地呻吟。

「好啦，好啦，我們在市場逛一圈……茜希。」羅德韓給了我一疊現金，我搖頭反對，不想拿他的錢。

「聽著，這裡不收信用卡！幫妳自己買點東西當晚餐，任何妳看上眼的東西都可以，親愛的。」

「嗯哼！」布魯克又哼了一聲，我勉強接受羅德韓的好意。他也給了她一些現金，布魯克幾乎是伸手搶走，動作快如閃電。喬納自己有錢，我在機場親眼目睹他去自動提款機提款，本來我也想到應該拿加百列給我的信用卡去提領現金，只是感覺不太好，我不想欠加百列一堆債，但是現在的名單又多了羅德韓。我摸摸手裡的紙鈔，感覺怪難為情的，想到就算要還他，他也不會收，忍不住就皺起眉來。我的錢都是用來買生活必需品，辛辛苦苦賺來的每分每毫都用在刀口上，很少奢侈浪費，不勞而獲讓我十分不自在，要我胡亂花用更是難上加難。

「你不想去參觀大教堂嗎？」喬納的嗓音打斷我思緒的方向，他指著遠處宏偉的建築物問羅德韓。

「我不介意等一下再過去看看。」

喬納的表情看不出任何端倪，但我忍不住猜測他想藉機抓住跟我單獨相處的時間，不過也可能是我會錯意。

我們信步穿梭在攤販之間東看西看，布魯克旋即發現這裡不符合她逛街的風格，沒有任何名牌服飾或是名家設計，現場唯一的布料似乎只有一九七〇年代流行的桌巾。

市場人聲鼎沸，生氣蓬勃，居民和觀光客都逛得很開心。我們首先造訪食物區，肉攤的氣味讓人反胃，剛剛宰殺的新鮮肉品跟超市包裝好的感覺迥然不同，鮮血的腥味隨風飄揚，讓我忍不住轉頭打量吸血鬼同伴。一瞬間我有點擔心氣味可能引發過當的反應，喬納率先和我四目相接，看到他的瞳孔仍然維持淡褐色，我鬆了一口氣。他歪著頭好奇地看著我。

「有問題嗎？」他問道。

「沒事，我正想問你還好嗎？」我的目光在他和隨著鐵鉤晃動的生肉中間游移。

「拜託——」他一臉不屑，停住腳步。「死牛的血？天差地別，妳搞錯了。美女，必須是人類新鮮的血液，從血管中汲取，心臟還得怦怦跳動才可以。」

「噢。」他繼續邁出步伐，補充一句。「再者，嘴巴要吃、眼睛也要看，必須是我一看就喜歡，看上眼的才會有胃口。」喬納挑挑眉。

我不確定要做何反應，只好聳聳肩膀，不予置評。

我們走得很快，最終停在麵包攤前面。我買了法國長棍和可頌，接著加入乳酪攤前面的隊伍，等著購買布里乾酪。

不過採購了十五分鐘左右，布魯克已失去耐心，焦躁不安。「天哪，這種爛地方！感覺就像時光倒退四十年，噢，你們看那一攤！那老太婆穿的尼龍晨褸！這年頭還有那種東西？噁！」她氣極敗壞地跺腳。

羅德韓結束附近的偵察任務，再次跟我們會合。

「沒問題吧？」喬納問。

「嗯，都是觀光客，咖啡廳人滿爲患，這裡安全無虞。」

我輕聲道歉，擺脫那位一直想說服我購買清洗玻璃窗服務的法國人，加入交談行列。「沒有人知道我們來這裡，就算他們追過來，也會是攻擊房子那裡。」我指出。

羅德韓點頭以對。

「嗯，羅德韓，你去參觀心中念念不忘的大教堂吧，大男人不適合逛市場。」我對他眨眨眼，或許是因爲最近太常跟喬納在一起，近墨者黑了。

他考慮著我的提議，過了半晌才欣然同意。「妳跟喬納還有布魯克在一起，千萬不要分開，答應我？」

「我保證，你去吧！我們逛完了再去找你。」

「喬納，記得帶我們的貴賓去參觀領事官邸，屋頂椽架的雕刻簡直讓人嘆爲觀止，刻畫出各式各樣的野獸和怪物，造型栩栩如生！到了這裡絕不能錯過那個景點，你們前面轉個彎就會看到了。」羅德韓像典型的愛爾蘭人一樣比手畫腳，指示方向。

看得出來羅德韓深愛這種古色古香的小鎮，充滿歷史和文明的足跡，他在這裡如魚得水。

離開之前，羅德韓又把喬納拉到旁邊低聲交談，指著廣場好幾個地點——我猜是出口。

「在我們繼續逛這些爛攤子之前，要不要來一杯咖啡？」布魯克鬱悶地提議，她竟然願意讓我停下來喝杯飲料，看得出來她很沮喪。

幾分鐘後，我們三個人挑了一家一樣是人潮滿滿、供應甜點的咖啡屋，在面對廣場的室外搶了一張桌子坐下來。喬納幫大家點了咖啡，雖然眞正汲取咖啡因的只有我。

「噢，這裡簡直是監獄！」我淺啜一小口拿鐵，聽著布魯克氣憤地抱怨。

「你猜我們有沒有機會說服羅德韓讓我們去巴黎一天？血拚要去那裡才對！」

「不可能。」喬納斬釘截鐵。

我望著遊客如織的攤子和巷道，本來枯燥的灰色背景因季節性的裝飾品而大紅大綠，充滿生機。布魯克正想開口抗議，喬納的注意力卻已經轉移，不在我也不在她身上，而是警覺地掃視市場，身體突然僵硬起來。他的手指一用力，方格桌巾從我這邊被扯歪了。

「喬納？」

他突兀地站了起來，直勾勾盯著下方的人行道，差點踢翻椅子。坐在他背後的法國人咕噥了幾句，不懂法語也知道是喬納的椅子撞到對方，惹得那人很不高興。

「留在這裡，不要輕舉妄動，布魯克！」

「什麼?」她沒有察覺喬納的異樣和急切。

「我叫妳別動!」他轉身就走，不到幾秒鐘就消失在人群中。

「他是怎麼了?」喬納打斷她的話讓布魯克非常懊惱。

「我不確定……」我還試著要釐清究竟是什麼東西引開他的注意力時，感覺一道黑暗的陰影似乎要將我籠罩。「妳知道嗎?或許我們應該去找羅德韓。」我起身，布魯克跟著站起來。

「等等，要先結賬，妳在這裡等我。」我還沒機會反對，她已經站起來進了店裡。

她才離開，一個面容枯槁憔悴的老婦人就出現在附近，隔著少許的距離，伸手招呼我過去。我猶豫了一下，她再次招手，這回急迫很多。我可以留在這裡等布魯克回來，也可以過去看她要什麼，畢竟她是凡人，不是異類。她的年紀大約八十幾歲，佝僂駝背的身體，應該沒有傷害我的能力。我決定走過去看看，沒想到剛一走近，她就隱入人群裡，於是我出聲呼喚。她沒有逗留，繼續往前走。我一路跟在後面，就一個老太婆而言，她走路的速度很快，沒多久就失去蹤影。我踮起腳尖，在觀光客裡東張西望，才瞥見她侷促不安地站在領事官邸的路標底下。呃，至少我遵守承諾，聽從羅德韓的建議，眞的跑來參觀這棟古蹟了。至於沒有遵守第一個承諾，純粹是意外。

我信步走過去，整個廣場彷彿唯有這一小塊地方沒被人佔據，老婦人周遭的空氣冰得像結霜一樣，或許是因爲拱門的緣故，這裡遠比市場開放性的空間顯得陰暗許多。

她旁邊站了一位街頭藝人，正在演奏小提琴，哀怨悲傷的曲調隨著弓弦的移動流洩。老太婆彎腰駝背，枯瘦如柴的手指扣住我的手腕，泛黃又欠缺修剪的指甲掐入我的皮膚，身上散發出死亡的氣息。她彷彿一隻腳已經踏入墳墓，那種氣味就像把臭雞蛋和腐敗的牛奶混在一起，幾乎滲透到我的舌尖上，讓人反胃欲嘔。

她劈頭就是一串法語，絲毫不停下來喘口氣。

「夫人，我完全聽不懂，我不會法語！」

那股氣味臭得讓我只想遮住鼻子和嘴巴。

最後她氣急敗壞地鬆開我的手，一臉懊惱，繼續比手畫腳，接著從身上那件老舊、彷彿長了蠹蟲的針織衫裡，掏出天鵝絨的小布袋，在我面前晃啊晃。

她再次說了一串法語，我依舊搖頭。

最後她把布囊塞到我的胸口，伸手指向背後。「惡——ㄜ——魔！惡——ㄜ——魔！」她用發音不清的英語一再地重覆，突然又匆匆走開，還撞了我一下。

目送她的背影離去，我這才轉頭望向她手指的方向，沒有發現任何人。我抬頭看一眼屋頂的椽架，上頭雕刻出一張張扭曲變形的臉孔俯瞰下方，彷彿在看我一樣。

我打開她給的布囊，裡面是一個金戒指，粗厚的戒環中央是盾牌式的徽章，天鵝圖案上有一座城堡。雖然沒有立刻認出，但我依稀記得在哪裡見過。我不由自主地撫摸圓弧的指環，突然間頭暈目眩，腳步踉蹌，發現自己摔在地上。頭頂上方扭曲畸形的臉龐對著我尖叫不已，讓我更加恐慌。

我的意識陷入模糊，又一次置身在隧道裡，眼前閃過一幕幕影像，快速轉換，跳來跳去。不久之後，終於定格下來對準焦距。

我看見一個小男孩在田野間嬉戲，大約十歲年紀，在青青如茵的草地上奔跑，暗金色的長髮隨風揚起，拂過臉龐。我跟隨他的足跡，看到另一個跟他同年齡的女孩，金色卷髮垂到腰際，在後面急起直追，當她追趕上的時候，兩人一起撲倒在地，翻來滾去地玩鬧。我過了好半晌才看清楚那個小女孩，竟然就是我自己。我愣了一下，從沒看過自己這麼小的模樣。

夏天消失無蹤，冬季接踵而至，男孩和我長大了，或許十四歲左右。那是晚上的時間，我們兩個窩在穀倉外面吃點心，而我和加百列對弈的影像也在同一座穀倉裡。我們背靠牆壁，蓋同一條毛毯，男孩伸手比著夜空的星星，我故意把毯子拉過來，他開玩笑地捶一下我的肩膀。我們滾倒在地上，格格地笑，他是我的朋友。

場景變換，一幕幕靜止的畫面閃過，勾勒出我的童年——我們的童年。

畫面最後定格在長大的他身上，大約十六歲左右。我們在一起，他讀書給我聽，書本半遮臉龐，種馬在他背後磨蹭著地面，更後方是一匹熟悉的母馬，一身雪白臥在地上：那是烏麗。他挪開書本，放在身旁，雙手插進口袋，白色喇叭狀袖口襯托古銅色的皮膚。他掏出一個戒指，正是我身上那一枚！寶石反射太陽的光芒，一束束明亮耀眼，他溫柔地替我套上戒指，而他手上戴了另一個——粗厚的戒環，中央雕著天鵝和城堡的徽章……現在就在我手中！

或許是身體的震動，或許是心情起伏的影響，畫面噗地消失無蹤，取而代之的是男孩躲在濃密的草叢後面啜泣。我極力睜大眼睛，想要看清楚他眼前見到的東西，是什麼讓他傷心欲絕，隨後謎底就揭曉：加百列和我在野餐、下棋，嘻嘻哈哈地笑。

不！

我好像在大叫，他們通通都消失了。

我又回到鋪著鵝卵石的地上，掌心全是汗水，試著抓住膝蓋卻滑手。

有一瞬間，我以爲眼前嚇得我肝膽俱裂的臉孔是屋頂上的雕刻品之一，即便看起來跟雕像沒倆樣，活生生的實體卻站在正前方。

這回不用再花腦筋辨認，跟我面對面的吸血鬼，正是我和喬納遭遇攻擊時的那一位。離開艾立歐一族時看到的也是他，後來他又出現在機場、朝著我而來。

他曾經是我的未婚夫。

雖然他的眼睛現在射出火紅的光芒，皮膚變成像白紙一樣，他們還是同一個人，只不過以前的他是人類——在我認識他的時候，是生死有命的血肉之軀——現在成了吸血鬼。

他靜止不動，臉上滿是怒火，然後跪下來，伸手撈出我襯衫底下的項鍊，握住戒指拉了過去。周遭的氣流泛起漣漪，小提琴哀怨悲傷的曲音消失在虛無裡，時光懸宕不前，凝結不動，我再次感覺項鍊被拉扯的力道，只是這回我又回到穀倉裡，他怒沖沖地扯掉我脖子上的項鍊，我已不是旁觀，而是身歷其境。

我往前撲倒，背對他的時候，入口的光線看起來非常遙遠，但他把我往後拉，扭轉過來面對面。還是一樣的眼睛，只不過當時他是凡人，而且氣得面紅耳赤，臉上淚水縱橫，絕望到不顧一切的模樣。我想輕推他的肩膀把他推開，但談不上有任何用處，只是困在自己的體內，行動和選擇都受限於那一點點時間。

我企圖逃離現場，手腳並用爬行，腳卻被底下的襯裙纏住，潮溼的秫料和馬匹熟悉的氣息充斥。

接著就發生了：我的後腦杓受到致命打擊，只聽到喀一聲後我就不支倒地，眨眼的速度快到彷彿睫毛糾結在一起。他把我抱起來，眉頭深鎖，一臉駭然，似乎懊悔莫及，大聲慘叫，卻像啞劇沒有聲音，只看到唇形一遍又一遍地喊著我。我移開目光，發現身體下方有一灘血，順著傾斜的地板流向穀倉門口。

原來我是這樣死的。

毫無痛苦，沒有一點感覺，加百列的名字浮現在腦海裡，臨終的瞬間，我還想起他。

就在漆黑還沒有籠罩一切——我尚未停止呼吸之前——影像凹陷又凸起。

我發現自己又呼吸著跟吸血鬼一樣的空氣。他入神地凝視手中的寶石，小提琴演奏的旋律悠揚耳際響起，只是好像特意放慢速度一樣。

我自然而然地抓住後腦杓，鮮紅的血從指縫滲入掌心的手紋裡。

攤開手掌伸到他面前，我不假思索地說：「伊森，你殺了我。」

他的目光像手電筒般射過來，彷彿我給了一記重拳。他噘著嘴唇，藏住危險的獠牙，憤怒的表情倏然消失，取代的是深沉的哀慟。沉重的腳步聲橫越廣場而來，剔除了我們進一步對談的機會，當我再抬眼的時候，已經看不見人影，就像煙霧瞬間蒸發了，往日的鬼魂如此來去無影無蹤。

我坐在地上，雙腳交叉，握住他的戒指，最後一片拼圖終於嵌入正確的位置。

我不確定喬納在旁邊陪了多久，最後才把注意力轉向他。

「茜希！茜希！妳在流血！」看到我染紅的手掌，他大驚失色地拉了過去，順著氣味從手臂追溯到脖子。他的臉頰貼著我的頭髮，吸入我的香氣，終於退開的時候，臉頰也沾到血漬，他一臉錯愕，慌了手腳。

「等一下，很快就消失了。」

我的身體平常就有自癒能力，加上上回重新經歷佛瑞德攻擊的可怕記憶，身體會重現過去的變化。有過那次的經驗，我明白一旦自己回到現代，外傷很快就會痊癒。

「出了什麼事？」他警覺地左右張望，搜尋鄰近區域，分心的時間只有一下下，注意力很快回到我身上。

「沒事，就是兩百年前的舊傷口迴光返照，不可能再害死我。」我感覺心裡空空的，或許是因爲此時此刻受到的衝擊，或者是終於找到一些線索——不管是不是答案——我總算有些許的了解，再怎麼可怕都關係。我想應該是後者的機率大一些。

喬納沉重地嘆了一口氣，五指摸索我的頭髮，憂心、懷疑和慾望等複雜的情緒一一浮現在他眼裡。我按住他的手臂，不耐煩地推開他。「眞的會痊癒。」

他把我從地上拉起來，靠著他結實的身軀，坦率地要求。「妳應該跟我說實話，不是嗎？」

20

但布魯克一現身，喬納立刻閉上嘴巴不再追問。我們安然回到屋裡，我使出渾身解數黏著羅德韓和布魯克，因爲眞的不確定該怎麼辦；對喬納洩露任何資訊之前，要先問過加百列的意見，最後迫不得已總要透露一些訊息，至於要說到什麼程度，涉及哪方面，我完全沒有概念。

幸好後腦杓的撕裂傷很快就癒合，羅德韓跟布魯克完全沒發現異狀，至於要說服喬納相信當時沒有別人在場、沒有任何神祕客讓我血濺手掌，實在是難度太高。他確定本來不該出現在市場的某人或某種怪物的確現身了。

我發簡訊給加百列，請他盡快打電話聯繫，然後找藉口溜回地下室的臥房，能先睡一覺也好。果然心裡想著想著就睡著了，昏昏沉沉之間，腦海中浮現加百列藍色的眼珠，開啓了一個畫面。一開始看見他的臉龐，我興奮極了，那是一間酒吧，他選了一個安靜的角落，同桌還有別人；他們迅速地交談，從他的影像看過去，有個淺色頭髮的長者聽得很入神，不時搔搔頭髮，一臉好奇。

我做著夢，同時確信自己看到的是眞實場景，若不是過去就是未來將發生，但難以判定。

加百列談話的對象長相很普通，找不出明顯的特徵，若不是事先知道他正尋找一位墮落天使，會誤以爲對方是個普通人。加百列停頓半晌，掏出口袋的手機，低頭閱讀我傳過去的簡訊，隨後將它塞進牛仔褲的口袋裡，繼續交談。

墮落天使摸摸下巴的鬍渣，終於開口講話，看不出來他說的內容，畫面一如以往有影無聲。他邊說邊比手畫腳，呈現出戲劇化的效果。他們對話的時間持續很久，就在我開始恍神的時候，墮落天使似乎因爲加百列說了什麼而渾身緊繃，這樣的反應立刻勾起我的注意。他瞠目結舌地瞪著加百列，酒杯從手中滑開好幾寸遠，不知道加百列跟他說了什麼，導致如此激動的反應。他猛然起身，逕自走向公用電話，背對加百列，塞了幾個銅板進去開始撥打。

回到座位後，他在餐巾紙上寫了一些東西，小心翼翼地對摺並交給加百列。加百列最後又交代了幾句，並尊敬地點頭致意，似乎正感謝對方的協助，說完站了起來，走出酒吧大門。我看著他離去，卻無法跟隨，只好把注意力轉回仍然在座的墮落天使身上。他獨自坐在那裡，雙手摀住臉龐，身體左搖右晃。

一會兒後，他起身走向吧檯，叫了一杯白蘭地，慢條斯理地喝著，似乎在安撫緊繃的神經。酒保眞心問候了一下，這回他回答的速度不是很快，足以讓我從唇形辨認。「沒什麼，就是世界末日罷了。」

我專注地想著加百列，期待願望實現。就像阿拉丁神燈裡的精靈，他突然現身在眼前，只是換了一個場景。

就在一間髒兮兮的汽車旅館走道上，房間對面是漫天灰塵的高速公路，他在口袋裡掏半天，終於找著鑰匙。我試著呼喚他的名字，或許能夠用心電感應交談？但他沒有聽見，我隨即想起他遠在天邊，隔著海洋，不可能溝通得上。我想告訴他自己從墮落天使的嘴形聽到什麼話，問他是怎麼一回事，爲什麼還不打電話跟我聯繫？

他轉動鑰匙，我跟著走進設備普通的房間裡。他繞過沙發，似乎倉促地尋找些什麼，然後進了另一個房間，急急忙忙地喊著人，從他嘴型的變化，我看出這三個字湊在一起正是「漢諾拉」。

他不是說過兩個人分道揚鑣，已經沒走在一起，現在又住進同一家旅館的房間？他停在門框旁，我的一顆心懸在半空中，跟著東張西望，發現漢諾拉癱在床上，幾乎不著寸縷，臉上掛著誘人的笑容。

我猛然從自己的床上坐起，迷霧消散，墮落天使的那句話完全被我拋在腦後，思緒都在加百列跟漢諾拉身上，怒火竄升，我氣得滿臉通紅，想要拿手機時又停住。如果我夢的是現在，是否此時此刻正在發生？會不會打斷他們？我從手機找出他的名字，按撥號鍵，即使不曉得要說什麼，我只想跟他聯絡，說我知道他的所作所爲，從此以後再也不想看到他——可惜沒機會，他直接切斷電話。

怒氣到達頂點，我從床上一躍而下，扯掉身上的名牌衣服，匆匆套上牛仔褲、T恤和運動衫。我從工具間旁邊的車庫離開，大步穿過田野，不知道要走去哪裡，就是靜不下來，只想要私底下發洩一番。天已經黑了，這一覺睡太久，本來是黃昏的小寐，卻不知不覺睡了一夜，直到凌晨，現在天快亮了。草地溼滑，大概是夜裡下雨的關係，但我想就算滑倒也無所謂，眞希望一摔就可以摔離這裡，脫離這一世的生命。

氣沖沖地走了一英里，我腸思枯竭地思考能夠解釋加百列跟漢諾拉是怎麼一回事的理由。

有一匹馬站在遠處，放眼望去四周杳無人跡，牠是這附近唯一的生物。我慢慢走過去，靠近牠身旁，牠沒有畏懼閃躲的跡象，當我伸手撫摸牠如絲光滑的毛，牠友善地磨蹭我的身體。不曉得這匹馬怎麼會出現在這裡，牠的主人又是誰，這些通通無所謂，即使馬身離地有十六個手掌的高度，我仍然勉強翻身爬上去，坐在馬背上，抓住長長的鬃毛，兩腿一夾，讓牠開始小跑。我調整身體重心，催促馬兒快跑，獨自在田野奔馳的感覺眞好，自由自在，舒適寂靜的氣氛舒緩緊繃的神經，屏除混亂的思緒。

來到森林區，上百棵法國梧桐樹聚集在一起，樹幹光禿禿的，葉子在冬天都掉光了，枝枒看起來就像瘦骨嶙峋的爪子，宛如在指揮我進去探個究竟。粗壯的樹根泛出灰色，彷彿因爲缺水瀕臨枯死的邊緣，讓我忍不住納悶這裡是不是一道門，引人走向某種形式的薑餅屋，等待不知情的旅人闖入，變成邪惡女巫的食物。天曉得有什麼怪物虎視眈眈地躲藏在暗處。

就在森林邊緣的空地上，這匹母馬側向一邊，想閃躲茂密的樹林，彷彿裡面有某種妖怪讓牠畏懼。我用左腳在牠肚子上施壓，用力坐下去，試著讓牠靜止不動，留在原地。

一陣寒意突然從脖子流竄到腳底，讓我意識自己單獨置身在空曠的田野裡，隨時都可能有窮追不捨的鬼魂喬裝變色，躲在森林裡等我自投羅網，包括陰影中的女孩，純種吸血鬼，甚至艾立歐。

還有最有可能的一位，伊森。

我們的關係糾纏不清，極需單獨跟他談清楚，他顯然也有同感，所以一直在尋找機會。他肯定知道答案，只是我不確定是否要拿我的命來換。

「伊森？」我冒險呼喚，聲音隨風在樹林間飄揚。

別無回應，只有寂靜，胯下的馬兒不安地等待。我正想引導牠走向空地時，林間的枝枒開始擺動，從後面往前延伸，往空地移動。

我鼓起勇氣釘在原處不動，樹枝停止移動那一瞬間，我確信自己瞄見一對隱晦的紅色眼珠在堡壘內側流連。

「我們需要……談一談。」我結結巴巴地強調。

勇氣隨著時間流失，雖然我不認爲他有殺人的意圖，往日的回憶讓我認定我們一度很親近，他不是故意結束我的生命。然而認識的當時他還是人類，現在的眼睛則像火般燃燒，靈魂沉淪到陰暗裡。後來他遭遇了什麼？怎麼會變成這樣？

馬兒緊張地往後踱步，我拍拍牠的脖子溫柔地安撫，摸到馬背上一片蒸發的溼氣，彷彿牠能夠察覺埋伏在密林深處的東西逐漸逼近，眼前這場捉迷藏的遊戲即將結束。

一股重量落下，矮樹叢的樹枝猛然斷裂，這就像是壓垮駱駝的最後一根稻草，馬兒驚慌失措地噴氣，前腳抬起，讓我失去平衡，瞬間被摔下馬背。就在著地前那一刻，一雙強壯的手臂抱住我，中斷落馬的態勢，馬兒急竄而去，我根本沒機會分辨方向，已經失去牠的蹤跡。

「妳沒當過童子軍？『做足準備』，記得吧？」喬納的嗓門打破詭異的寂靜氣氛，看到他，我鬆了一口氣。我坐在他大腿上，眼睛搜索前方的樹林。伊森不見了，但我還是會找他，或是他先來找我。

我繼續拖延半晌，這才抬起頭直視喬納的臉龐。「你從哪裡冒出來的？」

「就在妳後面，經過昨天發生的事，難道我還會讓妳深夜獨自跑出來騎馬，身邊沒人保護？」

「不管有沒有那件事，我常常感覺你盯著我不放，記得我說過的話嗎？你需要培養其他嗜好？」

他皺皺鼻子，開玩笑地提醒。「妳要繼續坐在我大腿上？」

「當然不要！」我蹣跚地爬起來，順勢拍掉身上的灰塵。

「妳突然半夜跑出來偷了一匹馬，在荒郊野外縱馬奔馳，有什麼特別的理由嗎？」他從草地上一躍而起，動作俐落，比我帥氣很多。

「沒有。」我不想說實話。

「別唬弄我。」他揮揮手，示意我跳上他的背，我堅決地搖頭反對。

「不用了，謝謝，我寧願走路。你先走，我跟在後面就好。」

「害我錯失有問有答的機會？想得美！我們一起走路散步，聊一聊昨天發生的事情，外加漫長的兩百年生涯中發生過的一切。」他拱起眉毛，逕自伸出手臂，幫我梳理糾纏打結的頭髮，同時摸索後腦杓上面的突起，傷口已然順利結痂。

我默默走在旁邊，沒有反駁，暗暗衡量眼前的選項。本來想要先找加百列談一談，現在情勢改變，我決定不談了，一想到他跟漢諾拉的關係，我的胃裡就七上八下翻騰。

「可以嗎？」喬納詢問，比了比我的肩胛骨——上次縫合之後就藏著不讓他看見。而今沒有理由再遮遮掩掩，我點頭同意，就此停下腳步，自頭頂脫掉運動衫，拉開T恤的衣領。

他有些許的遲疑，小心翼翼撥開我脖子旁的頭髮，以手背測試那裡冰涼的肌膚。「要多久才會痊癒？」他問。

「很快，這次只剩淺色的疤痕。」

我鬆開頭髮，還來不及套回運動衫，他又追問下去。「這次……妳身上究竟有多少傷疤？」看得出來提問時，他的措辭很謹慎，爲了我而特意淡化。

「有一些，就是背部那條最嚴重，但我至少知道那是怎麼來的。」

他問也不問，指尖輕輕撫摸脊椎骨，害我瑟縮了一下。

「如果佛瑞德還活著，我會親手了斷他，慢慢凌遲，讓他死得很痛苦。」他惡狠狠地強調，我相信他是認眞的。

我套上運動衫，開始往回走。

「妳要告訴我昨天在廣場發生的事情嗎？」

又來了，問題接二連三，我當場決定不再隱瞞。不管加百列怎麼想，誰叫他忙著應付漢諾拉，沒空理我。不過我會自動省略和伊森相關的細節，如果喬納知道這裡還有一位吸血鬼，肯定會堅持離開。但我想跟伊森聯繫，我們有一段共同的歷史，尋尋覓覓這麼久，現在才找到揭開祕密的機會，但願其中有我變得長生不老的部分。

「我看過前世的景象，包含記憶的片段，就像開啓一扇窗戶，得以跨入前世的生活點滴，召回已遺忘的事件。」

「妳說過往的回憶不能再傷害妳，那是兩百年前的舊傷。」

「偶爾看見幻影的時候，不只目睹過去的生活點滴，我還會莫名其妙地墜入自己的身體，重新經歷那一段。今天就看到第一世的記憶，那時還是人類，又一次經歷被殺的一刻，軀體的創傷不知怎麼地迴轉到現實世界，我還是能感覺到那股痛，但不如當時那麼嚴重，才會說傷勢已經不足以死人。」我不懂自己為什麼要壓低聲音，這裡只有他和我而已。

「妳已經活了兩百年？」他面無表情。

「幾乎吧，這是加百列說的，當時死了後來又甦醒過來，只是有所不同，變成不一樣的人，從此長生不老，至於原因是什麼，我也不知道。」

天色轉成灰白，黎明將近，我開始顫抖，喬納脫下外套裹住我的身體，擋去部分的寒氣。

「謝謝。」

「早在那時候，妳就認識加百列？」

「對，我死後他離開那裡，以為我跟一般人一樣，死亡就是結局。直到我遇見你，才又跟他重逢。」我把喬納的外套裹得緊緊的。「每一次死亡，我都會再醒過來，只是過往的記憶重新洗牌，對於自己現在和過去的身分，只剩模糊的印象……回憶和偶爾浮現的影像是我僅有的透視窗，有時候，我覺得這是詛咒多於祝福。」

例如今天。

「妳不知道自己是誰？」喬納問。

淚水湧進眼眶，或許是因為這個問題很傷人，或許是因為腦海中不由自主浮現加百列的臉，他常常不請自來，不管時間和地點，在我意識的邊緣晃動擺盪。

「嘿，沒關係，妳不要傷心。」喬納邊說邊安慰地揉搓我的手臂，我對他微微一笑。

「你不能告訴其他人，加百列知道——他單獨去尋找答案，解開謎底，其他人……一定不能讓他們知道。」

「這是我們之間的祕密，我保證。」他斷然回應，沒有一絲猶豫。

我們繼續散步，各自陷入沉思裡，最後是我率先打破沉默。「羅德韓跟加百列都警告我離你遠一點。」

「我知道。」喬納躊躇了一會兒，彷彿有話要說。

「怎麼了？」

「沒事，以後再說吧，反正我們有的是時間，顯然你我都沒有這方面的問題。」

「但我時鐘上的指針似乎即將停止移動。」

「妳會這麼想是因爲它們給妳一種結束的錯覺，而我可以告訴妳——妳的故事才剛開始。」喬納自信滿滿，一副胸有成竹的模樣。這句話反而讓我心情更加沉重。

他眉開眼笑，試著創造輕鬆愉快的氣氛，也不問我意見就把我抱起來，直接揹著我在原野上狂奔。我伸手環住他的脖子，摟得很緊。

即便苦惱沒有解決，當我們以閃電般的速度回到大門前時，我依然興奮地大笑出聲。

21

緊抱喬納在田野間飛躍的收穫就是倒空腦海裡一切沉重的念頭。到了大門口，我一躍著地，他轉身面對我。

「好玩嗎？」

「很好玩！」我說。

「聽著，茜希，我不想增加妳的負擔，讓事情複雜化，只是……」

「只是怎樣？」

「只是……妳和加百列，我曉得你們有一段過去，但妳應該知道不會有結果，對吧？」

我正想開口回答，電話突然響起。我從口袋撈出手機，是加百列。

我不想接聽，也不想跟他講話，總之沒什麼好說的。

「我餓了，」我告訴喬納。「只想好好吃一頓早餐。」

我從地下室的入口走上樓梯，進入廚房。他沒有追究剛才的話題，坐上角落的沙發，打開電視。

等我泡了熱茶，烤好吐司的時候，加百列至少打了十通電話。我撇開罪惡感，繼續置之不理。

最後是羅德韓上來坐在桌子旁邊，看我啃著微微烤焦的麵包。

「加百列在線上等妳。」

他把手機遞給我，我被逼進死角，再不情願還是得接聽。

「喂？」我說。

「找一個隱密的地方講話。」

我對羅德韓禮貌地點頭致意，推開椅子，穿過落地窗，走進花園裡，再把玻璃門關上。

「只有我一個人了。」我努力裝出冷淡的語氣。

「我找到線索，正要前往波士頓找一位叫艾瑞爾的天使，他或許知道我們苦苦追尋的答案。再過一兩個小時就會抵達那個城市，但願不會撲空，找到他之後，我立刻回去接妳。」他三兩句就解釋完畢。「妳沒事吧？」

「漢諾拉呢？她在哪裡？」我尖酸地詢問，對他的問候置之不理。

「萊拉，她不是妳應該關注的對象。」

「沒錯，單單你對她的關注就足夠我們兩人的份。」

「我不懂妳說什麼？」

「我夢見你在酒吧跟梅拉奇講話，隨後又看見你走進汽車旅館的房間。」我停頓了一下。

「以朋友而言，她的問候方式荒謬到極點！」

他的靜默間接證實我最深處的恐懼。

「嗯？」我感覺血液整個沖上臉頰，渾身發燙。

「妳看到多少？」

「有差別嗎？我不必看下去就猜得出來你們在做什麼。」

「萊拉，妳誤會了。妳必須相信我，好嗎？我知道分隔兩地還要彼此信任並不容易，但我很快就回去找妳，拜託，請妳對我有信心。」他有些感傷，卻也沒有費心解釋我目睹的景象。淚水奪眶而出，很難忍住，只能草草結束通話。「我要掛電話了。」

我需要一點隱私的時間整理自己的情緒，信步走向用大石頭雕刻而成的座位區，正準備坐下，一棵枝葉繁茂的大樹搖搖欲墜地斜靠在牆壁上，讓我看得出神。

「妳沒事吧，親愛的？」羅德韓走到後面的陽臺，隨著我的目光所在，他的表情沮喪起來。「啊，被妳發現了？」

「山上的樹怎麼會在花園裡面？」我驚訝地問。

「是我特地找來的！這是如假包換的聖誕樹！」他眉開眼笑，「躲在這裡並不表示我們不能慶祝佳節，對吧！我去市場挑了一些裝飾品，現在把樹搬進去，就可以開始了！」

他眞是善解人意，我不想留在這裡哀嘆抱怨讓他失望，只好強顏歡笑，看著他把樹幹扛在肩上，走進客廳裡。

一小時後，整間房子——包含布魯克在內，都參與了裝飾聖誕樹的大工程，雖然前三十分鐘大都浪費在口舌上，大家激辯著要選什麼顏色當主題。

布魯克認爲裝飾要有優雅的現代感，這表示不能用發亮的金箔，要單一的銀色就好。喬納的提議很奇怪，竟然主張黑白雙色。我在另一個極端，只想把所有的東西都掛在樹上。

「這樣看起來不平衡！」布魯克對著我嚷嚷。

「嘿，底層是我負責的，妳只要擔心自己的就好。」我說。

「哎呀，小姐們，」羅德韓打岔。「看起來棒透了！」

我不太肯定，因爲意見相左，協調不了，最後決定把聖誕樹分成三個區塊，按照個別的喜好布置。由於吸血鬼可以跳得很高，就由我負責最底層，好處就是相較之下，我負責的區塊最寬廣。根據抽籤的結果，喬納抽到最短籤，負責最上層。

羅德韓不抽籤，沒有負責的區塊，於是給他一項特權，選擇一項裝飾品掛在最高點。他將內容保密到家堅不透露。

在我們工作的時候，他特地準備水果派和香料酒犒賞我們，增添歡樂的氣氛。但屋內只有我需要食物充飢，如果眞的吞下那麼一大塊水果派，大概會撐到吐。

布置的歡樂氣氛，加上從廚房飄過來的甜蜜的香料酒氣味，讓我回想起生平唯一一次跟別人共度的聖誕節。

兩三年前我到蘇格蘭旅遊，很幸運地認識了奇諾太太，她經營Ｂ＆Ｂ民宿，在旺季的時候好心收留我在廚房工作，讓我負責烹飪和打掃，交換三餐和住宿。

我跟一個八歲女孩合作布置聖誕樹，她和父母一起來玩。小女孩興致勃勃，幾乎用盡手邊所有的飾品和金箔，一股腦兒通通掛在綠枝上，透過孩子的眼睛，那是全世界最美的樹，然而眞正美好的卻是她臉上的喜悅和歡欣，每一件叮噹作響、閃閃發亮的小飾品都反射出女孩的光采。

聖誕節當天，我坐下來和客人共享聖誕大餐，烤火雞和各種應節餐點一應俱全，餐後比賽拉扯聖誕節爆竹（注），又唱又跳，完全旁若無人，直到今天，唯有那個聖誕節我不是孤孤單單。

今年和吸血鬼共度聖誕節，更是意料之外。爲此我突然很感恩，不管組合多麼奇怪，他們是一家人，只要我和他們在一起，就是其中一份子。也許很久以前，我也一度是某個組合的成員。

「我完成了！」布魯克得意洋洋地嚷嚷，將我的注意力拉回手邊的任務上。她退後一步鑑賞中間那一層，我必須承認，看起來滿漂亮的。

「嗯，羅德韓，這種透明的小燈泡還有嗎？」布魯克問。

「或許，我屋裡還有一箱，得找找看。」

她一眨眼就走掉了。

喬納窩在地板上，旁觀我把星星和麋鹿一對一對地繫在最底層。

「美女，實在看不出來妳想追求怎樣的效果，我只感覺聖誕老公公的飾品工廠大爆炸，存貨都掉在妳的聖誕樹上！」他揶揄地說。

我大笑，驚訝地發現自己竟然將憂慮和傷害拋在一邊，暫時享受溫馨的時光。「我不知道大西洋彼岸的習慣是怎樣，但在我們英國，呃，聖誕飾品越多越棒！」我說。

我伸手要拿紅色金箔，喬納主動遞給我，彼此無意間碰觸到肌膚，一股尖銳的電流竄入，但我故意忽略，繼續自己的工作。

「謝謝。」我迅速繞著聖誕樹爬了一圈，將長條狀的金箔穿插在枝葉中間，然後拍掉身上的灰塵，起身欣賞充滿對比的成果。

喬納的燈球掛得整整齊齊，我仰起頭思索他的選擇。

「光明和黑暗是強大的對比，你不認爲嗎？」他雙手抱胸，站在一邊。

「我同意，只是全部混在一起，感覺有點莫名其妙。爲什麼不乾脆分成兩半，這樣站在後面看是黑色，站在前面卻是白的？」

「我不知道，要有特殊的眼光才能欣賞黑白混合的效果——」

「透明燈泡都用光了！」布魯克衝入大廳，不高興得直跺腳。

「沒關係！」羅德韓在廚房嚷嚷。「來吧，最後的壓軸放上樹梢，就大功告成了。」

他關上烤箱，大步走進客廳。

我從一個小紙箱取出裝飾品，裡頭是小天使穿著雪白的衣服，頭頂用鐵絲圍成小光圈，我驚訝地拱起眉毛。

「親愛的，妳不喜歡嗎？」他問。

「不，不是，就覺得很好笑，頭頂的光圈再加上翅膀……感覺不太符合……實況。」我中途打住，假如羅德韓相信聖經，那麼對他而言，這就是他所認知的形象，我得換一種說法。

「我還以爲你會選擇其他裝飾品。」

注 pull crackers，聖誕節流行的遊戲，扯破時的聲響和小禮物常有驚喜的效果，主要盛行於大英國協的國家，如英國、愛爾蘭等地，獎品、禮物或糖果塞進紙筒裡，裹上彩色包裝紙，兩個人比賽，看誰拉扯到獎品。

「嗯，我想在這個家裡，只有天使最合適，畢竟大家能夠聚在一起都要感謝這一位。」他朝我揮揮手，我向前一步，他把陶製玩偶交給我。「做爲我們這個小家庭最新的一份子，應該由妳來把它掛上樹梢，甜心。」

我轉過身去，高聳的聖誕樹幾乎觸及天花板，我們到哪裡去找這麼高的梯子讓我爬上去掛吊飾。羅德韓從背後給我一個熊抱，直接拔地而起，一跳就抓住天花板的梁柱，我才想起原來還有比梯子更好的選項。

不幸的是，當我試圖把小天使掛在樹頂，身體前傾得太遠，導致兩個人失去平衡，羅德韓手勁一鬆，我整個人倒栽蔥飛向松樹，跟著樹幹一起倒下。

「啊啊啊！」我大聲尖叫，直墜而下。

喬納的反應一如以往，快速縱身一跳，搶在半空中把我接住，自己則以背著地，讓我趴在他身上。

樹幹迎頭壓下，我嚇得說不出話。

布魯克的速度也不慢，及時阻擋樹幹撞擊牆壁的平面電視，同時挽救了部分的裝飾品。

還來不及回過神，我就開始捧腹大笑，羅德韓單手吊在橫梁上，像極了一隻協調感不佳的大猩猩；布魯克使勁想要平衡巨大的樹木，嘴巴直罵髒話；喬納被我壓在地板上，一時起不來。

我從他胸口滾到一邊，歇斯底里地大笑。

「該死，有這麼好笑嗎？我的玻璃雪花被妳毀了！」布魯克的哀號反而讓我笑得更厲害。

羅德韓四肢著地，幫忙布魯克把樹幹扶起來站穩，滿樹的聖誕飾品在浩劫過後散落一地。

他看我笑到猛擦眼淚，也跟著笑出來，笑聲低沉，連布魯克都忍俊不住地咯咯嬌笑，只是用手摀住嘴巴，不想被發現，同時盡全力皺眉。喬納起身看著我，那一瞬間，浪蕩壞男孩的面具消失無蹤。他搖搖頭，滿臉笑容，那特別的笑聲是我不曾聽過的歡樂美妙——深深刻畫在我的腦海裡，永遠不會遺忘。

「嗯，」他恢復冷靜。「如果有任何收穫的話，我想應該是改善了妳那部分的聖誕樹！」

過了幾小時，我吃了太多水果派後，心滿意足地躺在沙發上，手按著肚子，努力從超標攝取糖分的興奮中回到正常狀態。

羅德韓洗好碗盤，朝我走過來。「妳眞的很愛吃水果派！」他眉開眼笑，看著我點頭以對。「改天再做給妳吃！」

我突然希望自己不要看起來這麼滿足，免得之後樂極生悲，變成大胖子。

「聽著，喬納今晚要出門，」羅德韓靜靜地說。「他必須去……呃，去加油。我自己想去瓦爾斯教堂，就在小小的村落裡，看起來很美觀，從這裡開車過去大約四十分鐘，那裡有午夜彌撒，妳願意陪我一起去嗎？」

我心知肚明，羅德韓不願意冒險——給我一絲絲和喬納單獨相處的機會。

「坦白說，如果你不介意，我寧願留在家裡。不用擔心，我沒問題，喬納可以出去，布魯克跟我可以看影片，我保證晚一點會打電話給加百列。」我說謊了。

「嗯，呃，既然喬納要出去，妳就留在屋裡，可以嗎？」

「好的。」

「不會半夜溜出去散步？」這句話在我腦中迴盪，他知道我跑出去過，看起來什麼事都瞞不了他。

「如果你堅持的話。」我微笑以對。

布魯克和我坐在沙發上東挑西揀，屋裡收藏的ＤＶＤ數量實在很多。喬納又突然冒出來，看到他的打扮，我有點震驚。他穿著深色牛仔褲，褲管捲起，露出軍事化的短靴，深Ｖ領Ｔ恤襯托出鎖骨的部位，深色低腰皮帶，外罩黑色皮夾克，頸部掛了一條十字形墜子的長項鍊，看起來不像要獨闖森林的模樣。

他湊近布魯克，給她一張名片，搖搖手機，她只哼了一聲。

「茜希，我大約一兩小時就回來。」他對我眨眼睛，身形閃動就不見蹤影，刮起一陣從門口吹進來的風，讓好幾片ＤＶＤ應聲掉在地上。

「名片上寫什麼？」我問布魯克，她立刻站起來。

「噢，以防有急事發生，就是喬納常去的俱樂部地址和名稱。」她靠過來，一把將我從沙發上拉起來。「起來，我們準備出門！」

「我還以為他要去……呃！……進食？」

「是啊，他去俱樂部尋找邪惡的靈魂。我們才不要呆坐在這裡，看他玩得不亦樂乎！而且，羅德韓大約到天亮才會回家，他不會發現的。給妳最多十五分鐘洗澡，我們就離開這裡！」

她旋風般離去，任我自行斟酌眼前的選項。我很懷疑自己有任何決定權，只好乖乖回地下室，中途就收到簡訊：

右邊的城堡向前四步，我想念妳。

我勉為其難地移動棋盤上的棋子，但沒有回應他的簡訊。早先勉強掩埋受傷的感覺重新浮現，衝擊的力道之大，讓我突然很想唱反調報復一下。

布魯克十分鐘後翩然闖進我的房間，端詳我的牛仔褲和白色襯衫。「不！不！不！茜希，我們要去的是夜店！過來。」她把一堆衣服丟在床上，「第一步要先幫妳化妝。」

不到幾分鐘，她已經把我的臉龐當畫布，先上一層美白粉底和煙燻效果的眼妝，再畫上眼線和厚厚的睫毛膏，臉頰刷上淡淡的腮紅及相配的口紅，又讓我的頭髮披散下來，梳直劉海遮住額頭，害我幾乎看不清楚。

我任由她自作主張，直到我看見她幫我挑的衣服款式。「噢，不可以！」我大聲抗議。「我不要打扮成放蕩的母夜叉！」

「妳說什麼？」她邊問邊調整自己的皮衣。

「相信我。如果要去喬納常去的夜店，卻不穿我準備的衣服，妳會顯得很突兀，好像跑錯地方的人！」

她幫我挑選的黑色低胸上衣，腰部勉強只遮住肚臍（後背卻完全鏤空），眞皮迷你短裙配細跟高跟鞋，我還是搖頭。「妥協一下，我穿這件上衣，但換條裙子可以嗎？那條黑紗裙？」

她翻白眼，但還是幫我換了一條，裙子一樣很短，前面大約七寸，後襬比較長，臀部和兩側有透明的布料包住。我伸手要拿襯衣，被她一把搶走，嫌惡地說：「我剛說了，精簡至上，少就是多，相信我。」

「可是……」

我還沒機會閃躲就被她抓住，從頭頂扯掉襯衫。我立刻護住赤裸的胸膛，她把低胸背心的兩條肩帶綁在我的脖子，卻忽然停頓了一下，伸手撥開我的頭髮，「天哪，妳是怎麼弄成這樣的？」

她沒有給我回答的機會。

「沒關係，反正頭髮會遮住，現在沒時間吵架，就聽我的話穿這樣吧。」

我得感謝布魯克的急就章和自顧不暇的態度，至少省得我花時間解釋。她塞給我一雙六寸名牌高跟鞋，馬上又提醒我，「如我所說，等等妳就會感謝我！」

她給我一秒鐘照了全身鏡一眼。鏡中人嚇了我一跳。這不是我，這種打扮讓人渾身不自在，鞋跟高得讓我幾乎不會走路，但是布魯克依然堅持己見。

我把手機、信用卡和身分證塞進小皮包裡，然後跳上她的車，車子加速駛上馬路。

「俱樂部在哪？」我手足無措，不安地坐在一旁。

布魯克將儀表板上的名片遞給我，第一行字寫著：LE BARON，利穆鎮。（注）

22

我腳步蹣跚地跟著布魯克從停車場走向俱樂部大門，等候入場的隊伍排得很長，但是布魯克。直接走到門房那裡，咬耳朵低語，並且直視對方的眼睛，不管她說了什麼，總之有效得很，他解開黑色天鵝絨繩的鉤子，催促我們進去。

我們搖搖晃晃地穿過走道，呃，是我腳步不穩。震耳欲聾的音樂傳入耳裡，以市區外圍而言，俱樂部占地非常寬廣，眼前至少有上百人擠在舞池裡，還有一圈追逐流行風潮的時尚男女圍在吧檯前。

布魯克撥開人潮往吧檯走去，所到之處盡吸引周圍男士的目光，她絕對是值得一看的尤物——貼身的皮衣就像第二層肌膚裹住嬌小的身軀，火紅的短髮在下巴處騷動，跟白皙無瑕的肌膚形成強烈的對比。接著她往回走，來到我站立的地方，難怪我們要穿得如此清涼。

她拿給我一杯血腥瑪麗。「乾杯！」

「人這麼多，絕對不可能找得到喬納！」我大吼，試著壓過女神卡卡吵雜的混音歌曲。

「噢，他一定在這裡，只不過在地下室。」她吼回來，不時打量周遭的美女。

注 LE BARON，二〇〇四年於巴黎開幕的夜店，現在成了全球知名的連鎖品牌。這裡只是借用名稱。

「地下室？」

「對，底下是脫衣舞俱樂部，只限會員進入。」

我以爲自己聽錯了。

不久有兩個本地的年輕人走過來搭訕，提議要請我們再喝一輪。布魯克點點頭，答應接受邀請。

接下來二十分鐘內，她不停地賣弄風騷、談笑風生，似乎對黑頭髮的男孩頗有好感。對方大約二十幾歲，穿著過分時髦，敞開的黑色襯衫配名家牛仔褲，沒過多久她就把我丟給「朋友」照顧，逕自跟著對方熱舞去了。

「你說什麼？對不起，我聽不清楚！」我扯開嗓門大叫，隨著音樂的節奏搖擺，他不死心地再試一遍，但我興趣缺缺。

最後我乾脆找藉口開溜，搜尋布魯克剛剛說的地下室入口，費力地穿梭在扭動搖擺、渾身是汗的人體當中，終於看到最遠處的角落，有一個彪形大漢站在那裡，一身西裝，馬靴，看守另一條深紅色的天鵝絨繩。我撥了撥頭髮，試著踩出自信的步伐，扭腰擺臀地走向他，只可惜穿了六寸高跟鞋，增加自信著實有困難。

*這裡只限會員。*他甚至懶得看我一眼。

「對不起，」忍不住詛咒起自己以前不肯花時間學法語。「我要進去。」

我終於逮著他的目光，他研究了半晌，最後拉起繩索，示意我可以進去。

我小心地順著水泥臺階走下去，入口進去的景象讓人瞠目結舌。布魯克說得沒錯，地下室果然是私人會員專屬的區域，音樂輕柔，美女如雲——還是只穿緊身馬甲和丁字褲的美女——對著穿著高尚的男士近身跳艷舞。

站在臺階底端的保鑣盯著我看，有一瞬間我以為他要阻擋我進去，結果他反而從背後拿出一只閃閃發亮的面具，看起來珠光寶氣，貼滿紅色、白色的水鑽跟亮片，示意我戴在臉上。我沒有拒絕，感覺自己的打扮就像不同版本的貓女，活潑冶豔，邁步走向酒吧。

吧檯旁邊是加高的舞臺，中間有一根鋼管，跳舞的女孩兩腳高舉至腋下，攀著鋼管扭動、旋轉，上空的身軀展現傲人結實的上腹部，棕色長髮垂在赤裸的臀上，那條丁字褲比真正的丁字褲還不如。

左右張望了一番，拱型穹頂天花板看起來很壯觀，我立即發現這裡的女性通通戴著面具，顏色不盡相同。

舞臺前方是一個小型的舞池，迪斯可銀球反射周遭的光線，燈光刺眼得必須瞇起眼睛；另一邊是一架大型的鋼琴，目前沒有琴師的蹤影，唯有一只罩住全臉的面具丟在琴蓋上。

室內沒有任何空位，我只好斜靠在玻璃檯面上，打量了一圈，沒找不到喬納的身影。

酒保問也不問就給了我一杯鮮紅色的雞尾酒，同時對著我微笑。他長得很討人喜歡，身材只比我高一點，深色頭髮柔細蓬鬆，藍色的眼眸顯得很凌厲，跟加百列澄澈的眼珠大不相同。這也難怪，他又不是天使下凡。

我搖搖頭，甩掉腦中的加百列，今晚跟他無關，而且他很可能跟漢諾拉耳鬢廝磨中。

「謝謝。」我把信用卡遞過去，他不肯收，似乎只要是這裡的會員就飲料免費，而他大概誤以爲我是。

我扭轉身體繼續打量四周，手機突然響起，打開小皮包，看到布魯克的簡訊。她想確認我是否安然無恙，順帶通知她跟皮耶玩得很開心。我迅速回應：我沒事，若有需要就以電話聯繫。回頭繼續淺啜雞尾酒。

這時，某個舞孃離開她圍著跳舞的年長紳士後，這才瞥見喬納的身影。

他腿上坐了個黑髮女郎，鵝蛋臉，身體幾乎全裸，什麼都沒穿。他湊近耳朵低聲細語，女孩嬌笑得不已，挑逗地微微退開。

我胃裡翻攪，用力吞嚥了一下，突如其來的妒火竄燒起來，不應該這樣啊——我又不愛喬納，我愛的是加百列，即便我很害怕他做的事。

那我爲什麼一看就想吐？

喬納的嘴唇擦過女孩的耳朵後，他突然發現我的存在，整個人僵住不動。我們四目相對，他瞳孔放大，即便是戴了面具，他依舊認得出我來？我轉身背對他，一口乾掉紅色液體，呼喚酒保再來一杯。

「呃，一杯伏特加？」我強顏歡笑。

「英國人？」

我點頭以對。

「迷人的美……」

「嘿，你偷了我的臺詞！」

酒保倒了大杯的純伏特加給我，喬納突然出現，嚇得他趕緊閃到一邊。

他用下巴磨蹭我的頸窩，呼吸拂過赤裸的皮膚，刺激的興奮感在我體內升起。

「妳來這裡做什麼？」他提問。

我沒有畏首畏尾。「你怎麼知道是我？」

他用力深吸一口氣，接著回答我的問題。「就算相隔一英里，我都可以聞出妳的氣味。」

他流連半晌，終於坐到我旁邊去，用雙手捧著臉頰，把眼罩推向額頭，笑嘻嘻地說：「嗯，妳今晚特意打扮過？」

「布魯克覺得我們應該要出來玩一玩。」

「她也在這裡？」喬納示意另一個侍者過來幫他倒酒。

「她在樓上跟一個名叫皮耶的男孩一起跳舞。」我追加一句。「玩得不亦樂乎。」

他一臉懊惱，我有點緊張地玩弄自己的頭髮，髮絲無意間被面具的鬆緊帶纏住。

「不過她再開心也比不上你。」我尖酸地補上一句，不看他的眼睛。

他仰起頭，突然哈哈大笑。「怎麼了？不喜歡看到我跟別的女人在一起？」他揶揄地說。

「當然不是！你愛怎樣都可以。」我幾乎控制不住自己的嘴巴。

氣氛陷入片刻的停頓。

喬納終於開口。「嗯，妳看起來秀色可餐。」

我害羞地瞥過去一眼，發現他的眼睛閃閃發亮，讓我倒抽一口氣。

「不管我怎麼想其實都沒有差別，不是嗎？妳的興趣在別的地方。」

他在試探我。我思索了有點久，才點頭承認。

他的指尖順著我柔軟的肌膚滑到手腕，在那裡繞了一圈又一圈。「即便費盡唇舌，不管我怎麼做……，」他喃喃自語，鼻尖輕輕碰觸我的耳垂。「……都無法讓妳改變心意……」

他的嘴唇貼在我的脖子上，只留些微的空隙讓聲音可以傳進耳朵，我的抗拒就像陽光下的冰淇淋迅速融化，幾乎要變成糖水時，手機突然震動起來。我急忙去拿。打岔的時間點太完美了。我凝神一看，加百列的名字出現在螢幕上，喬納按住我的手，把手機丟回去。

「他不適合妳，茜希。」

撇開內心深處的渴望，聽到他驟下結論，我還是覺得很不爽。

我懊惱地瞪了他一眼，他似乎也覺得被冒犯。「請便，祝妳玩得愉快。」他唐突地說。

他舉步離開，被我拉住，於是又轉過身來，一臉探詢。

「不要，呃，拜託，不要吸她的血。」我佯裝好心，想要救她一命，卻很難說服自己相信這樣的謊言。一想到他要從那美麗的女孩身上飲血，就讓我渾身不舒服，又說不清楚是哪裡有問題。即便摀住耳朵不想聽，卻有一個聲音尖叫說，*我在忌妒*。

他考慮了一下才回答，「妳又何必在乎？」

「拜託，只要答應就好。」

他盯著我看了半晌，才堅定地點點頭，大步回到座位上，朝女孩揮揮手。她一直在附近徘徊，窺探我們在鋼琴旁的交談。

這回她迅速地坐回喬納腿上，還趁機向我示威，露出洋洋得意的表情。

低頭看著加百列的簡訊：打電話給我。

我刪除簡訊，要打電話也是以後再說，我又不是小木偶，可以讓他隨心所欲地牽動繩索，高興就玩玩，不高興又隨手丟下。

正想離開地下室上樓去找布魯克時，另一位男士坐進我旁邊的高腳椅。

「妳在喝什麼？」他問。

我錯愕地看著他，男子大約二十出頭，長得很帥，金髮柔順地往後撥開，綠眼珠，笑容燦爛迷人，襯衫內裡有藍、白的螺旋形圖案，幾乎跟他的牙齒一樣潔白。

「伏特加。」我轉頭瞥了喬納一眼，有人對著他跳豔舞，他沒看到這一幕讓我有些失望。

「妳一個人來這裡？」陌生人嘴角邪邪一笑。

我回應前稍稍想了一下。「跟朋友一起來，她丟下我去玩了。」

「我運氣眞好。我叫布萊德里，從說話的口音判斷，妳來自倫敦，應該沒錯吧？」

「對。」他講話的腔調跟我差不多。

「我只是經過……順便來看一眼。我父親擁有這個地方，今晚本來沒想過要來，現在我很高興自己改變了主意。妳怎麼會來這裡？大多數的女孩不會跑來俱樂部這一區，除非是來打工。」

一開始我以爲他盯著我的胸口，後來發現他是在看戒指。

還沒機會回答，他自言自語地接下去。

「那個水晶很特別，」他深思的說。「可以借我看嗎？」也沒等我同意，他就拉起項鍊上的戒指，拿在手裡摩娑，瞇著眼睛看得很仔細。對方靠得很近，讓人非常不舒服，他還用手摩擦水晶的邊緣，感覺更不對勁。

隔著布萊德里的肩膀，喬納面無表情、冷眼旁觀這一幕，對舞女賣力的搔首弄姿置之不理。布萊德里靠得很近，他仔細查看水晶，讓我更加不舒服，酸水從喉嚨升起，我伸手搭著他的背部輕輕一推，故意笑了一聲，「對不起，我很怕癢……」我笑著用謊話掩飾。

「這是哪裡買來的？」他詢問，抬頭直視我的眼睛。

「以前的未婚夫送的。」看他終於放手，我鬆了一口氣。

他的注意力從寶石上移開，聽到我目前似乎處於單身狀態，興趣立刻升高好幾度。

「呃，很高興聽見妳的未婚夫屬於過去式，我們跳舞吧。」這根本不算是邀請。

他伸手一揮，本來繞著鋼管賣力旋轉的黑髮女郎立刻停住舞步，一個中年男子坐在鋼琴前，開始彈奏。

布萊德里抓住我的手，踏進鑲木地板的舞池裡，一下放開我旋轉，隨即又將我拉近，輕飄飄的裙襬隨著舞姿旋轉飛揚，愛黛兒（注）翻唱那首美得不可思議的《Make You Feel My Love》旋律就在鋼琴的琴鍵中悠揚響起。

布萊德里的舞技在舉手投足之間，無論是仰俯或旋轉都帶著職業架式，只不過掌控我身體的手勢實在欠缺紳士風度。

「妳很特別。」他的眼神大膽無恥，把我暴露的身體打量一遍。

爲了顧及禮貌，我虛假地回以微笑，心裡根本不屑他。這傢伙冷漠、自信，一副胸有成竹的模樣，傲慢地認定我是他的囊中物，其實根本錯得離譜。就在他的手貼住我脖子的時候，他手上的結婚戒指對我閃爍冰冷的光芒。

他強攬住我的腰，彷彿我專屬他一個人，我們幾乎到臉貼臉的程度。

「你結婚了？」我問。

「對。」

終於找到藉口了。我一把推開他，他卻抓住我的臀部，抱得更緊。

「你不應該跟我搞曖昧！」我怒目而視。

「我愛怎樣都可以，放輕鬆，好好享受。」

舞步旋轉的時候，他才勉強鬆手，我眼角餘光似乎瞥見布魯克和一個法國男孩站在一起。他一臉困惑地站在臺階底下，布魯克看著我笑得開懷，似乎很高興發現我跟人共舞。

我的反應不該如此明顯，目光直接從她轉向喬納。後者背對布魯克，全然陶醉在脫衣舞女郎的誘惑之下。她順著我視線的方向，看到喬納時腳步踉蹌了一下，對我點點頭，一把抓住法國男友的衣領，直接轉身上樓，消失在視線之外。

我好像看見喬納抬起頭，只是不敢確定他有沒有留意到布魯克。布萊德里瞬間閃到我背後，一把將我拉近，迫使我下腰，我不安地踩著滑步，再次掙脫他的掌握，順勢旋轉，試著搜尋喬納，他卻已經不見人影。

抒情的歌聲終於反覆到了尾聲，他帶我回到吧檯，幫我叫了一杯伏特加，自己又仰頭灌了

注 Adele Laurie Blue Adkins，英國著名的創作歌手。

好幾杯酒。

剛才圍喬納跳舞的女孩坐在高腳椅上，瞄向我的眼神充滿鄙夷，故意拉高嗓門用破英語大聲告訴酒保，說她在等顧客回來。我猜她在向我示威，讓我知道喬納要回來找她。

「抱歉？」我告訴布萊德里。「我要去洗手間。」

我只想閃人，剛跳下高腳椅，他就扣住我的手腕說：「回來陪我跳下一支舞。」甩開他，我在扭動的人群間穿梭，往廁所走去。裡面有三小間，通通沒人。我潑水洗臉，冷卻一下發熱的臉頰，對著鏡子重新整理衣著，撫平上衣，硬是把愚蠢的短裙用力往下拉。

手機鈴響，布魯克來電。

「哈囉？」

「茜希，回來樓上，他們在演奏很棒的歌曲！妳會錯過精采的表演！」她大聲嚷嚷，然而背景處的音樂聽起來模糊而遙遠。

「妳在哪裡？」我問。

「當然是樓上，上來吧，我在吧檯等妳！」

「我找不到喬納，不必先找到他嗎？」

「喬納，嗯，不，沒關係，我剛看到他了。妳不必擔心，他稍後會跟我們碰面，妳先上來！」

布魯克十萬火急要我去作陪的感覺很詭異，但我從善如流，正好可以避開布萊德里，順便去看看是否能夠說服她離開，這裡的一切都讓人提不起勁。

同時也該準備打電話給加百列。

我推開廁所門，探頭觀察前方區域，有一條走廊——感覺很隱密，幾乎沒人會發現——立刻引起我的注意，門上的標誌是法語，下方有英語翻譯，「非請勿入」那幾個字讓人更加好奇，想一探究竟。

我重新戴上面具，向前探險。四周黑漆漆的，長長的地毯兩側各有好幾扇門，這裡沒有保鑣看守，應該是非常隱私的區域，代表來這裡的會員不想被人看見。

我至少經過三道門，突然聽見女性模糊的呻吟聲。猶豫半晌後，決定停在房間外面，或許是伏特加的刺激讓我變得有勇無謀，總之就是順從那股莫名的衝動，抬腳踢門，它碰地打開了，門板撞到牆壁還發出巨響。

房間對面有一個黑髮女孩被壓在牆上，雙腿纏住喬納的臀。

他立刻鬆手，朝我的方向低頭，不肯直視過來，顯然知道是我。

他越是拒絕跟我對視就越表示心中有鬼，不敢面對被我逮個正著的難堪，雖然我也不確定適才那一刻他究竟在做什麼。如果是吸血，就是違背了他對我的承諾；如果她正在獻身，我強烈懷疑喬納會想要讓我知道，況且還是親眼撞見。

我蹣跚倒退，彷彿下頦被狠狠揍了一拳，胃部翻攪，就像打結一樣，突然有一種痛不欲生的感覺。爲什麼？爲什麼他會給我這樣的感覺？

這個問題的答案彷彿就隱藏在眼前，就在一目瞭然的地方。

「茜希——」喬納低低呼喚。

我如大夢初醒，匆匆轉頭離開，此刻我不想跟他說話，只想回家。

23

我雙眼盯著吧檯旁邊逃生門的指標，腦袋混沌地穿過煙霧迷漫的舞池，只想快快離開這裡。不料旁邊橫出一隻手扣住我的手腕，害我踉蹌地停住腳步。

「嘿，妳還欠我一支舞，我們好好跳一回吧，就算不說話也可以。」他說得毫不客氣，還特別壓低嗓門強調「好好」兩個字，言外之意不言而喻。

布萊德里用力把我往後拉，完全沒有放手的意思。他右手手指夾了一支古巴雪茄，慵懶地吐了一口菸，眼睛閃爍著期待的光芒，只是他瞳孔渙散，顯然喝了太多烈酒，擋不住醉意。

「改天吧。」我試著掙脫他的掌握，不想鬧場被人看笑話，只想靜靜離開。

「來嘛，跳支舞、喝點小酒又不會死人，我還沒有機會了解妳呢！」他抓得更緊，我進退兩難，有些狼狽，想當然他心裡的念頭絕對不是交換童年回憶。

他不死心地試圖貼上來，我正想抗拒，還來不及開口斥責，強壯又具保護性的手臂拉住他另一隻手，迅速一扯，我被拉出布萊德里的懷抱。

「這支舞是我的。」喬納眼神鋒利，布萊德里本來想抗議，看到那凶神惡煞的表情，識相地閉上嘴巴。

「好、好。」他不敢反對，搖搖晃晃地走開。

喬納輕輕地摟住我的腰，隨著音樂的節奏開始搖擺，手指搓揉著我的裙子下襬。「妳不管走到哪裡，都要引人注目才滿意，對嗎？」

我不說一句話。

「茜希，拜託，看著我。」

他把珠光寶氣的面罩推到頭頂，低頭凝視我的眼眸。好半晌過去，我放棄賭氣，迎向他淡褐色的眼珠，它們在光芒閃爍之餘射出些微紅光。

「我沒跟她上床。」他的語氣激動而堅定。

我不想問，只要問出口，他就知道我很在意。

「沒關係，眞的，我不會假裝了解你的需求，追究你的做法。那些事情……呃，跟我無關。」我語無倫次，好像犯了口吃。

「其實不難了解，我想要的女孩現在就站在眼前。這樣說起來，這件事就跟妳有關了，不是嗎？」

他低沉誘惑地喃喃低語，我必須使出全力克制身體，才能避免腳軟，他放開我的身軀，旋轉一圈再拉回，雙手伸進我的頭髮底下，橫放在赤裸的背部；我倒抽一口氣，抓住他的手往外拉，想避開凹凸不平的傷痕。

「不要摸那裡！」我突兀地吐氣。

他僵硬地站在原地，看著怒火和羞愧交織浮現在我臉上。

然後他不顧我的反對，雙手再度放回去，甚至故意唱反調地輕輕撫摸那道疤痕。我的長髮覆蓋住他強健的手臂，來回搔著他的皮膚。

喬納湊近我的耳朵低語：「妳身上的每一寸，對我而言都具有無可抗拒的魅力。」

其他會員陸續加入舞池，酒吧的駐唱歌手在鋼琴的伴奏下，演唱拉娜・德瑞那首《Born to Die》（注），我癱軟了下來，臉頰貼著喬納的胸膛。

歌詞的意境刺入我的心底，讓我躊躇不定，再也不敢確定那意味著誰：加百列還是喬納。

喬納勾起我的下巴，調整臉龐的角度看向他。他不是蓄意給我這種感受，我暫時放下防衛，不再硬撐，陶醉在音樂和他的眼眸。在這一刻的氣氛下，我極力想要站穩，但是超高的鞋跟害得我後腳跟既痛且痠，我忍不住皺眉頭，身體搖搖擺擺，難以保持平衡。整個人投向喬納並沒有太多幫助，突然之間他變成流沙，越是掙扎抗拒，越快被他拉下。他問也不問，唐突地把我抱進懷裡，食指順著我的小腿往下，直接勾掉高跟鞋，再慢慢把光著腳丫的我放回地板上。

他抬起我的腳踩在靴子上面，墊高少許，再重新讓我站好。「我喜歡原來的妳……綁馬尾或披頭散髮都可以。」他撥開我垂在額頭、遮住視線的劉海，讓我看清楚他的臉。

他的左手持續溫柔地撫摸我的側臉。「塗口紅，完全素顏……」，他叨叨絮絮著，拇指挑逗地輕壓我的下唇中央。「這一對眼睛……黝黑如漆……有時閃起警告的紅光……」他的聲音越來越低，淺啄我的眼簾，我輕輕地閉上，呼吸緩慢。

「他只看見某部分的妳。」他流連不去，誘惑地含住我的耳垂，喃喃傾訴。「我卻看到全部，鉅細靡遺。即使是現在，依然沒有忘掉妳的滋味。」

他的話像微風飄入耳際，帶著保護意味的手掌貼住背脊，讓我深受撫慰。他以鼻尖輕輕磨蹭，看我沒有反對，嘴唇順勢而上，我忍不住微微回應，但困惑的淚珠悄悄從臉頰滑下，深深吸入他溫暖誘人的氣息，想起盛夏茂密的樹林。

他的唇使勁輾壓著我的，甜蜜的滋味沉澱在底下，額外多了一絲溫熱的腥氣。我猛然睜開眼睛，抽身退開，舌尖嘗到唇的血腥味只覺得噁心。

「茜希？」

我失望至極，推開他的身體。

「你吸了她的血？」

他的眼神沒有透露任何端倪。

「你殺了她？」

他懊惱的神情彷彿不敢相信我會有這樣的指控。

「沒有。」他說。

「這樣做值得嗎？她的滋味有這麼好？」

「比不上妳，美女。」他的嘴角向上彎起。

我是大白癡！他根本不在乎對我有過什麼承諾，也不在意是否要遵守，不管是人類或任何

注 Lana Del Rey，美國知名的歌手、詞曲創作者兼模特兒。Born to Die是她第二張專輯中的主打歌，歌詞充滿死亡、毀滅和愛情枯萎的感傷。

生物，他都沒有信守的義務，遑論是對我。

面對他凝視我的眼睛，我決定最後一搏——確信這樣的反擊足以讓這次畫上句點。「他的一切你永遠望塵莫及，無論是現在或未來都比不上！」

我掙脫他的手，兩腳塞進高跟鞋，一把扯掉額頭的面具丟在吧檯，一陣風像鞭子似地抽向我的頸背，毋庸回頭就知道喬納已經走了。

我跟著逃生門標誌走向後門，跌跌撞撞地闖入漆黑的夜色裡，但我必須折回俱樂部正門才能跟布魯克會合，只能硬著頭皮忍痛往前。沒走多遠，我就被另一隻手攫住肩膀，再次往後拽。

「喬納，我跟你無話可說！」我咬牙。

「算我走運，幸好我不是妳的朋友喬納。」布萊德里快速接口。

「我把你當成別人，眞抱歉，我必須離開。」

「哎，幹嘛急著走？」他不打算放手。

他揪住我的頭髮，硬是把我拖向建築物側面的方向。那裡是一塊孤立的區域，跟俱樂部全然隔開，水泥地上堆疊了好些啤酒桶，經年累月的佈滿蜘蛛網，截斷通往樹林的小徑。

「你弄痛我了，快放手！」

他把我拖向冰冷的磚牆，壓住我的身體。「妳還欠我一支舞……」他貼著我的頭髮吸氣。

我渾身僵硬，沒想到今天晚上會有人找我麻煩。

「看妳往逃生門走，我就猜到或許妳寧願找一個更隱密的地方。」他邪惡地咧嘴，黏答答的手掌直接伸進我的上衣底下，放在我的胸前。

「拿、開、你、的、髒、手。」我一字一句，語氣堅定。

他抿起嘴唇，挑釁地瞪著我看。

他把溼黏的手汗抹在我背上，又拉扯我的頭髮，貼著脖子嗅聞一番。我極度厭惡地發抖，感覺他的手往下游移，摸到我背部的疤痕，露出驚訝的表情，「這是什麼？看起來妳很喜歡冒險，剛好是我的菜，我就喜歡這樣的女孩。」他另一隻手探入我的大腿內側，越移越高。我氣到發抖，怒火翻騰——他竟敢碰我，無恥的傢伙！

「告訴你一個祕密，」我低語。「那道疤痕是吸血鬼造成的，另外一個祕密就是，他被我殺了。」我主動告白。

「什麼？」他似乎愣了一下，隨即聳聳肩膀，甩開我的恐嚇。「冷靜一下，相信我，我們會玩得很開心。」

憤怒的淚水不聽話地湧出眼眶，順著臉頰流下，他的表情轉為震驚，發現我的眼淚是血。他突然有些緊張，掏出口袋的小刀，單手揮舞，刀刃抵住我的喉嚨。「噢噢，原來妳是異類，跟凡人不同，還以為每一種女孩的滋味我都嘗過了，但妳顯然跟別人不一樣。」

冰冷的刀刃刺入皮膚，表層已破皮了。

「我叫你放手！」我咬牙切齒地強調。

尖刀轉向臉頰，他貼著我的身體嘶聲說：「嗯，我為什麼要放開？」

在他拉扯迷你裙時，我回答他：「以前那個吸血鬼或許死掉了，在你背後這一位還活著。」

他暫時停住。但喬納沒給他多餘的時間。

布萊德里連回頭看一眼攻擊者的臉龐都沒機會，整個人就被擺平在地上，刀子哐啷一聲在鵝卵石上彈開。

喬納扭頭看我，眼睛冒火。

他朝布萊德里的肚子狠踢一腳，我冷眼旁觀、毫不同情。

喬納又把他從地上拎起來，連續出拳攻擊他的臉，直到指關節上都是布萊德里的鮮血。

血腥的場景讓我體內產生某種騷動，即使夜色漆黑，依稀看見有黑影一閃而過。

一切靜止不動，創造出我記憶中另一個黑洞。

我突然渾身乏力，手抵住磚牆當支撐，勉強穩住身體，等我回過神來，才看見喬納蹲在布萊德里失去生氣的軀殼旁邊，鮮血四濺，染紅碎石礫的表面，幾英尺外逃生門上燈泡的微光，映出這暴力血腥的一幕。

「你做了什麼？」本來灼燒的怒火突然被水潑滅。

我快步跑過去，眼前所見讓人毛骨悚然。根本認不出那是布萊德里的臉，浮腫變形，滿臉是血。

我倉皇倒退好幾步，喬納立刻來到我身邊。

「放開我！」當我試著推開他時，一股奇特的肉桂香氣飄來，我的注意力猛地轉向他的脖子處，撥開襯衫衣領，露出鎖骨上方跳動的血管。看到那一幕，我的喉嚨突然哽住，他的皮膚表面有好幾處撕裂傷，大大小小都是牙齒的咬痕，有人吸食喬納的血。

「茜希。」他的語氣平淡，彷彿這樣就可以讓我恢復平靜。

沒有機會多想下去，後方樹林裡傳來踩斷樹枝的腳步聲，把我的注意力從他身上移開。

「天哪！這裡發生什麼恐怖的事？」布魯克大聲嚷嚷。「難怪你要我把車子開過來，你爲什麼不肯讓我自己試試身手？」她逕自對著喬納抱怨。

她的嘴角有凝固的血跡，彷彿剛才囫圇吞了夏天盛產的野莓，弄得臉上髒兮兮。我來回打量她和喬納，突然靈光乍現。

「妳吸了……喬納的血？」

布魯克目瞪口呆。

「這件事比妳所想的更複雜。」喬納說。

「怎麼辦？不能讓她知道！」布魯克又驚又怕。「牠們會追殺我們！你快想辦法！」

我轉身離開，再也不想看到他們。她的獠牙喀一聲伸出，讓我神經緊張，彷彿聽到刺耳的警報。我奮力甩掉高跟鞋，拔腿就跑。

但還來不及察覺發生的事情，我的身體就離地而起，困在喬納強壯的懷裡。他抱著我在樹林間橫衝直撞，快速穿越，前進了一大段距離，才停在葡萄園後面的空地上。

當他停住腳步，我仍然又踢又打，不斷地掙扎。

他輕輕地把我放在草地上，讓我站穩之後，才開口說：「我造了布魯克。」

他淡褐色的眼珠充滿不安。

我在發抖，喬納脫掉身上的皮夾克，裹住我的肩膀，我一把扯下來丟回給他。

「她會變成這樣都是我造成的。」喬納繼續解釋。

「怎麼可能？你是第二代吸血鬼，無法創造另一位！」

「我汲取太多女性同類的血液，變得強壯無比，她們的能量和氣力都灌注到我身上。她本來是人類，後來被我轉化，但我不是純種吸血鬼，永遠無法青出於藍勝過造我的主人，同理可證，她也不如第二代吸血鬼那般健壯。」

他脖子上的十字反射出月亮的光芒。我往旁邊走一步，避開他的目光，光腳踩在泥巴上。

「為什麼讓她吸你的血？你想死在她手裡？」

「她沒有那麼強壯，布魯克或許是吸血鬼，但她對我毫無影響力，我很抱歉，今晚不得不違背自己對妳的承諾。但妳必須了解，如果我不這麼做，布魯克就會殺死那個男孩子。」他舉手撩過濃密的頭髮，似乎進退兩難。

「你在說什麼鬼話？不要把自己的貪婪歸咎到別人身上！你在俱樂部吸取女孩的血液是因為自身的慾望，不管我有什麼感受，你還是會那麼做！」

我想逃開他，卻無路可走。我們置身在田野邊緣，後面就是高大的葡萄園，放眼望去，前後左右都是……不知名的荒郊野外。

他抓著我的手把我拉過去。「布魯克無法控制自己，她餓了，我從女孩身上吸取，再讓布魯克吸食。單靠人類的血液她無法以現有的型態存活下去，我的血既是她的養分也是她力量的來源，我先從人類身上汲取再轉嫁過去，她才能夠得到需要的一切，所以我別無選擇。不然的話，她就會從那個法國男孩身上下手，白白害死一條無辜的生命，妳明白嗎？」他的語氣更加急切，彷彿深深需要我的諒解。

「我懂了，喬納，但我不明白的是，你爲什麼要懲罰另一個人類承受你這樣的存在模式？你有什麼權力決定別人的人生？只是讓你覺得自己很重要，或是因爲大爺高興？他們對你的看法是正確的，你從裡到外都很邪惡、黑心得很。」

我拍掉他的手，轉身背對他，雙手抱胸。

「妳眞的這樣想，對嗎？」他輕聲說。「妳認爲我說話不算話，全是違心之論？而我轉化布魯克純粹是自己尋開心？我跟妳的天使相比，就像天壤之別，對吧？」

我開始猶豫，之前總以爲喬納竭盡全力想要尋回自己善良的人性，即便遭受不公平的待遇，仍然迫不及待的想要贖罪並得到救贖。然而這件事我過不去，布魯克的遭遇跟我相似的程度遠比一開始的想像更高——她是被迫接受現存的方式，不是她自己求來的。

「她愛你，喬納。每一次的汲取，只會加深她跟你的聯結。」

說完這句話，彷彿出於神奇的魔法，布魯克突然現身。

「他永遠無法跟我感同身受，因爲他不能反過來吸我的血；他太強壯，只會害死我，但他一直照顧我，爲我犧牲自身的饑渴，時時保護我。」她轉頭對喬納說：「所以，你的確愛我，只是用你自己的方式在表達，對嗎？」

我背後的喬納顯然在點頭，因爲布魯克笑得好開心。

「妳必須忘記這件事。萬一純血發現喬納做了什麼事，肯定會追殺我們，了結我們的性命。他們不知道有我的存在，這要保密到底。」

他們大概沒想到會有這種可能性。但布魯克說得對，她的存在是喬納所賜，絕不能讓純血發現，不然她會沒命。如果純種吸血鬼得知他們轄下的第二代能夠造出新血，肯定會大肆鑽研，用來增加他們的大軍。

「他對妳做了那種事，妳怎麼能夠忍下這股怨恨？」我反問。「甚至愛上奪去妳生命的兇手？」

「他救了我。」布魯克聳聳肩。

*這樣也算救？*我很納悶。

我靜靜佇立在原地、似乎過了永恆那麼久，他們默默等候，直到我終於打破靜默。

「好，我不會再提這檔事。但是喬納，」我轉身面對他，「你的行爲不可原諒，我不在乎你以前的歷史，或是你現在怎樣彌補，她能容忍是因爲別無選擇，但我不同。我們一刀兩斷，你別再靠近我。」

我再也無法信任他。

他的表情冰冷、肢體僵硬，氣憤地睜大眼睛看著我。

「茜希，妳不了解——」

我打斷他的辯解。「夠了！我們之間無話可說！」

當他穿回皮夾克的時候，悲傷戚然的表情已經轉成凌厲和冷漠。

「妳把車子開過來了嗎？」他問布魯克。

「是的。」

「送她回屋裡，」他命令。「我要先去清理現場，收拾爛攤子。」

說完他轉身離去，很快就不見蹤影，只有葡萄園的藤蔓晃動不已。

他說的爛攤子指的是布萊德里面目全非、四分五裂的屍體。

我對喬納的看法怎麼會錯得如此離譜？

24

可怕沮喪的感覺一直沉甸甸地壓在胃部深處，我呆坐在床尾，那天晚上從俱樂部回來後，轉眼兩天過去了。

那晚回家時，羅德韓等在門口。我的行爲不只讓他大失所望，他還特意說出來讓我知道。我嘴裡雖然沒提發生的事情，但忍不住納悶他和加百列是否知曉喬納和布魯克的關係。自從那一夜離開空地之後，我也不曾再遇見喬納，顯然他很認眞實現我的心願，故意躲得很遠。

我沒有機會打電話聯繫加百列，但願他是忙著處理天使的瑣事，沒空跟漢諾拉糾纏。念頭一閃過腦海，手機就響了，加百列的名字出現螢幕上，我的心緊張地怦怦跳。

「加百列……」

「萊，我要回來了。」

「你找到——呃，這一趟有收穫嗎？」

他猶豫了一下。「嗯，我想有收穫，但他不在波士頓，是我慢了一步。幸好今天在蒙特婁追上他的行蹤，所以他會跟我一起回去。他似乎知道妳可能的來歷，只是沒有親眼看到妳之前寧願保密，明天晚上我們大概就可以重聚了。」他匆促地說。

「他知道你同伴的身分嗎？」

我不確定天使面對滿屋子的吸血鬼能否泰然自若。

「是的，聽到這種狀況他不太高興。但是，呃，他願意接受。聽好，我得走了，妳都好嗎？一切無恙？」

他體貼地詢問和關懷，讓我單單聽到他的聲音就安心下來。

「嗯，還活得好好的，只是我……覺得很孤單，很想念你。」受傷的感覺先擺在其次，眼前最強烈的渴望是再度跟他有連結。

「我也想妳，萊拉。我們很快就會相見，相信我，只要釐清這些疑點，我們就有永恆的時間處理剩餘的事情。」

電話彼端傳來女人的嗓音。

「那是漢諾拉？」

「對，我得離開了。」

背叛的傷害又一次浮出水面。

「對，你應該離開，趕快去找她才對。」

我掛掉電話。

但總不能一直躲在房間不出去見人，淋浴後換上牛仔褲和簡單的T恤，爬上樓梯到起居室的空間。布魯克剛巧將手機和口紅丟進皮包裡面，預備套上牛仔外套。

「終於露臉了！」布魯克遲疑地笑了笑，舉手整理前額凌亂的劉海，梳了幾下，靜靜打量我樸素的穿著。「妳確定要穿這樣？」她嘲弄地詢問。「我知道妳不大在意自己的外貌，可是為了我的名聲，至少不要穿得像無家可歸的遊民！」

我充耳不聞。接著進了廚房，幫自己倒了橘子汁。「其他人呢？」

「羅德韓一如往常在書房，喬納從我們離開以後，至今都沒回家。」她小心斟酌字句，以防被羅德韓聽見。

她抓起桌上的汽車鑰匙，好奇地看我一眼，「喬納發了簡訊，我猜妳傷了他的心，如果有那種可能性的話。他不想讓妳為難或不舒服，乾脆給妳多一點空間。我想開車出去繞一圈，看看能否找到他。」

好極了，很高興我傷了他的心，但願他躲得遠遠的，讓我再也不必看到他的臉。是我太笨太傻，才會天眞地認為他還有善良的一面。

「等會兒見，茜希，」她戴上特大號的太陽眼鏡，從拉門出去。

「現在是冬天，我不認為妳需要遮陽，那副眼鏡太大了。」我忍不住想要取笑她，小小報復一下。

她移開太陽眼鏡，轉身面對我。

「我戴眼鏡不是趕時髦。」她的表情很認眞很嚴肅。

「既然這樣，為什麼要戴？」我回了一句，走到水槽清洗玻璃杯。

「應該是積習難改，在我還是凡人的時候，因為看不見，所以隨時戴著眼鏡，算是習慣吧。拜拜！」

我呆在那裡，四肢麻痺，目送她離去的背影，玻璃杯從手中滑落掉進水槽摔得粉碎。布魯克以前是盲人，屋裡的女孩就是她，就在羅德韓跟加百列遇見喬納的同一天晚上。羅德韓說她死了，沒錯，是喬納把她轉化成吸血鬼，救回人間。

我指控他的那些殘忍的話語浮現腦海，羅德韓說女孩讓喬納想起自己死去的妹妹，當時他沒有能力救回來，因此救了布魯克替代。這一切顯得合情合理，所以喬納極力呵護布魯克，細心照顧，努力滿足她的需求，救她脫離艱困的生活。

我衝向門口時，她已經走了。

我轉頭跑回地下室的房間，套上球鞋、拿手機，決定要去找喬納，跟他道歉。

我一邊跑一邊大叫他的名字，不厭其煩地重撥他的手機號碼，但都是關機狀態。偏偏我又對他可能的去向一無所知，也不確定就算找到他，他是否還願意跟我說話。然而無論如何，總得試一試。

出門之後我大約走了一小時，直到放眼放去前方都是綠色原野，最終來到一條小溪，上面有一道磚造的橋。頭頂此時烏雲密布，空氣中的寒意讓我手臂上寒毛直豎，四周靜悄悄的，一點聲音都沒有。

我信步往溪邊走，空氣裡充滿溼氣，感覺溼溼冷冷，非常不舒服。我一再呼喊喬納的名字，然後就像看到魔法一樣，一個人影出現在溪邊，只是相隔太遠看不清楚臉上的五官，而我認定就是他。「喬納！」

人影蒸發，重新出現時，背對我站在橋面上。我跑了過去，暗暗思索要講的話，希望他原諒我無的放矢的指控和傷害，接受我的道歉。

等我靠近時，他又失去蹤影。

「喬納？」

我探頭望著溪水，水面結了薄薄的一層冰。猶豫半晌後，我逼自己往前走，磚橋兩側大約只到我膝蓋高度，橋面另一頭傳來樹莓枝枒斷裂的清脆聲響，他應該在等我。但我過橋時，風勢突然加強，刮得臉頰好痛，一眨眼之間，他就站在眼前。

但不是喬納。

「伊森？」

他仍然穿著舊款的衣服，暗金色的頭髮服貼地往後梳，在後頸鬆鬆地綁了一根馬尾。他目不轉睛地凝視我的臉龐，伸手輕觸我的嘴唇，噓聲示意我別說話。

「萊拉……妳還活著。」

他喊我的名字，那是最初也是我唯一的名字。

我點點頭，他的手指依然壓住我乾裂的雙唇。

「我們應該早就死了才對。」

他的腔調是純正柔和的英國東南部口音，優雅的程度前所未聞，連倫敦本地出生的有錢人跟他比起來都像販夫走卒。他黝黑的瞳孔微微放大，我分辨不出其中是否帶著惡意。

面對吸血鬼，跟他大眼瞪小眼應該讓人害怕，但我只有說不出的悲傷。往事一幕幕閃過眼前，那時他是小男孩，我們兩小無猜；後來雙雙長大，變成青梅竹馬，彼此懷著情愫。即便是現在，我還是能夠從他致命的外表底下，依稀看到那個老朋友的存在。

「我們還有一筆賬要算。」他不是很開心。

看來他有意傷害我。

我偷偷瞄一眼底下結冰的水面，跳水逃生的念頭一閃而過。他的視線從我臉上移到背後，腳下老舊的橋面抵不住沉重的腳步，有些搖搖晃晃。倏地另一個身體飛撲而上，伊森被撞倒，我被撞到旁邊，等我勉強站穩，喬納才看了我一眼。伊森橫眉豎眼，抓住喬納的腳踝用力拖下去。喬納失去重心摔倒在地上，我連帶被他掃到，來不及抓住他——或任何支撐物——腳步一滑，整個人翻過護欄往下墜落。

喬納伸手想救我，卻被伊森纏住，又隔了一段距離，我已經面朝下摔進冰冷的溪水裡。水下的一股暗流把我捲走，世界的噪音不敵大自然無聲的力量。我整個被淹沒，落水的衝擊擠出體內所有的空氣，我想大口喘息，但溪水順勢充斥肺裡，冰天凍地的寒氣帶來的痛楚深入，讓我彷彿被剝皮一樣。

水面上方結了一層厚厚的冰，我不顧一切地死命拍打都沒有用。我開始力不從心，身體不聽指揮，睜著眼睛看到溪水很混濁，我開始膽戰心驚，察覺這回很可能大限將近，一旦死了又要重新歸零：宛如一本尚未完成的小說，頁面都還是空白。

我抓住脆弱的生命不肯放手，求生就像一項不可能的任務，腦中閃過無數的念頭，還有加百列的臉龐烙印在記憶深處。

一開始是手不聽使喚，然後雙腳沒有感覺，再也抵擋不住漫天罩下的漆黑，溪水不停湧入，讓我逐漸窒息，四周停滯凝住，意識時有時無，大腦就像老舊受損的電視機慢慢接收不到訊號。

然後突然有人抓住我的手臂。他硬是將我身體拉出水面，突破白色的冰層。我無法睜開眼睛，不能呼吸，對周圍的一切幾乎沒有感覺。

「茜希！茜希！」

聲音縹緲模糊，以爲自己還在水裡，唯有吸血鬼超乎常人的力氣能夠劇烈的搖撼、震碎我的半昏迷狀態。我或許像九命怪貓死不了，軀殼卻脆弱得不堪一擊。

那個人用嘴巴撬開我的雙唇，新鮮空氣瞬間灌入全身，我的肺部積水沉重，近乎窒息。我歪向側邊，劇烈咳嗽，吐出骯髒的汙水；救命恩人用力按摩背部，手勁幾乎痛死人，幫助我將液體排出。

我的眼皮抽搐了幾下，視線逐漸恢復清明，橋面看起來好遙遠，籠罩在濃霧裡。我發現自己坐在溪水邊，不由自主地發抖。

「沒事了，我在這裡……專心呼吸就好。」

他柔情似水的嗓音，在我意識模糊的狀態下，差點誤以爲是加百列在安慰我。喬納細心地撥開我遮頭蓋臉的頭髮，攏到肩膀後面。

「對不起，」我說。他繼續揉搓我的手臂，試著幫我保暖加溫。「我不應該說那些話攻擊你。」

「妳是對的，茜希，我沒有比他們善良。」喬納握住我冰冷的雙手。「別擔心，妳慢慢休息，剛剛妳受到很大的驚嚇。」

他的眼神發亮，我伸手碰觸他的臉頰，輕輕撫摸。「你不是怪物，是她的救命恩人，愛護她就像愛護自己的妹妹一樣。」他渾身一震，眉毛糾結，一臉不解。

「羅德韓提過以前發生的事，那天晚上你做了改變的決定，還救了布魯克一命。我直到現在才知道原來那個女孩就是她，所以我必須來找你，跟你道歉，我不應該妄自批評。」

他凝神思索，猶豫了一下，小心措辭。「當時我並不明白，如果我沒有插手，任由她死去，他們——加百列的人就會來接她，去一個更好的地方，結果她卻卡在這裡，像我一樣剩下一副空殼，靈魂還是偷來的。我剝奪她的光明和美好，變成黑暗，爲此我並不值得原諒。」

「但你當時不知情！你做了自己認爲正確的決定！」

青草潮溼的氣味漫入，我知道肺部已經恢復乾淨。

「喬納，請你接受我的歉意。」我羞愧地低著頭，他把我糾纏不清的髮絲捧在手裡。

「你知道那個人是誰嗎？」

我垂頭喪氣，一時忘了自己的小祕密。「他叫伊森，曾經送我這個東西，」我拉出胸前的項鍊，拿著戒指，體內的寒氣逐漸散去，皮膚的知覺跟著恢復。

「妳以前的未婚夫是吸血鬼？」

「訂婚當時不是。我不知道後來發生什麼事，你和我相遇的那一夜他突然攻擊我，那時不知道是他，後來他又在廣場出現。」

「我知道有人在那裡，爲什麼不告訴我？妳現在有危險，我們趕緊走吧。」

他正要拉我起身，但我兩腳發軟。

「不，不！沒事，他只有一個人，我知道。我們還有事情沒解決，我需要他……我想了解自己發生的事情。」

喬納試圖拖我站起來，我不肯。

他轉過身來，提高嗓門。「他怎麼會知道那些事？」

「是他殺了我。」

喬納睜大眼睛，兩眼發紅。

「他或許知道事後發生了什麼，以及我變成這樣的原因。」希望喬納能夠察覺我還不想回去，至少現在不想。

「茜希，妳是吸血鬼，這一點不用問他就知道。」

他脫口而出的這句話已經來不及挽回，而我跌坐在地上。

「不，」我激烈否認，粗暴的程度足以震碎剛才的冰層。「我不是吸血鬼。」

他小心揣摩我的神色，考慮下一步。「或許不像我這種，而是比我更厲害，但妳肯定是同類。」

「我自己應該會知道才對。」我低聲乾笑，心裡開始有點擔心。

頭頂的雲層漸漸作怪，聚攏又分開，識相地讓出空間，陽光破雲而出，不久又凝聚在一起，轉成暗灰色，隨時都有可能降下傾盆大雨。

「我曾汲取妳的血，妳的滋味與眾不同，一點都不像人類，也跟第二代吸血鬼迥然有別，妳跟我的血水乳交融之後，我的力量跟速度瞬間突飛猛進，就像……」

「像什麼？」

「純種吸血鬼。」

我轉身背對他，速度太快，讓腰部一陣刺痛。我掀起襯衫一看，皮膚果然有一道長長的撕裂傷。

「怎麼了？」

鮮血的氣味隨即喚醒他的嗅覺，他快步上前，伸手按住傷口。

「沒事，會自己痊癒。」我咬著牙關，立即發現他眼中火花四射。

他舉起沾血的手掌，慢條斯理地舔舐上面的血跡，一臉深思。

他隨即伸出另一隻手，突然地拉下我的T恤遮住傷口，同時急急忙忙轉過臉迴避。

「沒事的，喬納，你沒有侵犯到我。」

他停止舔舐手掌的動作，握住我的手，似乎想得入神。

「會痛嗎？」

「什麼？」他看我一眼。

「不能，呃，你知道我的意思——」

他用力吞嚥著，喉結上下移動。「是的，」他垂眉望向我的腰，再直視我的眼睛。「就像上千顆太陽在體內燃燒，撲滅高溫的唯一方法就是……」他沒有說下去。

「人類的血缺少相同的效果？」

他搖頭以對。

「女性吸血鬼，她們生命結束前有給過你相同的感覺嗎？」

他又一次搖頭。

「沒錯，我有第一手的經歷，曾經看著她們枯竭而死，但依舊比不上妳給我的感受，幾乎望塵莫及。說了這麼多，妳還不肯相信自己是吸血鬼中的異類嗎？」

「我不吸人血，也不殺生！」

就我所知是這樣。

「眞的嗎？俱樂部外面那個傢伙呢？」

這次換我用力嚥下口水。「人是你殺的，不是我。」

「不，我很確定是妳，只是動手前先把我打昏了，害我損失旁觀的樂趣。現場只有我跟妳，沒有第三者，妳不記得了？」

我伸手摀住傷口，希望阻止血腥味飄到他那裡。

的確，我有很多事想不起來，彷彿腦袋裡有一個大黑洞，也像有刮痕的卡帶，受損不完整。我不知道自己的身份，唯一確定的只有一件事：我不是殺人兇手。如果是的話，加百列怎麼可能愛上我？

我搖搖頭，喬納爲什麼這樣說？他幹嘛胡說八道？

沒有預先警告，喬納的獠牙喀一聲冒了出來，他舉起手腕靠近嘴唇，尖牙一咬立刻破皮，隨即用強壯的手臂攏住我的身體。他微微一用力，我們之間毫無空隙。

「你要做什麼？」我嘟噥。

起初的不安和焦慮消失無蹤，取而代之的是百萬隻蝴蝶在腹中振翅欲飛的感覺，那跟緊張一點關係都沒有。隨著每一對翅膀的拍動，我的腎上腺素急速分泌，催促鼓勵，一股像觸電般強勁的期待在體內跳上竄下，起起伏伏。

這時我突然領悟自己很渴望他的碰觸。

他抬起手腕湊近我的嘴唇，他的氣息撲鼻而來，肉桂甜蜜的香氣立即啓動我的味蕾，躍躍欲試。我彷彿再度墜入水中，他是我迫切需要的空氣。

「妳嘗嘗看。」他呢喃。

我目不轉睛看著紅色液體流下他的手臂，近乎呻吟地回應。「你說什麼……爲什麼？」

「如果妳跟我想的一樣，我會給妳……非比尋常的享受。」

我和他四目相對。「如果眞像你說的那樣，你會死在我手裡。」

「或許，但妳至少會發掘眞相。」

他的手往上游移，掠過撕裂的傷口，隔著蕾絲內衣在我胸前磨蹭。興奮的顫抖漫過我全身，慾火在體內爆裂，前所未有的強烈，我想品嘗他的滋味——並且據爲己有，這念頭遠勝過一切。

癱軟的膝蓋碰撞在一起，喬納把我摟得更緊。

「他不可能跟妳廝守在一起，但我可以讓妳隨心所欲，我要妳。」白得發亮的獠牙輕咬我的耳垂。

我們臉貼臉，我氣喘吁吁。

婉轉流連、甜蜜誘人的氣息充斥在鼻腔，一股熱流從喉嚨升起，柔順地將他的手腕移向唇邊，仔細考量他的要求。

驟雨威脅成真，濃密的烏雲大開其門，暴雨打在我們身上。我不慌不急，仰望灰濛濛的烏雲，繼續扣住喬納的手腕不放，任由雨水洗刷全身。但是它們沒有澆滅體內的火苗，等我低下頭來，從眼神當中窺見他的黑暗面在內心交戰。

「拜託。」他哀求。

他內在的惡魔勝出，我心裡的魔鬼好像也打了勝仗。

我湊近他鮮血淋漓的手腕，鼻尖在肌膚上摩娑，避開出血口，臉頰貼向他的手掌，主動尋索他的唇。

喬納的雙手捧住我的臉頰，悍然吻住我的雙唇。我已經厭倦抗拒，被生活搞得筋疲力竭，乾脆讓自己迷失在席捲而來的黑暗裡。

空虛的幽暗取代了一切。

虛無的盡頭有一顆小白點把我拉回現在，白色小點逐漸擴張，終於吞噬全部的黑暗。太陽。耀眼的光芒讓我睜不開眼睛，頭暈目眩地倒在草地上。

我臉朝上仰躺，背後是草地上的霜，喬納坐在一旁，看起來有點茫然。

「茜希？」他幾乎文風不動。

喬納俯身觀察我的狀況，熾熱的手掌撫摸我的鎖骨，我才發現上衣被扯破，根本遮不住自己。

「發生什麼事？」看他嘴角都是血，我立刻質問，「你吸了我的血？」

他突然倒坐在一邊，地獄般的熱火脫口而出，冷血的指控卻澆滅了火種。

「妳印象中的最後一幕是什麼？」

「你咬破手腕，而我主動吻你，證明我跟你不同。」

我身上沒有任何被咬的痕跡，連腰部的傷口都以破紀錄的速度癒合，仔細思索了一下，或許他嘴角的血跡跟我無關。「出了什麼事？」我窮追不捨。

他迷惘地看著我，輕聲回答。「沒事，沒關係，或許妳還沒有預備好要面對……」

「面對什麼？」

「沒什麼，別擔心，算了。」

「不行，」我坐了起來。「連你也這樣，不可以。」我沮喪地搖頭反對。「你要告訴我究竟錯過了什麼，喬納。」

他置之不理，逕自牽起我的手，緊緊握住，把我從溪邊的斜坡上抱起來。

「乾脆從破掉的T恤開始說起，這樣總可以吧！」我狼狽地撥開他的手。

他依舊不回答，反而從地上撿起丟掉的夾克，搭在我肩上。

「伊森又出現了？」在我看來，這是最有可能的答案。

我聚精會神地觀察四周的環境。

這個解釋最合理，一定是我們發生激烈的口角，上衣才會被扯破，喬納的嘴角才會有血跡，然後我就昏倒了，大概是這樣。

他似乎不太願意讓我知道，但也不打算用謊言胡亂搪塞。「沒有，妳墜河以後，他就消失了。」

「那我的上衣為什麼破成這個德行？」我咬牙切齒，「還有你的嘴角和臉上為什麼有血？」看我發起脾氣，喬納緩步走開。「現、在、告、訴、我。」我執意要求，不肯罷休，他停住腳步。

他繼續沉默了一陣子，背對我，低頭看地上，硬是不開口。

「喬納！」

他終於轉過頭來。「我想妳應該換一個方式問自己，為什麼妳的臉上和嘴角都有血跡。」

他說得對，但我完全沒有心理準備會聽到這一句。

25

聖誕夜。加百列預定今晚回來，而我有點焦慮。

我在起居區上上下下，來回走動，努力不要去想一起進門的還有另一位天使跟漢諾拉。讓我最擔心的是，我們必然要討論他與漢諾拉的關係。

羅德韓往廚房走，幫我泡了一壺茶。現在才中午，喬納跟布魯克已經離開了好幾個小時，布魯克死纏爛打，硬是要他陪著開車去土魯斯一趟，希望找到眞正可以逛街的地方，喬納一如往常，不忍心拂逆她的願望。

撇開布魯克冷靜淡定的表象，看見喬納平平安安、毫髮無傷地到家，著實鬆了一口氣的反應，就知道她心裡有多麼擔心。今天我更懷疑這是她有史以來第一次不是眞心想逛街，而是以此當藉口，遮掩自己想跟喬納單獨相處的心情。

打從我墜河被喬納救上岸之後，他就一副心事重重、若有所思的模樣，再加上之後那一段對話，我更樂意保持距離，互不干擾。

「看看這時間，加百列不是應該到了嗎？」我問羅德韓。

「對，應該快了，還有一位天使同行。等他到了以後看到我們這一群，應該不會很高興。」

「我確信加百列事先聲明過。」

「以他們一起旅行的狀況判斷，他當然知道漢諾拉，但我懷疑加百列事先解釋過還有其他人存在。」他的語氣相當堅定。「天使的身分當然不合適跟我們攪和在一起，遑論到處遊走、釋放我們、讓我們獲得自由。」

我蠕動身體，重心由左轉右，思索下一個問題。「羅德韓……」

「嗯？」他背對著我將熱水倒進泡茶的瓷杯。

「多久了？加百列跟漢諾拉，呃，你知道他們……」

倒完熱水，他放下茶壺，轉身面對我，手肘抵著廚房的中島當支撐，「他們之間不是那樣。親愛的，相信我，有很多原因！」

他施施然走向冰箱，又加了一些牛奶，我拉出桌下的椅子，盡量發出噪音，暗示他坐下來告訴我背後的故事。他猶豫地來到旁邊就座。「我不應該在背後蜚短流長，這些不干我的事。」

我很想聽羅德韓所知的一切，他在旁邊看得很清楚。

他嘆了一口氣，坐在對面。「我說過是加百列救了我們大家？」

我乾脆地點頭。

「最早是漢諾拉，其實是一世紀前的事情，但她拒絕了。跟葛堤羅分開讓她沮喪苦惱，花了很久的時間才適應加百列提供的新生活。」

「何必那麼麻煩？如果她不喜歡，乾脆讓她回去好了。」

「只要她試圖回去，他們不會饒她一命。別忘了她私自逃走，已經背叛他們。加百列陪她一起努力，協助克服她和主人之間難以切割的聯繫；最後她終於回心轉意，然而長時間相處下來，呃，漢諾拉似乎誤會加百列的用心，以爲他有其他心思。」

我用力吞嚥著，不能讓他發現自己在乎的程度。羅德韓不是傻瓜，相信他一定有所察覺，知道我對加百列的感情。

「他們至少有過一陣子的交往吧？」

「不，從來沒有。他是天使，生於光明中，而她來自於闇黑深處，兩者不能融合爲一。」他說。

「爲什麼？」

「愛屬於光明的一部份，憎恨和邪惡屬於黑暗面，如同南北極兩端。無論她做了什麼，以加百列的身分，永遠不可能那樣愛她。」

我再次吞口水，喬納認爲我來自黑暗，是某種變異型的吸血鬼。果眞如此，羅德韓的定律肯定也適用在我身上。不，喬納瘋了，他胡言亂語……我不是吸血鬼。但是喬納在溪邊說了那番話，讓我無論多麼努力試圖說服自己，都很難去否認他是別有用心，想到這裡，我的胃就開始翻騰。

「記住，她依然不死心，一試再試！有一種人就是執意要追求她們無法擁有的，妳知道吧？加百列三番兩次的拒絕反而讓她更加渴望，貪婪、慾念……這些都屬於黑暗。」

我不想聽宗教教條與道德方面的教訓，只想繞過去聽其他細節。

「她一直跟你們在一起？」我問。

「是也不是，有時候她受不了就會離開，事過境遷又會回頭。我們之於她就像一家人，無論她是否能夠跟加百列在一起，她總會回到這裡。」

這個女孩就是不死心？

「加百列說你們會變成這樣都不是出於自己的選擇，所以只要有機會，只要有人願意，他都會給予救贖的機會。」我想了一下。「不過一開始他怎麼會遇見漢諾拉？他又怎麼會找上你們？」

「喝茶吧，親愛的，茶水要涼了。」

我乖乖地喝了一口，等待答案。

「其實是機緣巧合，以及加百列似乎想彌補什麼——」他就此打住，不想再深談下去，我只好出聲催促。

「羅德韓，你告訴我，他發生什麼事？」

「事實跟我們不相干。妳問我他是否跟漢諾拉有曖昧，我認爲他沒有。不過話說回來，妳爲什麼這樣關心她的事？」他的濃眉往上一挑，我的臉脹得通紅。

「噢，小可愛，他關心妳，不過，呃，不是那方面。」他傾身探過來捏捏我的手，就像溺愛的父親安慰心靈受創的女兒一樣。

「我又沒說他有那種意思！」我立刻反駁。

「妳非常、非常討人喜歡。然而我很確定一件事，他不會跟凡人談感情，很久以前他有過那麼一次經歷，就我所知，結果不盡如人意。」

我很想追問，感覺羅德韓似乎還有下文要說。

「其實我不該跟妳討論這件事……」他直視我的眼睛，繼續陳述。「啊，茜希，我不能假裝了解他生命中曲曲折折、大大小小的細節，但我的確爲他擔憂。」他深思地撫摸下巴的鬍渣。

「那個女孩，他愛上的凡人女孩，後來發生什麼事？」

他低頭看著地板，彷彿在考慮就此打住，別再討論下去。

「你知道我也很關心他，」我低聲說。「如果可以再多一點了解的話。」

「他犯了致命的錯誤——不小心墜入愛河。這件事他只提過一次，從此在地球上遊蕩，尋尋覓覓，尋找她的靈魂。妳問我他怎麼會找上我們，這就是原因，他在搜索超自然的能量，我不懂加百列爲什麼認爲女孩的靈魂被困在地球上無法解脫，但我認爲她已經在天堂了。」他搖搖頭，似乎百思不解。

「因此他爲了愛在贖罪？聽起來不合常理啊，他何必因此感到愧疚？」

羅德韓猶豫了一下，答得很嚴肅。「加百列說他殺了她。」

我被溫茶水嗆到，狂噴而出。

羅德韓一躍而起，連帶踢翻了椅子，「我太多嘴了。」他咕噥。

我攫住他的手臂，要他回頭看著我，丟出最後一個疑問。「他提過她的名字嗎？」

他說的應該是別人吧？我渾身繃緊，心情沉重無比，看起來我的人生錯綜複雜，有很多情感的衝突無法避免。無論羅德韓的答案是什麼，都是兩面刃。

在這一瞬間，我突然覺得自己在賭俄羅斯輪盤。羅德韓正要開口的剎那，我彷彿聽到槍膛在輪轉，緊緊閉上雙眼，一口大氣都不敢喘，等候答案出現，不知我的夢想是否會中槍碎滅。

「喔，加百列有說過，」他稍作停頓。「她的名字叫萊拉。」

羅德韓突然掙脫我的手，匆匆離去。我目瞪口呆愣在那裡。

羅德韓爲什麼認爲害死我的是加百列？應該是伊森才對，不合理啊。這些日子以來不合常理的事情越來越多，讓人百思不解。

我繼續坐在桌子旁邊，強迫自己重訪死亡的回憶，回想身體撲倒，鮮血流經臉頰滴落。瞬間有一道閃電掠過，出乎意料之外，我感覺到加百列的存在。

我嚇了一跳，試圖讓大腦空白。

妳想起來了……

世界彷彿被巨人吞滅，唯有他的嗓音存在。

他殺了我，兇手是伊森。

靜默無聲。

他有如一陣微風吹拂而過，寒氣滲入思緒的裂縫，我靜止不動。

我很快就到家了。

加百列出現在我的意識裡，來也匆匆去也匆匆。

回到現實世界，我認爲一定是羅德韓有誤會。我知道兇手是伊森，我親眼看到那一幕，隨後又重新經歷一遍，羅德韓一定錯了。

我再也坐不住，只覺得兩腳發癢，三步併兩步匆忙跑回地下室的房間，快速沐浴，擦乾頭髮，稍微畫了一點淡妝。心裡有太多疑問在翻騰，讓我坐立難安，渴望得到答案，就在今天，我決定打頭陣的第一問是：汽車旅館的房間裡，你跟漢諾拉發生什麼事？

經過擺放棋盤的桌子，無意間低頭一看，輪到加百列走下一步，直到現在才留意到他即將喊「將軍」，贏了這盤棋。這樣的結果一點都不奇怪，就是有些微失落感，沒想到自己輸得這麼慘。

我敢打賭加百列以前認識的萊拉，棋藝肯定好上很多。

我打開衣櫥搜索了一番，忍不住感謝布魯克忙亂中幫我搜刮了一些還算不錯的款式。我選了白色上衣搭配松綠色雪紡紗裙，果然，布魯克還挑了相配的針織衫。我自然而然地把它披在身上，兩腿塞進緊身的內搭褲裡，最後是實用的平底鞋。

加百列應該快到了，既然能夠以心電感應聯繫，表示他就在附近，而我有一股強烈的衝動，想要展現最美的一面來進行這場迫在眉睫的對談。

剛推開房門，我當場愣住，他就站在眼前。

我的膝蓋發軟，加百列瞅著我的眼神晶亮，笑容可掬——笑意一路延伸到深深的酒窩裡，彷彿只要有他存在的地方，太陽會從隱藏處升上來，窗外的陽光普照大地，光束斜射在他臉上。

他伸手撥開遮住右眼的髮絲，把我拉入懷中，緊緊抱住，彷彿分別之後，已經有百萬年不曾抱過我。

我眞的好想妳，萊拉。

我的回應是緊緊揪住他T恤的衣襟，不確定這麼用力是因爲深情或怒氣。我仰頭凝視他的臉，他飛快地吻住我的唇，柔情款款卻又強而有力。

他目不轉睛地鎖住我的眼神，雙手捧住我的後腦杓，拇指按壓我臉上的顴骨，四目相對，強迫我從晶亮的眼睛裡感受他靈魂的眞情。我迷失在其中，焦慮和受傷的感覺沖刷一空，他的指尖順著脖子的線條緩緩游移，掠過肩膀、手臂，最終到臀部。

他輕輕拉起我上衣的下襬，探入柔軟的棉布底下，掌心貼住後腰用力壓近，兩個身體貼在一起，我的呼吸卡在喉嚨裡。

我抓住他的腰帶踮起腳尖，我也好需要他。

加百列舉起我，我雙腳離地纏住他的腰，手掌平貼在他胸口。他的心跳強勁急速，一點都不願意浪費時間，直接吞噬我的唇，放浪深吻，唇瓣熱烈糾纏，一股熾熱的渴望在我們心中膨脹。

我的觸碰剝開他的防衛層，他特有的柑橘香氣似乎變得更濃郁，核心處白熾的亮光跳躍悸動，明光從我胸前的水晶折射而出，在周遭形成一圈光環，我們內在的火焰在中心點幻化成彩虹，兩人一起發光。

他把我放在地上，嘴唇分開，這時候我才有喘息的空檔。

「爲什麼忽然這麼熱情？」呼吸緩和之後，我才有機會問話。

他的笑容有些改變。「等我告訴妳關於我的故事，我們之間的一切，妳很可能再也不想看到我，遑論碰觸。」

他的憂慮從核心傳遞，影響所及，我的身體也跟著打結。「我爲我們的事擔心，」我說。

「有些事來不及告訴你。」

憂慮讓我的臉皺成一團，不由自主地認爲美好的重逢很快就會被骯髒的眞相捲入泥濘中。

「我們去散步。」他提議。

「你帶回來的天使怎麼辦？」

「他可以等。我要談的事情比較急迫，不能再等了。」

加百列牽著我走出大門，腳步匆匆，沿著長長的馬路一直走到廢棄、老舊的水車磨坊，選了一根傾倒的樹幹，邀我一起坐在旁邊。

頭頂的冬陽跟層層的白雲奮戰不休，偶爾露出光芒，庇里牛斯山被白雪覆蓋的山頭在遠處明顯可見。望著這片美景，只能讚嘆，我同時嘗試凝聚勇氣，現在不說，以後更不敢提。

「加百列。」

「萊。」

那一瞬間我們同時開口，不謀而合的步調，我緊張地咧著嘴笑。

「拜託，加百列，有些事一定我要告訴你，免得以後失去勇氣……」

他目不轉睛，藍色眼珠光華璀璨，我可以永遠沉醉在其中，但是這一次極力抗拒那股衝動。

加百列捏捏我的手，給予安慰和鼓勵，彷彿不管我說了什麼，都不會影響他的心意，但我欠缺他那樣的篤定。

「不知要從何說起……」

「那就從頭說吧。」他建議。

他的溫柔讓我平靜許多。

我顫巍巍地深吸一口氣，決定從伊森開始說起，加百列知道他的存在，至少在當年，剛開始認識的時候——但我需要填補最新的進展，此外，從最艱難的對話開始，或許後續就比較容易。

「好吧，所以在我認識喬納的那一夜，艾立歐一群發動攻擊時，有另一個吸血鬼在場。我一開始沒認出來，但他似乎對我很孰悉，離開房子之後，我看到純血和他那一族的影像，還看到同一個吸血鬼拋下他們走掉了。當時不知道原因，只覺得奇怪，隨後又在機場遇見他，到了米雷普瓦的市場，陰魂不散的他再次出現。」

加百列渾身一僵。

「他派了一個老婦人給我一只戒指，戒面是盾牌式的徽章，那個圖案和我身上的戒指好像有關聯。」我伸手摸索衣襟裡的指環。「戒指帶我落入過去的回憶，那時候才認出他的臉。即便之前在幻象中見過好幾次，都不了解我們之間的關聯，直到最後那一段回憶重現；我回到過去，重新歷經我們在穀倉的爭執，他抓住我摔向地板，就在死亡邊緣的那一瞬間，我的意識回到現在。」

加百列的恐慌和不安往上竄升，我置之不理繼續說下去。

「當我回過神來，他站在那裡俯瞰，我突然想起他的名字是伊森。你說他是我以前的未婚夫，我看到他給我這個戒指。」我順手拍了拍戒指所在的胸口，它涼涼地貼著皮膚。

「你們訂婚的時候，伊森不是吸血鬼。」加百列低聲解釋。

「一定是後來出了事。我不認爲他是故意要殺我，應該是意外造成的，因爲他給我的都是快樂的回憶。」

加百列的手抓得更緊。「這樁婚姻是妳父母的安排。」他說。「伊森是當地鄉紳的兒子，階級和家世都優於妳出身的家庭。」他猶豫了一下。「就我的了解，妳父親還因此選了這顆寶石鑲在戒指上，送給妳當嫁妝，算是一種補償。」他重新組織自己的想法。「伊森不是壞人，你們青梅竹馬，從小一起長大，妳曾說他對妳而言就像哥哥一樣，後來我們相遇，妳決定悔婚，不想嫁給他……」他停頓。

「因爲我愛上了你。」

他微微一笑，笑容苦澀悲傷。

「他跟蹤我，一直跟到這附近，想要報復，但我想不透他的原因是什麼。」

「妳怎麼知道？」

「是他親口說的，之後我就掉進結冰的溪水裡。」

加百列猛然抽出自己的手，把我的臉轉過去。「妳掉進冰水裡？」

「沒事，當時喬納在場，把我拉出水面。放心，我眞的沒有受傷，還有後來……」我不想討論救援之後的細節，想起來還是懵懵懂懂，到現在都沒有心理準備面對當時發生的一切。

「現場有另一個女孩。你會認爲我瘋了，但她突然冒出來，我不認識，也沒看過她的臉，她總是隱藏在黑暗裡面，只看到影子，然後就……我也不知道。總之一片模糊，什麼都記不起來，彷彿她在我的記憶層挖了一個黑洞，佛瑞德攻擊我的那天晚上，她也在場，還把他殺了，我確信是她。」大腦突然一陣抽痛，我試著去回想，結果痛得更厲害。

「沒關係。」他婉言安慰，讓我得以繼續。

「羅德韓說他有看到她，就在黑澤雷的房子裡，還說她是純種吸血鬼。我不懂，爲什麼純血要保護我？」

他也沒有答案。

我轉身面對他，咬著下唇說，「除此之外，我跟喬納接吻了。」

好，終於說出口了。

我找不到理由解釋，加百列睜大眼睛，再次握住我的手。

「眞的不是故意，我們去一家夜店，有個傢伙心懷不軌……喬納及時介入，把我救出困境。我一直很生氣，以爲你跟漢諾拉在一起，不知道爲什麼，就是……很詭異，每當跟他在一起，就渾然忘我，感覺不像自己。」

「他是吸血鬼，能夠在不知不覺的時候，影響妳的行爲舉止。」

加百列幫我找理由，但我必須誠實面對。

「我不認爲他那麼做。每當我們在一起，我就好像變了樣，單憑衝動行事反應，這不是第一次，也不是最後一次。對不起，我很抱歉。」我匆匆說完，羞愧到了極點。

加百列沉默地坐在旁邊，雙手依然握著我，最後用力地捏了捏。「逾越紅線的是喬納，不是妳，萊拉。在妳情感非常脆弱的狀態下，他不該趁機佔便宜，我還把妳託付給他。」

面對加百列的眼神，我正想打岔卻趕緊閉上嘴巴，因為突然看見他頸部血管突起，眼中閃過警告的光芒。「我要殺了他。」他一躍而起，我用力嚥下口水，急忙拉他手臂。

加百列火冒三丈的模樣看起來好陌生，他不像那種人。

「加百列，不要——」我結結巴巴地拖住他。

我們相視對看，他立刻軟化下來，深吸一口氣，坐回原位。「對不起，沒事了，我們一起想辦法解決。」他強裝笑臉，卻笑得遲疑、苦澀，讓我心裡好像死了一遍。

這個世界上我最不願意傷害的就是他，我愛他。

「對不起，那天晚上他在夜店救我之前，呃，曾經吸了一個脫衣舞孃的血。」

「什麼？」

「我看了非常沮喪，氣沖沖地離開，有個男人一路跟蹤……」這些話如鯁在喉，很難出口，但我寧願一次解決，說個痛快。「我昏了過去，醒過來的時候，那個人已經死了。」

我想用心電感應的方式跟加百列連結，但他封閉心靈，或許想要私底下調適心情、處理這一切。

「喬納說是我殺了他，但是不可能啊。我不像他們，我——我……」淚水湧進眼眶，隨時要決堤而出。加百列把我擁入懷裡，抱得很緊，手掌在我背部畫圓安撫。

「我不知道喬納在玩什麼把戲，」他說。「但我相信妳沒有殺人，萊。」

我輕聲啜泣。「不要生氣，我知道你很沮喪。但是喬納眞心對我好，不只用心照顧，還保護我的安全。」

加百列安慰地捏我的手。「留在這裡保護妳的應該是我，很抱歉我必須離開妳。」他親吻額頭，用指尖抹去我的眼淚。「有一件非常重要的事情要讓妳知道，萊。」

我抬頭迎向他的目光，看他臉色異常嚴肅，立即振作自己，預備面對最惡劣的狀況。他終於要承認他跟漢諾拉一直在一起？

「我們起初認識的時候——」

一聲咳嗽打斷我們的交談。「很抱歉打斷你們眞情流露的告白。」一個男子走了過來，好奇地盯著我看。

他停在短短幾英尺外，卻給我一種似曾相識的奇特感受。明明初次見面，感覺像認識很久，奇怪的是就某方面而言，我們長得有點像：奶白色的肌膚，大大的眼珠，那種獨特的藍竟然跟我很類似。最重要的一點，他顯得侷促不安，跟周遭的環境格格不入，彷彿魚兒離開水面。這一位應該就是加百列帶回來的天使。

加百列被這個突然出現的不速之客嚇了一跳，站起身來，我也跟著站起來。

「艾瑞爾，這位是茜希。」加百列特意選擇這個名字做介紹讓我豎起耳朵，這表示對方還沒有贏得他的信任。

「非常榮幸。」他朝我伸出手，瞇著眼睛看我禮貌性的回應，那冰冷的肌膚一接觸，就有一股奇特的感應讓我幾乎招架不住，手臂上寒毛直豎。強光在腦海中爆開，綻放出金色銀色的小光點，漫天灑落，就像絢爛的大型煙火。

我猛然抽回手，腳步踉蹌地搖晃，試著抓住東西來支撐平衡，幸好被加百列抱住。我們同時瞪著艾瑞爾，他的表情莫測高深，難以看透。

他終於點點頭，微微一笑。「我似乎是造妳的那一位，或者妳想喊我爹地？」

我錯愕地看著加百列，他的表情跟我一模一樣。

26

我在起居室焦躁不安地踱步，最後羅德韓再也看不下去，出聲打斷我混亂的思緒。

「甜心，坐下吧。我來弄點吃的，這兩天妳幾乎沒吃東西。」

我停住腳步，他說得對，我打從跌進結凍的溪水之前一直餓到現在。

「我沒胃口，只想知道他們在說什麼。」

艾瑞爾跟加百列關室密談我的事，明明我是當事人卻被排除在外，真是不公平！

「我知道，甜心，但忍耐是一種美德！我幫妳弄食物，妳想吃什麼？」

靈機一動，有個主意。「炒蛋。」我知道家裡沒雞蛋。

「我去看看。」羅德韓在冰箱和貯藏室翻了半天，最後空手而回，搔搔腦袋宣布。「家裡沒有蛋。」

「沒關係，我去跑一趟好了。喬納說附近有個鄰居農場有養雞。」

「不，妳不能一個人出去。我去買，來回頂多幾分鐘就夠了，妳待在屋裡。」

他前腳剛離開，我立刻踮起腳尖，悄悄走下木板樓梯，坐在最底層。加百列和艾瑞爾就在地下室外面討論，可惜聲音含糊不清。棋盤上的布局暫時引走我的注意力，加百列顯然要喊將軍，最慘的是，仔細一看其實是連環將軍，讓我腹背受敵。他的主教在對角線，另一顆騎士——兩股勢力均等——虎視眈眈對著我的國王。綜觀全局，不管再怎麼努力，就算想破腦袋，白棋和紅棋似乎要併在一起，讓我無處可逃。

很好，活了這麼久，我的棋藝一點都沒有進步。

我豎起耳朵，沿著牆壁緩緩前進，蓄意躲在半掩的門後面。

「她被玷汙了，已經不像你或我，你必須理解這一點。」艾瑞爾的語氣既平靜又肯定。

「她裡面沒有黑暗，你弄錯了。」

「她在光明中受造，可惜受到汙染，最恐怖的惡魔湊了一腳，使她被改變，才會出生在這個空間裡。因緣際會之下，她的力量比任何一個空間的生物都強大，更具毀滅性。」艾瑞爾說。

「這樣的解釋我無法接受，她身上沒有任何特質足以證明你的說法！」加百列提高的音量也讓我怒髮衝冠。

隨後一片寂靜，沒有聲音。

我拚命忍耐，努力屏住呼吸，但是艾瑞爾透露的訊息讓我的心臟大力撞擊胸口，心情無比沉重。顯然是翻騰的情緒害我露出馬腳，加百列出現在地下室。

「妳實在當不了厲害的間諜。」他眉頭一皺，伸手拉著我進門。

握住加百列的手，我質問艾瑞爾。「你知道我的來歷？」

他看看加百列再回頭看我，眉毛揚起，似乎非常詫異我竟敢打擾他們。

艾瑞爾歪著頭回答。「是的，茜希。妳與眾不同的背後有一個理由，妳在一度空間受造，那裡是我們的家園，妳是天使的後裔，後來發生一些問題……」加百列的目光像刺透人的利劍，讓他自動閉嘴。

「沒關係，」我大方地說：「究竟發生什麼事？」

「妳的母親——我的天使伴侶——懷孕時，胎兒被純種吸血鬼感染。對方不是一般的純血，而是魔獸任尼波，牠是第一個竄出三度空間的純種吸血鬼，妳母親勉強逃走，後來似乎在二度空間生下了妳。」

加百列抽走他的手，環住我的腰，似乎幫我打預防針，預備面對瘋狂故事中最大的衝擊。

我搖搖頭。「可是我……我是人類，只不過會死而復生，變成不同的人。」

「妳在這裡出生，第一次的死亡，人類的肉身不復存在；重生之後變成不死之身，傳承真正的血緣所在。」

「所以我變成天使？」

「不，妳或許受造於我們的世界，但是被純血污染之後，基因產生突變。妳有光，同時也有黑暗——」

「夠了！」加百列暴躁地打斷艾瑞爾。「萊拉，」他及時回過神來。「茜希。」

「你叫她什麼？」艾瑞爾步步逼近，加百列把我推到後面加以保護。

「我的名字叫萊拉。」我用最最溫柔的聲音回答。

聽見這句話，艾瑞爾在屋裡繞了一圈，自顧自地微笑起來。「妳知道萊拉的命名是賜予自由的天使，也是大天使以下等級最高的天使嗎？」艾瑞爾說。「妳母親至少留了一樣東西給妳，就是希望。」

加百列轉身面對我。「艾瑞爾在這個空間裡流浪了兩百年之久，思緒已經有點錯亂，很多事情無法斷定，這些都是臆測而已。」

我對他怒目相向。「加百列說得對，純血的所作所爲產生的後續影響誰也不能肯定，你更無法確認我就是你遺失的孩子。」

艾瑞爾的外表看起來沒有比我跟加百列年長多少，卻自稱是我父親，感覺實在很詭異。

「你說有一個第二代吸血鬼嚐過她的血？」他的語氣恢復平靜，幾乎帶著關懷。

加百列點點頭。

「是那個跟你同行的吸血鬼女孩嗎？」他問。

「不，他叫做喬納。」我是大嘴巴。

「他在這裡嗎？」

「還沒回來。」我說。

我們在樓上起居室流連，氣氛尷尬不自在，羅德韓放了一盤煎蛋捲在我面前，我沒勁地用叉子撥弄。

加百列正在打手機給喬納。如果喬納出現，艾瑞爾或許願意攤牌。

他朝我比個手勢，要我坐在加百列旁邊的沙發上，「出於好奇，加百列，對你而言，她看起來如何？」

陽光逐漸西斜，外面光線變暗，艾瑞爾順手打開旁邊的檯燈，再次比手畫腳，「我會說她有金色長髮，藍眼珠，皮膚白皙，中等高度，身材苗條。你認爲呢？」

這個問題問得莫名其妙，加百列轉臉看我，然後望向艾瑞爾。「一樣，她的模樣看起來都一樣。」他的回答明快簡潔。

「羅德韓，是嗎？」艾瑞爾轉向我的愛爾蘭裔保鑣。他坐在桌子前面埋頭看書——我知道他是裝的，其實根本看不進去。

「對。」

「你會怎麼形容？」他催促。

羅德韓微微轉過身來瞥我一眼。「跟你形容的一樣，只要不調皮搗蛋，她通常很可愛。」他咧嘴而笑，讓我感覺好過一些。

「漢諾拉！」艾瑞爾低吼。

我渾身一僵，不想看到她。樓上的房門吱嘎作響，漢諾拉應聲下樓，姿態優雅，站在羅德韓身旁。

我不由自主地發現，她特地裹了一條絲巾遮住頭部和耳朵，頸部有曬傷，白紙般的皮膚有好幾處水泡和疤痕。吸血鬼的傷口通常痊癒得很快，不知是什麼原因造成的傷害，竟然拖這麼久，讓疤痕還存在。

「妳呢？」艾瑞爾問。

漢諾拉的表情滿是不屑，如果眼神能夠置人於死，那我當下就沒命了。「她有很多缺陷。」絲毫不肯錯失扒糞損人的機會，看來她一直躲在房裡偷聽。

我轉向艾瑞爾。「你為什麼一再詢問他們我的長相？」

他還來不及回應，前門砰的一聲，屋子應聲震動，喬納彈跳似地衝上樓梯，布魯克緊跟在後。

「茜希，妳沒事吧？」他大聲嚷嚷，評估著眼前的狀況。

「她很好。」加百列語氣不善，猛然從沙發上站起來。「這位是艾瑞爾，他是天使，應邀來幫助我們。」

加百列抓住我的手用力捏了捏，我跟著站起來，立刻看到對面的漢諾拉不由自主地瑟縮了一下；艾瑞爾沒有浪費任何時間，逕自走過去，抓住大家的注意力。

「你是第二代吸血鬼。」他的語氣不疾不徐，針對喬納說。

「我這麼帥的臉，一看就知道不是純血，對吧？」喬納嘻皮笑臉，故意嘲諷。

「加百列說你啜飲過她的血，就一次而已，對嗎？」

喬納不安地動動身體，點頭承認，稍稍猶豫了一下，就把布魯克推到自己背後。從這個狡黠的小動作判斷，眼前的狀況發展讓他摸不著頭緒，直覺是先保護布魯克再說。畢竟天使隨時能夠終結他們的性命，眼前這一位既陌生更談不上信任。

「她很有吸引力吧？」

「對不起，你說什麼？」喬納問。

「她讓人食欲大開？」艾瑞爾追問。

我感覺加百列渾身繃緊。

「這有什麼相關？」喬納反問。

「難道你不覺得奇怪嗎？來自黑暗的生物縱然要吸血，也傾向尋找靈魂邪惡的人類來滿足需要。她是光明之女，爲什麼會對他產生吸引力？」艾瑞爾眼神凌厲地轉向加百列。「而且我很想進一步了解，從一個啜飲過她的血的吸血鬼角度，又是如何看待她？」他炯炯有神的目光直視喬納。

聽見艾瑞爾怪異的問題，喬納額頭皺成三條線，低頭思索。

「你有眼睛，不是嗎？」艾瑞爾咄咄逼人，輕蔑地瞪著喬納。他顯然不太習慣跟吸血鬼打交道，而且耐心很有限，似乎磨到盡頭。

最後喬納聳聳肩膀，對我微微一笑，逕自說：「茜希的外表漂亮醒目，深色眼珠，灰得近乎黝黑……」他躑躅半晌才接下去，「又大得不可思議、似乎有常人兩倍；髮色墨黑，長髮披肩在背後隨風搖曳……肌膚雪白，彷彿從來不曾見過陽光。」

我困惑地望著加百列和艾瑞爾。

「喬納，不要亂開玩笑，」我很懊惱。「你趕快說清楚，好結束這段荒謬的談話！」

但喬納熱切的眼神顯示他很認眞。

「我不懂。」漢諾拉率先開口。

「萊拉跟你們的差異並不大，只不過她比較擅長掩飾而已。」艾瑞爾平靜地回答。

我陡然望向羅德韓，他聽見我的名字和背後隱含的意義，突然領悟過來，僵立不動，有如一尊雕像。

我還沒有機會辯白——或採取行動——漢諾拉平常絲滑的嗓音突然高八度，尖銳如長矛破空而來。「如果她像我們一樣，你就不可能對她有任何感覺！」她對加百列嘶吼。「這是你說的！是你一直告訴我說不可能！否則你就會跟我在一起了！不是嗎？」

加百列鬆開我的手，深思地揉著太陽穴。

屋裡每一對眼睛都射向我，我感覺好像渾身赤裸，希望就此消失。

加百列一聲不吭讓我心痛，淚水立即湧進眼眶。我不假思索地走向玻璃拉門，一眨眼就到了後花園，膽戰心慌的感覺漫天蓋地的將我淹沒，我腳步蹣跚地走向草坪上的斜坡。

暮色悄悄圍攏，一隻小蝙蝠飛過頭頂，嚇得我跳了起來。我俯瞰斜坡底下華燈初上的住家，靜靜地旁觀接踵而至的混亂狀態：加百列站在漢諾拉旁邊，抓住她揮舞拍打的雙臂；羅德韓垂頭喪氣，在屋裡走動兜圈；而我身上其實隱藏了吸血鬼特質的這件事，對布魯克是一大刺激，讓她又哭又叫，喬納一直在安撫她。即使整整間隔三十英尺的距離，那麼多對發紅的眼珠都讓人不敢小覷。

「對不起，他們需要知道。」艾瑞爾從背後走上來，伸手想搭著我肩頭，我閃到一旁。

「你從哪裡冒出來的？」我說。

「跟妳一樣的地方，一樣的方式，而妳顯然也跟我們一樣善於隱藏自己的真面目。」

「我們？」

「我跟加百列。有趣的很，妳身上那些天使的能力在這個空間裡竟然都很正常，或許真的是虎父無犬子，妳終究是我的女兒。」艾瑞爾平鋪直敘，這句話飄入我的意識裡。

我開始顫抖。「爲什麼——？」

「萊拉，必須讓他們明白，妳不能留下來。他們若不拒絕妳，我擔心妳永遠不會離開，這樣只會延宕不可避免的結果。」他語氣和藹，好像很關心我似的。

「他們不會傷害我。」

「換一個角度考慮，好嗎？那個男孩吸過妳的血，他被妳吸引，只會不斷地渴望接近妳，一試再試。」

加百列說過我是喬納的毒品。現在布魯克知道了，肯定會跟我反目成仇，這是想當然的結果。

想到喬納對我外表的形容，我忍不住驚慌起來。更慘的是，我不確定自己膽戰心驚的反應是因爲其中涉及到我靈魂黑暗的隱喻，或是因爲喬納追求的其實是另一位。因爲他形容的女孩顯然不是眼前的我。

「不過坦白說，」艾瑞爾繼續說。「最讓我擔心的並不是他們。」他示意我一起坐在長條椅上，現在得知艾瑞爾是我的父親，讓我感覺必須尊重他的意思。我只好點點頭，坐在他旁邊。

「妳知道加百列當初是怎麼找上妳的嗎？」我聳聳肩膀，毫無概念。

「大天使派他找出妳的下落，再把妳殺了。」

艾瑞爾的話讓我大吃一驚，猛然一震。「不，這不是眞的。」我說。「殺我的是伊森，不是加百列，這些年來他只想維護我的安全……」

早先跟羅德韓的交談在腦海中浮現，疑心的箭頭立刻刺入心中。他說加百列親口承認他殺了自己所愛的人類女孩——萊拉——我。

「加百列在光明中受造出生，不能夠親自動手。然而在這個空間裡面，他有能力影響別人去當劊子手，我猜妳說的這個伊森，不是自己起心動念要殺妳。」

「不，那是一場意外，後來我就失去加百列——」

「他找人殺妳。」艾瑞爾打岔。「以爲順利完成了任務，誰知道不是這樣，現在你們重新團聚，他把妳丟給一群吸血鬼照顧的事實，就當說服妳……」

我凝視著艾瑞爾黯然無光的眼神，他似乎疲倦至極。

「我不信，」我反駁。「加百列愛我，我知道他愛我！」

「他不愛妳，萊拉。他在執行任務，一旦任務失敗，他會因此墮落，不是嗎？他以不死之軀存在於這個世界，得以施展自身最大的能力，但天使是成雙成對的，加百列的另一半還留在一度空間靜候佳音。妳把他留在這裡，是阻隔他們的緣分。所以妳要相信我的話，他是派來置妳於死地的。」

我無法反駁，加百列的確說過他受造於光明之中，還有另一半跟他共同分享，揪心的傷痛狠狠刺入我胸口，讓人無法呼吸。

「那你又怎麼說？」我問。「那些大天使也派你來殺我嗎？」

我完全沒有信任艾瑞爾的理由。今天之前，甚至沒聽過這個名字。

「妳的母親是我的天使搭檔，我到處尋找她的下落，算來已有近兩百年的時間。但她的光

27

夕陽西沉的時刻，我停在杜蒙山的山腳下，前方是一片森林，後方的馬路空空曠曠，寂靜無聲，就像暴風雨前的寧靜。

但願加百列和其他人不要跟過來。無論前方有什麼險阻，都是我個人的困境，必須單獨去面對。明知道自己朝著無可避免的終點飛奔而去，但只要他們每一位都能夠好好活下去，我會覺得舒坦一點。

抬頭望著林木線，山頂似乎高得嚇人。我從來就不是什麼登山高手，然而不管我是光明是黑暗，或是兩者兼具，應該都有能力爬上去。

我閉上眼睛，聚精會神想像跳高的動作，然後雙腳離地、往上一跳。顯然不太順利，沒跳多遠就摔在碎石礫上，雙手摩擦破皮。

這件事看起來不是很容易。

總而言之，我命令雙腳繼續移動，沿著曲曲折折的道路全力衝刺。沒想到越跑速度越快，不知不覺間，一眨眼就過了一個轉彎，很快就抵達馬路盡頭。

滑雪場坐擁綠靄靄的森林，此時華燈初上，彷彿在歡迎遊人。地面積著厚厚的白雪，放眼望去白茫茫一片，讓人忍不住顫抖起來。但我不能停下，要繼續前進。

步道蜿蜒地深入樹林，我得遠離這麼多人的渡假勝地，想辦法找路爬到山頂，那裡才可能人跡罕至。

小徑的積雪深到膝蓋，正想追本溯源往上走，突然頭暈目眩，趕緊伸手按摩太陽穴，閉上雙眼，希望這種感覺很快就消退。

這時心底倏地閃過一對黝黑的眼眸，尖銳恐怖的叫聲幾乎讓人耳朵發聾。我眨眨眼，甩掉那些意象，知道任尼波已逐漸逼近。舌尖嘗到篝火的滋味，它的氣味充斥在肺裡，我得加快速度。

即使暮色逐漸籠罩下來，天空仍然有些泛白。

終於來到密林入口，突然想起再過幾個小時就是聖誕節，忍不住傷感起來。一個人站在深山裡，心甘情願地步入另一座神祕的森林，只是這一回不確定是睡美人還是虎視眈眈的怪物埋伏其中。

路徑難行，很難再加快腳步，坡度又陡，就算擁有超自然的天賦，依然很有難度。我停下腳步，花了一點時間把袖子捲到手肘，才繼續往前走。

我想起喬納，很遺憾沒有機會跟他說再見。不過這樣也好，我很確定他對我有感覺，我們的關係不只是因爲吸血的緣故，否則他肯定處心積慮，只想把我榨乾爲止，但我明白還有別的因素阻止他那麼做。

這一路走來，心裡隱然有一個計畫成形，只要找到一片空曠地帶，我就要在那裡等候任尼波到來。我可能需要伊森的協助，事情才會按照我規劃的方向發展。既然當下只有我一個人，他肯定會露面。如果艾瑞爾的說詞正確無誤，我體內的確潛伏了一個可怕的惡魔，正在等待良機，那麼任尼波在場應該是她期待的最高點，到時候藉由伊森的幫助，就可以了斷我，屆時任尼波只能死了這條心。

這樣就不會有戰爭。

羅德韓可以繼續悠哉度日，不必扛著保護我的責任；喬納失去跟我的連繫，傷痛也會隨著消弭；布魯克會重新擄回喬納的注意力；至於加百列……嗯，他可以返回家園，回到光明的國度，跟等待他的天使搭檔相聚。

我不會成爲他的牽絆。

即便不時有尖銳的樹枝刮過臉頰，但我置之不理，要求雙腳再快一點。當我發現不對勁急忙剎車時，已經到了懸崖邊緣，差點就摔下去，前方山勢陡降變成一大塊斜坡，再過去一片平坦。

空地中央有一座湖，湖水結冰，大概是被我的到來嚇壞了吧。湖面映著山色，看起來很美，深灰色漸層往中央凝聚，核心是白色冰層，隔著湖面，另一端的背景是巍峨的聖巴瑟米和葛林納山峰，遙遙俯瞰著我。

現在應該是晚上，但在這個高度，雲層繚繞堆積，天空似乎罩了一件白色厚重的斗篷。我同時也發現這個地點既不是光明也不是黑暗，而是介於兩者中間。

這個地方就是我。

寒風刺骨，我在厚厚的積雪中跋涉，終於走近湖邊。剛好有幾塊大石頭在那裡，讓人得以坐下來歇腳等待，我緊張不安地坐在石頭上巡梭周圍的環境。沒有任何動靜。湖泊彷彿進入冬眠，我低頭凝視水中的倒影，熟悉的臉龐回應我的目光。雖然不知道她要往哪裡去，但我預祝她一路順風。如果情勢按照計畫發展，她將會停駐在這一刻——就是一個水中的倒影罷了。

空氣中極其細微的顫動，昭示著他就站在石頭後面。

「眞奇怪，不是嗎？你的臉是我記憶中最早出現的印象之……」我說。「沒想到也是我瞑目前最後看見的。」

我撇開愁緒，最後再看一眼水中的倒影，起身面對他。

他只比我高出一點，頭髮依然鬆鬆地束成馬尾垂在背後，面無表情，拳頭緊緊握住懸在腰間的劍柄，長劍入鞘，還沒有拔出來。那把劍看起來比他還古老，銅柄上刻著他家族的徽章。

「我來復仇，妳欠我一條命。」伊森的語氣彷彿在宣布我的死刑執行令。

「你已經害過我一次，爲什麼我還欠你一條命？」我的語氣帶著虛張的自信，事實上心裡七上八下。

我得拖延時間。

「但我沒有，」伊森回答。「妳好端端地站在這裡，我卻成了魔鬼的爪牙，都是因爲妳。」

我瞄了一眼他發白的指關節，那緊握的拳頭似乎隨時要拔劍而出。

「後來你發生什麼事？」我問。「我不懂，在我們認識的時候，你是人類……」我慢慢後退，既想要尋找答案，也要他有耐心等待。

他沒有回答，而是逐漸逼近。

我防衛地舉起雙手。「聽著，你可以遂心如意報復，我不會阻止你，只要先讓我了解一下。」我沙啞的語氣洩露不安的心情。

他斟酌了一下。「我看見妳跟他幽會，但妳已經跟我有了婚約。當我去穀倉找妳，立刻就看得出來妳打算跟他私奔。可是，萊拉，我不是故意要傷害妳。」他睜大眼睛，努力回想當年，那個時候他並不是這樣——還沒有墜入黑暗之前。「當時我只想要阻止妳和那個陌生人私奔，希望自己能夠給妳渴望的一切——」

我打岔。「陌生人？你說加百列？」

「我不知道他的名字，我們沒見過。」

「你們怎麼會不認識？你發現我預備離開的那一天，肯定跟他談過話吧？」

艾瑞爾聲稱伊森是受了加百列的慫恿和操縱，如果他們沒見過面，加百列怎麼可能影響對方？

「萊拉，我跟他的確不認識。當妳倒下的時候，我以為妳死了，嚇得落荒而逃，就像懦夫一樣跑去田間躲藏，沒想到會在那裡遇見惡魔本尊。」

「你指的是艾立歐？」我問。

「對，我的葛堤羅。」伊森雙眉深鎖，咬牙解釋下去。「用自己的雙手，我失去了唯一——今生唯一的……」他的聲音細微，幾乎聽不清楚。「……摯愛。」如今他似乎連回憶當年的感情都是一種掙扎。「我想尋死，死神卻率先找上門。被他轉化的時候，我沒有一點猶豫和踟躕，只覺得這是最公平不過的報應。既然我奪走妳的性命，艾立歐理當偷走我的人生。」

我低著頭，悲傷又心疼，他被轉化成吸血鬼竟是我造成的。「對不起。」

一開始只是小雪紛飛，但是沒過多久，風雪加大，眼前白茫茫一片，視線已看不清楚。

「妳永遠不會明白侍候葛堤羅是怎樣的感覺，」伊森陳述下去。「一開始是暗無天日的關鎖和封閉，直到他認爲養成時機結束，適合被釋放出去執行殘暴的任務，然後……就是恐怖陰森的黑暗，全然掌控，慢慢地啃食，一點一滴，直到無所剩餘……變成黑暗的一部分。」他停頓了一下，越走越近。「而我現在是爲死亡而活，爲血而生——在這個被神棄絕的地方，唯有鮮血讓人滿足。至少在我看到妳之前是這樣。」他口角生津，嘴唇顫抖。

回應他之前，我深深地嘆了一口氣，「你可以奪走我的性命，但不是現在，請你再耐心等待。」我迅速打岔，決定先談判再說，雖然自己好像沒什麼可用的籌碼。

「我爲什麼要忍耐？」他毫無遲疑地抽出長劍，劍尖直指我的下巴，微微劃過肌膚。

「因爲如果你現在動手，我只會再甦醒過來。最好等魔獸任尼波來到這裡，那時你必須攻擊我這個地方……」我把劍尖移向自己的心臟，鮮血從頸部滲出。我以前殺過吸血鬼，順手抓起鐵條直接刺入對方的心臟，但願那一招用在我身上也有效。

他躊躇不定，殘酷的劍尖抵在胸口，我看著他嗅到鮮血的氣息。「第一次重逢的那一夜，我跟艾立歐提到妳，他不相信。當他正要穿越裂縫的時候，卻有一股強大得不可思議的力量將他拋回地獄，迫使他去找……魔鬼商量。」

我點點頭，繼續盯著他的眼睛，看它開始發亮。

「我聽到他們的交談，說妳是他們的同類，我還認爲不可能，但是妳的血……」他稍微靠近一小步，深深吸了一口氣，「懲罰的時候到了。我要帶走我的酬勞，奪走惡魔精心的造物，賠償我被糟塌的兩百年，我又不欠他們！」

額頭突然劇痛了起來，我伸手揉搓太陽穴，突然有一片恐怖的陰影罩住心頭，但我憑著強大的意志力，用眼前的美景去取代它，專注在腳下的土地。正當心情一鬆，立時感覺伊森的劍刃刺入我鎖骨下方。

一陣強風從空地上橫掃而過，雪花紛飛，有些落在睫毛上。

時間到了盡頭。

「我真的很抱歉，伊森。」

劍刃劃破我的皮膚，一路向下直到腹部才離開。劍從石頭上彈開，掉在雪堆裡面，伊森突然倒地，我踉踉蹌蹌地退到湖邊，猛然睜開眼睛，看見他被喬納撲倒，摔在雪地上。

我的傷口滲血滴在雪白的地上，他們立即停止扭打，伊森紫紅色的眼珠閃閃發光，扭身就要衝過來，但是喬納快了一步，直接將他撞飛到空中，凶狠地撲上去猛攻。

「不！喬納！不要傷害他！」

長劍的切口無比刺痛，我搖搖欲墜，跌進灰色的淺水灘。冰水一刺激，身體瞬間冷卻，可是火焰隨即又燃起，傷口或許不到致命的程度，刺痛灼熱的感覺依舊難以忍受。

「讓我進去。」加百列的嗓音飄入耳際，溫柔的催促切開嚴峻的冷風。

我揉著緊閉的雙眸，撥開睫毛的雪花，他的身影出現在一旁。

「你——你不應該在——在這裡。」我近乎語無倫次。

「除了陪伴妳，我還能去哪裡？」加百列的表情異常嚴肅。

我有點發昏，感覺地面搖晃不穩，遠處的喬納和伊森仍然扭打成一團，戰況激烈。

「求求你，加百列，去幫助他們！」我無法忍受有更多人因我而死。

我以雙手撐住地面，努力地試圖要起身。加百列在後面幫了一把，直接將我抱出湖邊的淺灘，靠著石頭喘氣，只有鞋子還泡在冰冷的湖水裡。

「那妳願意接受我的幫助嗎？」他堅持。

「是。」現在不是爭執的時候。

加百列稍稍猶豫，接著一瞬間離開我身邊。

風雪加強，我蹣跚地繞過大石頭，正好看見喬納狠狠地擊中伊森。他倒在雪地裡，喬納的力量顯然技高一籌，佔了上風。

「伊森！」我大聲尖叫。

我氣急敗壞地不停喘息，手腳並用，試著爬上大石頭，翻越更深的積雪。現在相距了一百英尺，因爲狂風怒號，他們聽不見我的吶喊。

加百列出現在正前方，就在喬納旁邊。我無助地看著喬納從夾克裡掏出一個酒瓶，透明的液體澆在伊森身上，他一腳踩住伊森的脖子，將他壓制在地；加百列強迫喬納退開，他挑釁地掏出香菸咬在嘴裡，手伸進口袋找打火機。

掙脫束縛的伊森彷彿慢動作一般，身體一躍而起，打算從喬納背後偷襲。我眼睜睜地看著喬納彈開金屬打火機，用力一壓，菸頭發出橘紅色光芒，他吐出第一口菸圈，順手將打火機丟過肩膀。

「不！」我尖叫示警。

伊森的身體冒出熊熊烈焰。

事情不是瞬間就結束。他倒在地上瘋狂轉圈，身體逐漸融化。火焰深入骨骸，似乎爆炸開來，霎時燒成灰燼，捲入紛飛的暴風雪，再也無法分辨。

我沮喪地縮成一團。伊森消逝了，我是罪魁禍首。

「萊。」加百列立刻過來安慰。

「你爲什麼要來這裡？你是來索命的，我願意給你，現在消逝的卻是伊森，白白送了性命！」我大喊大叫，一隻手揪住疼痛的胸口，鮮血順著指尖滴落。「是我虧欠他……他是唯一一個……一切都是我的錯！」我氣喘吁吁，彎下腰，努力深呼吸。

加百列勾起我的下巴，凝視我的眼睛。「吸氣，萊拉，冷靜一下。」

他虛假的關懷反而讓我氣憤填膺。我用身體當武器直接撞上去，拳頭痛擊他的胸口，這些都是絕望之舉。一切看起來毫無希望。

我頹然跌坐在雪地上，雙手摀住臉龐，加百列陪在旁邊。「我不否認大天使派我來殺妳，我僅僅服從命令，沒有追問原因。直到遇見了妳，即使認爲妳是人類，萊拉，我依然一見鍾情，決定拒絕他們。那時我們準備要私奔，我可以保護妳……」

我用雙手抱住膝蓋，緊緊壓向身體。「可是你告訴羅德韓說你殺了我……爲什麼？」我嗚咽地問。

「我自責很深，是我拖延太久……」

「你沒有操弄伊森，影響他？」我結結巴巴問出口，終於抬頭直視他。

「沒有，我去接妳的時候，發現妳沒了氣息，以爲計畫走漏了風聲，他們另外派人取走妳的靈魂。此後一百年的時間，我在中間地帶的牢獄遊走，滿心以爲他們把妳的本體藏在那裡，上天下地搜尋的結果，讓我幾乎迷失自己，甚至一度有幻聽，經常聽見妳呼喚的嗓音。後來我回到水晶星際，他們說妳還活著，要求我再一次去找妳，完成指派的任務。我黯然拒絕，不相信妳還活在人間，心裡備受煎熬……自責救不回妳……」他匆匆地說。

「你沒有被驅逐，變成墮落天使？」我問。「即便違背命令，他們仍然讓你保有永恆的生命和所有的超能力？」這似乎不合邏輯。

「我也想不通，直到最近這幾個星期，謎團終於有解。因爲在我的家鄉裡，我是唯一一位能夠找出妳下落的人，所以他們不肯答應請求，也不讓我墮落。」他用手背輕輕撫摸我的臉頰。「很高興他們沒有那麼做。」

「或許他們認爲當你找到我的時候，就會了解他們的苦心，再次改變初衷。」我暗暗回想起艾瑞爾透露的故事，我內心潛藏著非常可怕的邪惡，極有可能毀滅所有的世界。

「不可能。」加百列下顎緥緊，十分肯定。

加百列轉而審視我身上被劍刃切開的長長一道傷口，默默以眼神懇求我接受他的協助。

毋庸再問——我知道他說的都是事實。我敞開自己的心，強烈的愛意瞬間充滿，盈盈流入全身每一個部分。

「我最討厭煞風景，但我們必須趕快離開。」喬納不肯靠過來，我立即領悟傷口潺潺而流的鮮血肯定讓他渾身不舒服。我對加百列點點頭，願意接受他的幫助。

他一腳跪在我身邊，我的身體往後拱起，長髮瀉地。他張開手掌穩住我的背脊，溫熱柔膩的氣息擴散在皮膚上。

這回我的眼睛沒有閉上，而是看著雪花像瀑布般灑落在耀眼的光輝裡，金銀般的光芒在肌膚上流轉，逐漸擴及表皮下的血管。

眞是不可思議。

他將超能量吹入傷口，皮膚和肌理立刻神奇地黏合，痛楚瞬間消失無蹤。涼涼的感覺取代原先的灼痛，每一處的皮膚都吸入療癒的光，最後他的能量裹住我全身，甚至連臉頰都在發光。我支撐起身迎向他的臉龐，臉頰靠臉頰，手指撥弄他的金髮，盡情將自己投入他的懷抱裡面。

加百列肩膀後方突然有異樣的動靜，我硬生生地抽身退開。看見遠處彷彿沉睡的湖面上，有一道黑影悄悄逼近，隨著距離拉近，範圍往外擴張，在白雪靄靄的背景中顯得矛盾突兀。

喬納跟我同時發現異狀，高喊警告。「加百列！牠來了！」

28

加百列放開我，催促喬納躲在背後，在我還來不及阻止之下，他已經衝到前面。現在換成喬納伸手攙扶我站著，加百列在雪地上奔跑，拉出一條隱形的戰線，遠處那個尖角突起的身影從擴展的隙縫飛躍而出，全身裹在漆黑的斗篷裡面。

牠肯定就是魔獸任尼波。

我聽到喬納的獠牙嘎嘎作響，我忍不住顫抖起來。他的眼睛射出異常明亮的火光，是我從來不曾見過的模樣。他逕自扣住我的手腕，拖著我在深雪中跋涉前進。

「你做什麼?我不能拋下他!」我推開喬納，想掙脫他的掌握。他瞪我一眼，身體僵硬執著，臉上是前所未見的驚恐和害怕。

「我們不是牠的對手，這場仗根本不用打，只是一場大屠殺!」他態度堅決，雙手抱住我的腰，直接一飛沖天。

我回頭看見加百列揮灑出一片金光，阻止純種吸血鬼跨越到我們所在的地方。喬納瘋狂奔跑，我看不到任尼波，後方只有光輝璀璨的金、銀光芒纏繞旋轉，亮得讓人睜不開眼睛，把黑暗阻隔在另一端。但是這樣的阻撓不是長久之計，加百列總不能一直耗在這裡，我飛快思考，一旦撤回光牆又會發生什麼事。

我奮力掙扎，手舞腳踢，喬納繼續加快速度。這時候，一陣可怕的嘶吼聲震破寧靜，幾乎要刺破我的耳膜。就像尖銳的警鈴般呼叫我。

加百列留在我體內的能量開始削減，胸口升起的熱能逐漸鯨吞，我只覺得眼睛發熱，忍不住伸手去揉它。眼窩周圍脆弱的肌膚彷彿爆裂開來，指甲滲出血跡，喬納突然停住腳步，我趁機掙脫他的手，跌坐在雪堆上。

刺耳的噪音融化阻隔的光牆，我一轉身就看到加百列腳步踉蹌。

喬納對著我大喊。「妳幫不了他，走！現在就走！」他猶豫了不到一秒的時間，目不轉睛地看我一眼，那種眼神就跟黑澤雷的屋子被圍困的時候一樣——彷彿這是今生最後一眼，以後就要天人永隔一般。然後他帶著毅然決然的表情，衝向加百列。

我從雪地上爬起來，濃密的雲層似乎暫時散開，給我機會看清楚站在遠處的任尼波。牠高大魁武，氣勢懾人，我的目光從牠額頭上鼓起的疤痕一路往下，見牠拳頭緊握，利刃般的尖爪從指關節處穿破而出，不懷好意地對著加百列的方向大步走過去。牠就是我在幻象裡看到的純血，正要殺死加百列，再來主張所有權，把我帶回去。

我掙扎站起，暴怒地大聲尖叫，邁開腳步奔跑——不，是飛——過雪地，才一靠近，立刻感覺氣血上騰。只相隔幾英尺的距離，我看著牠拎起加百列，懸晃在空中。

任尼波轉過頭來，睜大黝黑的眼珠，用眼神和我對峙，我突然無法動彈。加百列被鬆開，跌在雪堆上，這回雙腳離地、懸空而起的變成了我。近距離與任尼波相對，牠的表情猙獰，五官恐怖，頸部以上都是刺青印記，大辣辣地彷彿在向我炫耀；牠的口中臭氣薰人，牙齒尖銳，大小不一，像鋸齒一般，舌頭尾端開岔，一伸一吐如同出洞的蜥蜴。

萊拉，快跑！

加百列的嗓音在腦中響起，時有時無，就像電波受到干擾的廣播電臺，收音不夠清晰。

任尼波大喝一聲，吼叫聲震盪山巒。我猜連樹林都震懾於他的淫威，僵住不動，只敢顫抖。

喬納突然飛撲而上，抱住怪物的頸背，然而任尼波似乎痛恨被人打擾，目光繼續膠著不動。

我束手無策，無法制止對方剃刀般的利爪刺穿喬納的臉頰和頸部。喬納被劃開好幾處裂口，隨手一甩丟到旁邊，宛如重量抵不上一根火柴，落在遠處亂石堆上。但他的目光沒有片刻從我身上移開。

我的目光射向加百列，他伏在雪堆裡，心無旁騖、聚精會神地凝聚力量，掌心出現一顆光球，閃電在微型颶風內時明時滅。正當他坐起身體準備反擊時，任尼波張開嘴巴吐出濃稠的黑霧，猛烈捲向加百列，霎時驅散光球，將他擊倒在地，隨即被煙霧纏住喉嚨，滲入完美的嘴唇，侵入五臟六腑，要讓他慢慢窒息而死。

怒火在我體內翻騰，從意識的核心滿溢而出，我氣得揮出拳頭，打得白雪紛飛。

當我回過神來抬頭望著天空，頂多幾寸的距離，看見了「她」盤旋在半空中。我摀住耳朵，依然掩不住獠牙突起的喀喀聲響，感覺毛骨悚然。

陰影中的女孩，她出現了。

我試著去抓她的手，又趕緊縮回，目睹利刃從她的指關節處急射而出，黑血染紅白皙的肌膚。她的表皮底下似乎潛伏了某種東西想要伺機而出，自腕間到手肘來回湧動，而我宛如被催眠似地瞪著她身上黑色的線條。汙穢不堪的黑線彙整成特定的形狀，變成數以百根的羽毛，相互重疊在一起。我試著站起來，想去抓她隨風飄逸的黑色卷髮。

還沒摸到頭髮，她已經衝向任尼波，而後者的注意力也全在她身上。

我試著尋找加百列，他卻好像封閉心靈、將我排除——我聽不到他的心聲，他也聽不到我，只能束手無策地關注他和黑煙奮戰，身體光芒閃爍，企圖壓制黑暗的勢力。

我大叫示警，女孩充耳不聞，逕自竄向任尼波。牠的上嘴唇微微掀起，低聲咆哮，終於轉過身來。

女孩停在四十英尺外和任尼波對峙，牠回頭面向懸浮在遠處、逐漸縮小的黑點點，伸出利爪般的手對著正前方，將通道口開得更大一點。

加百列此刻終於勝出，黑霧蒸發無蹤。他不停地咳嗽，但至少人很平安。

我出聲呼喚，他毫無反應，看著他不顧一切地試圖站起來，又頹然倒地。

背後空氣流動，我發現艾瑞爾出現在眼前，同行的還有羅德韓。善良的羅德韓，我大聲吶喊試圖驅趕他離開，但是話卻含在嘴裡發不出來。我不能眼睜睜看著他被消滅，交流盈溢在心底，連帶回想起加百列的光輝和愛意。

我猛然站起來，不知道要先去找誰，一時難以決定，就這樣杵在原地，注意力偏離眼前，轉向後方的景象。縱然有大風雪襲擊讓視線不良，我仍然觀察到艾瑞爾彎下腰，從地上撿起伊森遺留的長劍，翻來覆去檢視一番，似乎在思索什麼。然後他從口袋掏出金色的盒子，裡面的東西閃閃發光，只見他用劍尖抹了一下。

看見那一幕後，我再次將注意力放回女孩身上，即使背景的顏色一片純白，她仍然掩藏在陰影底下，隨即大步向前滑。我跟著她在雪地上奔走，亦步亦趨，追隨她的移動，幾乎是並肩而立。我必須知道她是何方神聖，再努力說服她幫助我們。

「拜託！」我大喊一聲。

她繼續往前邁進，彷彿我不存在一般。

我上前去拉她肩膀，手掌卻直接穿過了身體，彷彿她是空氣。我愣在當場，關於她的記憶在腦海裡一閃而過。

她在任尼波前方停住腳步，後者全副的精力都放在操控通往第三度空間那逐漸縮小的通道上，掌心透出黑色的墨汁，漸次向遠處的黑點延展，灌入它的核心。看著裂口逐漸擴大，我靈光一閃，突然領悟牠的目的所在，原來任尼波打算帶著女孩穿越過去，這是爲什麼？

我倉促地吸口氣，轉身搜尋加百列的蹤跡。

就在這時候，陰影中的女孩回應我的行動，跟著轉身面對我。

我僵在原地。

我跟自己面面相覷。她的五官就是我的翻版，唯有下唇有突出的獠牙，眼眸則如同浩瀚的黑洞，緊盯著我。

我錯愕地往後一跳，她也有相同的反射動作；我舉起手，她也跟進。我困惑至極，數千個疑問閃過心裡，她爲什麼模仿我的動作？

思緒猶在糾結，突如其來的撕裂聲擾亂寂靜，我瞪著那從她背後穿過的長劍發怔，劍刃穿透她的肩胛骨、直接刺入心臟、穿透肋骨，再從身體前方透出。

任尼波發出痛心的哀號，聲音尖銳又恐怖。

我撲向那個女孩，同一瞬間，她似乎融入我的體內。長劍從我的後背穿透胸口，我不停地顫抖，雙手抓住劍刃兩側，這才發現我的手臂上是紋身的圖案，自臉頰狂瀉而下的卷髮更是黑得像墨炭。

眞相不容狡辯，事實無法否認，陰影中的女孩不是在模仿……

她就是我。

眼前沒有其他的解釋了。她就是許久以來一直躲藏在我體內那極端的黑暗，耐心等待全然掌控的時機。

背後突然射出一道爆炸的光芒，我瞬間被震得搖晃，回神時任尼波已然銷聲匿跡，因爲加百列把牠推回了第三度空間，封閉裂口，一併斷開牠在我體內的影響。

隨著牠的消失，我胳膊上的刺青跟著縮小，然後慢慢不見；指關節處的利刃也開始褪去，再度恢復白皙膚色，看起來乾淨清爽，沒有汙點。

她在垂死邊緣掙扎。

我轉過身去，抬頭看著羅德韓。他本來握劍的手依然懸在半空，還沒縮回，艾瑞爾就在他背後。

「茜希？」羅德韓哆嗦得嗓音顫抖。「不，親愛的！不！」

他伸手抹去我臉頰上的淚水，退開一步，滿手是血。「你說那是純種吸血鬼！」羅德韓大聲對艾瑞爾控訴。「還說她很安全，不會受到波及！」

艾瑞爾笑得好像打勝仗一樣。

我試著要開口，舌尖舔過尖銳的牙齒，發現牙齒全都恢復了正常，表面鈍化。我再也支撐不下去，以膝蓋跪地。

加百列第一個趕到，看到利刃從我的後背穿透前胸，他畏縮了一下，不敢過於靠近。

「你對她做了什麼？」加百列對著艾瑞爾大吼。

嗓音猶在迴盪，我卻感覺不到他的存在。連結黯然斷開，我整個人空空蕩蕩的，落入虛無的狀態。

「我沒做什麼，現在你應該看得出來她藏汙納垢、黑暗可怕的一面。你不肯盡忠職守，我只好越俎代庖，藉由羅德韓幫你執行任務。」

「我不知道……」羅德韓語氣空洞，雙手垂在兩側，呆站在原地，似乎受不了現實的衝擊。

「她是你的孩子，你怎麼忍心……」加百列說不下去。

「我在這個令人嫌惡的世界流浪兩百年，尋找她母親的蹤影，只因爲我和大天使有過協議——尋找安姬兒和她的後裔，只要了斷那個孩子的生命，我們就可以一起回家。沒有她，我自己回去也可以，我不需要安姬兒，只要擁抱水晶星際的光能。」他滿臉不屑地吐了一口唾沫，我木然以對。

「你已經敗壞到這種地步，還以爲他們會允許你回去？」加百列說。「這個世界腐化了你，墮落是必然的結局。」加百列撲了過去，艾瑞爾踉蹌地倒退，伸手摸索後頸，卻沒有任何反應，他開始恐慌。

「要怎樣才能救回她的命？」加百列揪住他大聲逼問。

「看也知道沒救了。她體內的心魔在垂死邊緣，」他指著我說。「每當萊拉偏向吸血鬼黑暗的一面，心魔就會出手攻擊，只要遇上極端狀況，或是有純血出現在附近，黑暗的遺傳因子就會蠢蠢欲動，啓動她的那一面。」

「艾瑞爾——」加百列凶猛地揪住他的衣襟。

「一旦心魔死去，她就得面對自己矛盾的本質和天性——是天使後裔和第二代吸血鬼的雜交品種，血管中更殘存著任尼波的毒液。黑暗與光明在體內交戰，搶奪掌控權，現在僅有的差別是她已經認知到這兩個面向，再也不能視而不見。如果她無法接受自己的身分，生命就會來到盡頭，失去永生不死的超能力，凡人脆弱的身體終會破碎，歸於塵土……」

我劇烈咳嗽，幾乎要窒息，加百列衝到我身旁，一隻手仍緊抓艾瑞爾不放，大聲嚷嚷。

「這一切你是怎麼知道的？」

「她不是第一個，卻是最後一位。」

加百列憂心忡忡地留意我，艾瑞爾抓住掙脫的良機倉皇逃走，羅德韓追了上去。

極度厭惡的情緒讓我甚至感覺不到身體的存在，加百列心急如焚地陪在我身側。

「別擔心，萊拉，妳會復原的。」

我頭痛欲裂，本來一無所知的記憶中，畫面突然侵入腦海，被撕裂的佛瑞德肢體殘缺；折磨黑澤雷的吸血鬼；然後是布萊德里的臉龐在眼前浮現。連環的畫面，環環相扣重複出現，等我終於對準焦距的時候，再也停不下來：我看著自己從背後抱住喬納，甩向旁邊的樹幹，撞得他眼冒金星不省人事，我自己站在那裡，慢條斯理地把布萊德里撕成碎片，黑髮在眼前飛舞。那觸目驚心、大啖屍塊的噬血畫面，一下轉向牆壁，記憶到此結束。

我忍不住抽搐起來，感覺她的邪惡遍佈身上每一處。

我逐漸回想起自己親手所做卻又一逕否認的邪惡行止，記憶裡的黑洞一一補滿。

現在的「她」非常虛弱，但又抓著我不肯鬆手，狂亂的尖叫聲在腦海中迴響。我必須趕走她。即使胸口插了一把刀，她依然頑強地為了生存奮戰不懈。

灰燼似乎漫入胸腔，我可以嚐到那股氣味，牢牢地記在心底，然後視線開始模糊，畫面扭曲變形，宛如時間被分割斷裂。我伸手握住背後的劍柄，運用她的超能力，緊緊閉住眼睛，一口氣拔出胸前的尖刃，拋到雪堆裡。

鮮血四濺，彷彿雪地上鋪了一塊紅毯。

我體力不支，往後仰倒躺在地上，看著繽紛的雪花茫茫而下，落在臉上感覺好冷……好冷……

暴風雪終於緩和下來，那一刻的我彷彿置身在玻璃球的雪景裡，時間的腳步放慢速度，踮著腳尖移動，神奇的湖面和森林上下顛倒，本來對稱的形狀在我眼前輕微的搖動。

長劍掠過薄冰的湖面，帶著城堡和天鵝的圖案掉入冰凍的湖水中央。

神話故事裡的怪物死了，時間恢復原速。

加百列伸手來拉我，但是晚了一步，他沒辦法跟分割的時間競爭，我比他快很多。

她一離開，知覺失調的麻痺狀態恢復正常，劇痛來襲，痛得我無法動彈。

「不！」喬納焦急的吶喊突破寂靜。

我勉強睜開眼睛，看到加百列跪在旁邊，雙唇吐出一道光華璀璨的白光。

「加百列，你會害死她！」

「我必須驅走惡魔！我感覺不到萊拉的存在，我要救她！」他急切地反駁。

「惡魔走了，你仔細看就知道！」喬納拚命拉開加百列。

「她身上沒有紋身的印記，你所看到的跟我眼中所見的相同。這個她就像我一樣，你的光可能會殺了她。」

喬納心急地拉開加百列，我看著加百利跪在地上，一臉茫然，不知所措。

劇痛的火山自體內爆發，令我揪住胸口，渾身痙攣。喬納脫下皮衣蓋在傷口上，用力施壓，我尖叫地哀號。

「我們讓她的黑暗面勝出，就像我這樣活著，或許……用我的血餵食，她可能還有存活的機會……」

「你會侵蝕她的光。」加百列的語調空洞無力。

「有可能，但她或許能夠活下去……」喬納說。

「像這樣嗎？一定還有別的方法！如果她能找回自己的光芒，接納既有的兩面，就能度過難關，存活下來！」

我側耳傾聽，不太確定加百列所謂的光芒指的是什麼，隨著時間一分一秒消逝，屬於理解和意識的那部份似乎越飄越遠，脫離現實。停留在肺部的空氣只有少許一點點，我嗚咽地啜泣，身體功能銳減，意識逐漸淡化，變得混淆不清。

「艾瑞爾說的我都聽見了，她永遠無法接納自己有兩個面向。如果你愛她，就請放手，拜託讓我試試看。」

加百列沒有再反對下去，只見他側面的輪廓走出我的視線範圍，顯然不忍心旁觀接下來的場面。

喬納目不轉睛看著我，渾身鮮血淋漓、浮腫瘀青，而我即便意識混亂，感官失調，仍然品嘗得到風中隱含他獨有的氣息。

喬納刺破手腕的皮膚，側著身體躺下，毫不猶豫的將滴血的手腕湊近我的唇。

我轉頭凝視他的五官，發現自己的臉龐映在那對黝黑的瞳孔裡。我猶豫了一下，有些心不在焉，他的瞳孔擴張，眼神充滿期待。我勉強挨過去，皺著鼻子嗅了嗅，灼熱的感覺從喉嚨升起，我攀住他的手腕拉近嘴邊，但一股莫名的感覺讓我停下，覺得渾身不對勁。

要怎樣才看得見光輝中的光芒？

我很惶恐，手指開始顫抖，畏縮不前。

唯有當黑暗悄悄匍匐而來，在極短的瞬間、細微的差距裡面，藉著虛無的襯托，才能看見金光閃爍。

這些話在腦海中浮現，絞盡腦汁都想不起來是從哪裡聽來的，只記得他的聲音好溫柔……

我再一次直視喬納的眼睛，在那幽暗的瞳孔深處，愕然瞥見自己的倒影輝映在其中。我倒抽一口氣，就在極短的瞬間，神奇的銀色光芒一掠而過。

在他的幽暗裡面，我尋找著自己的光。

想起湖裡的影像，萊拉。

他那肉桂般的氣息驟然喪失既有的吸引力，我推開他的手腕，憶起自己的來歷。我不要被黑暗吞噬，不許部分的我永遠困在牢籠裡。

「不要。」我開始掙扎。

「萊拉？」加百列驀然轉過身來，急急跪到旁邊，焦急呼喚著。

我從加百列望向喬納，認出他們的臉孔，想起他們對我的意義和分別給我的感覺。前一刻我的心思才被加百列明亮的五官盤據，下一秒鐘喬納陰暗的臉龐就冒出來頂替。他們的臉龐來來回回交替出現，速度越來越快，最後變成白與黑，黑與白，直到光明和陰影相互碰撞，在我體內的兩種元素爆出火花，黑色和白色交融在一起，創造出奇特美妙的灰色階。

那是一種超乎現實的感覺，是我有記憶以來第一次覺得很坦然、很自在。

我正想去握加百列的手，他卻一臉茫然地看著我。那時我才發現原來加百列並沒有跟我同步，連結不見了，他無法看到我的變化。

我獨自一個人。

艾瑞爾的結論是錯的。他完全沒有料到加百列的力量能夠跟我的核心產生共振，得以引出回家的路，然而當我碰觸他的時候，也才領悟即使我已經接納自己，他卻永遠沒辦法跳過黑暗，看見我的另一面。只是沒有他，我也走不下去。

這樣的認知讓我明白結束的無可避免。這一點艾瑞爾倒是說對了，我不忍心繼續折磨他們任何一個。

我的死將帶出解脫，釋放他們得到自由。

沒有加百列的心電感應，現在的我已經無能爲力，只能擁抱充斥體內的痛苦，放下感官的知覺和意識，拋開對身體的掌控權，不再掙扎。

「這是必然的結局。」我呢喃低語。

但是加百列拒絕放手，不肯讓我靜靜地離去。他抱起我的身體，絕望地摟著，緊緊貼住我的眼睛，萬分焦急地搜尋探索。我看到他的眼神，似乎即將跟我一起死去。

他到最後一刻猶不死心，直至我的眼皮顫動地想要進入永眠，微微一絲接近熄滅的光芒，映入他紫羅蘭色的藍眸裡。

他的瞳孔中現出寶石般的星芒，璀璨的六條放射線從他眼中反射回來，那是我的光。他的錫蘭星光芒擴散，瀕臨爆炸邊緣，幾乎要變成巨大的超新星。

這時我才醒悟過來。以前怎麼會如此盲目，一直看不清楚？

「我是你的搭檔，我們是一對……」

「我知道，」他微笑以對，清澈得如同水晶的眼淚順著臉頰滑落。「才一直要妳相信我……」他哽咽地看著我的身體鬆弛下來，輕微的呼吸若有似無。

萊拉！萊拉！

我已經無能爲力，再也無法使喚身體。

他找到了我，只是這一次真的太遲了。

瞪大的眼睛凍結在他臉上，加百列運用我們私密的頻道一再搜尋，字句和聲音逐漸遠離，越飄越遠，但我聽見最後一句。

宛如越來越響的回音，如雷貫耳般傳入我的耳朵，他在吶喊……

掌控決定權。

尾聲

加百列

曙光乍現，薄紗般的霧氣籠罩大地，隨著輕柔的微風款款飄移。奇怪的是，薄霧獨獨避開她躺臥的地方，拒絕從她臉上掠過，而是貼著地面。

喬納動也不動地坐在甜蜜的天使身邊，如同忠心耿耿的僕人，偶爾從我替她選擇的安歇地挪開視線，眺望周遭一望無際的平原。

「已經過了七天，她還是沒有呼吸。」

我伸手搭著他的肩。「這段時間你不眠不休，連進食都沒有，你需要——」

「不，我不要離開她。」他不假思索的回答，依舊不肯轉移注意力。

「有我在這裡看守，她不會受到傷害。但布魯克會撐不住，即使不爲你自己，至少也爲她著想一下。」

我不喜歡他如此依戀她，然而我現在也察覺喬納所渴望的不是我的天使，而是茜希。那個跟他相似的部分。

因爲布魯克，他勉爲其難地起身，低頭再看一眼，重新檢查她是否有生命的跡象。我拉住喬納的胳膊，試圖趕他離開我的睡美人，他卻釘在原處，不爲所動。

分。我只看到半個面向，喬納卻洞察她的全部，然而在她生命的最後幾分鐘，卻依然爲了我奮戰不懈。

我低著頭，羞愧難當。

我快步回到穀倉，衝進她原來的臥房。

上次擁抱之後就不曾再涉足這個房間，她的柑橘香氣依然存留在睡臥的床單上。我情不自禁拿起她的枕頭用臉龐磨蹭，品味芳香的氣息。她是我的歸宿，我的一切，是我今生僅有最珍貴的寶物，而我卻讓她失望了。

我心情沉重地坐在床尾，思索在我尋尋覓覓的過程中她獨自面對的生活。這個世界本來不是她命中注定要生活之處，人們在她身上留下數不清的傷痕，都是因爲我的無能，沒有好好保護，她才會毫無生氣地躺在那裡。

就在我考量她再也回不來的可能時，桌上的棋盤陡然引起我的注意。晨曦的光芒透進玻璃窗裡面，象牙材質的國王皇冠把陽光反射到牆上。這一天已然甦醒，新年的第一個早晨。

我突然有種莫名的第六感，起身走向棋盤。

萊拉的國王已經脫離重圍。

我來回逡巡，尋找任何反常的跡象。上次進來的時候，我曾經移動棋子，預備吃掉她的國王，曾幾何時她還有舉棋？是在逃進山區之前嗎？還是在她偷聽我和艾瑞爾的交談時，順便挪動了一步？不可能，若是這樣，她下樓的腳步必須輕得近乎無聲，否則只要有人走進臥室到棋盤這裡，我一定會聽到聲音。

天色接近黎明，她的訊息就隱藏在棋局裡，透露光明的意涵：告訴我她已經脫離險境，請我千萬不要放棄。

即便相隔了五十英里，我也在一眨眼間回到空地，正好看到喬納被拋到了石頭後面。盤旋的氣流凝聚在她周圍，儼然形成類似颱風的現象，黑色暴風雨偶爾發出白色和金色的閃光，照亮那一小塊地方。本來遍布石頭表面的結霜不見了，一陣低沉轟隆的響聲讓地表龜裂，地面出現好幾條裂縫。

縫隙逐漸擴大，我急忙把喬納往後拉，大聲喊叫：「萊拉！」

震波在腳下悸動，她周圍的一切驟然失去平衡。旭日東昇，陽光的能量射透暴風雨的雲層。不知為何，我依稀聽見萊拉和我曾經合唱過的一首歌，旋律在四周繚繞，突然間狂風大作，樹枝被風吹得東倒西歪，根部緊抓地面才不致於被連根拔起。

我奮力抵禦橫掃而來的狂暴颶風。即便使出全力，仍然被吹得歪歪倒倒，那塊地方似乎形成一個力場，包覆現存的世界中最重要的生物。

黑暗的暴風雨扭曲變形，捲起一陣白色的霧氣，像波濤般洶湧，前仆後繼湧向她所躺臥的地方。

地面終於停止騷動，我沉默地旁觀、等待。

然後就在下一瞬間，暴風歸於平靜。

不知道是我或是喬納比較快，就在我們雙雙抵達她身邊的時候，我停住腳步。她臉上沒有任何變化，唯有瀑布般的黑色卷髮有所不同，墨黑裡面摻雜了白金色的髮絡，嘴唇不再是純眞的粉紅，而是鮮豔的正紅，連雪白的肌膚都跟著紅潤起來。裹住她身體的毛毯被撇在一邊，布魯克貢獻的洋裝深V領口呈現她心臟周圍的皮膚，傷口已然癒合，只剩長劍穿胸而過留下的疤痕。

陽光下的她神采煥發，項鍊上的水晶璀璨發光。

我可以聽見她的聲音，很輕很輕，感覺她輕觸我的意識層。

她回來了。

喬納和我一瞬不瞬地看著她，視線須臾不離，屏息以待。我盡量敞開心靈往外探索，尋求她的回應。

她的身體不動如山。等待的過程中，我的指甲掐進掌心裡。

她的睫毛微微顫動，眼睛隨即睜開，我的目光跟她膠著在一塊，她寶藍色的眼眸跟我如出一轍，只是現在有些混濁，夾雜著細微陰暗的斑點。剎那間，周遭的一切似乎都被捲入她碩大的瞳孔深處、黝黑的虛無裡，包括我在內。

若不是心知肚明，眞的會以爲世界上每一座時鐘都已因她停止計時，給足她充裕的時間緩緩地側過臉來，直勾勾地凝視我的眼睛。

那天籟般的嗓音，凝聚大地所有的能量，以一種不可思議的速度朝我劈頭而來。

加百列……

（混血之裔：宿命　全文完）

致謝

獻上我的感謝：

給我所有親愛的家人，謝謝你們的愛與支持。

謝謝老媽，不只鼓勵我勇敢做夢，更相信我能夠達成。一如約翰・藍儂（John Lennon）曾經說過：「一個人的夢只是夢，一群人的夢卻會成眞。」跟妳一起堆雪人是我至今最喜歡的消遣！

謝謝老爸，謝謝你的傾盡全部的疼愛和啓發。發光發熱，燦爛耀眼。

IL，不管你是誰，不管你在何方，我們都愛你！

Gillan，感謝你讓所有的一切變爲可能。在生命結束的那一天，我會告訴他們，我人生當中最棒的就是有你。

Penny，我的第二個媽咪，對家人的愛和疼惜誰也比不上妳，世界因爲妳變得更美好。

Gill & Ken，感謝你們在我十二歲的時候帶我去 Waterstones 書店，並且敞開 Neylis 住家大門，給我一處安身的角落安靜寫作，還以研究之名、馬不停蹄地帶著我到處參觀旅遊，使我永遠保持樂觀。

感謝最最親愛的朋友們，不用我一一指出你們的名字！有些是早期的讀者，給我諸多鼓勵，有些極有耐心地傾聽我胡說八道，從頭到尾不曾抱怨過一句！有些僅僅陪我喝了一杯雞尾酒，就願意敞開心靈分享你們生命中的經歷。對我來說，你們如同我的家人一般，請讓我舉杯致上最高的敬意！

還有Wattpad的讀者群，是你們把《混血之裔：宿命》扛在肩膀上、給萊拉出頭露臉的機會，還把這個故事放在心上，無比堅定地支持加百列和喬納，甚至招兵買馬組織粉絲團、號稱「Styhards」，單單感謝兩個字根本不足以表達我萬分之一的心意。

接著是Wattpad HQ，最棒的團隊！

Kelly & Angie，不厭其煩地講述你們美好的故事，永遠都不肯認輸或放棄。

Beth Collett，我的私人校對，文字在你面前都要簌簌發抖！

Calvin、Sally、Michal & Amy，簡單的說，就是謝謝。

寫書的早期階段或許可以獨立作業，若要付梓呈現到世人眼前，團隊合作是絕對少不了。爲此我要感謝Macmillan和Feiwel and Friends。

也要特別感謝慧眼發掘這本書的Anna Roberto，我全心全意感激你找到了它。

Jean Feiwel，謝謝你歡迎萊拉和我進入你們獨一無二的大家庭。

Liz Szabla，像你這般卓越的編輯，眞是不可思議，遠遠超過我的期待。你不畏辛勞地推銷《混血之裔：宿命》的故事，甚至犧牲個人閒暇的時間，讓它早早問世、擺上書架；你巧心掌握了包裝的訣竅，讓它呈現出最好的一面。Jean 說你是最有愛心又獨具慧眼的編輯，她的話說得再正確不過。

Bethany Reis，有你爲出版前做最後的把關，讓我晚上的睡眠安穩許多。

Angus Killick，謝謝你爲《混血之裔：宿命》蓋上個人獨特的戳記，脫離框架的思考亮點。

Molly Brouillette 和 Ksenia Winnicki，《超時空奇俠》的粉絲（Whovians）兼玉米熱狗的行家，是你們讓我得以實現環遊美國的人生目標。噢，還有一路上不厭其煩地向全世界推銷這本書的人。我只想對你們說：出發吧！

Caitlin Sweeny，感謝你的智慧和效率，用數位方式行銷《混血之裔：宿命》，經過你的巧手，一切看起來似乎不費吹灰之力！

Kathryn Little，謝謝你仔細關注通路行銷，把《混血之裔：宿命》送到關鍵人士手中。

Rich Deas 和他的團隊，幸好有你們去蕪存菁、精確掌握《混血之裔：宿命》的特質，封面做得幾近完美。

Anna Booth，謝謝你絕美的內頁設計，第一棒就揮出首席全壘打！

Dave Barrett，因爲有你幫機器上油，齒輪才得以順利運轉，還有完美主義的 Nicole Moulaison，確保一切呈現出最佳的品質。

法務部門的 Gabby Oravetz，謝謝你小心呵護這個古怪的英國人，一路披荊斬棘，才不致掉進水裡！

The Swoon Reads Team，我想代替每一位正在努力不懈的作者，誠心感謝你們開創新局，爲所有想要說故事的人敞開大門，給他們一個最棒最好的舞臺去敘述心中的渴望。

也給正在閱讀這本書的您，唯有某人在某處活出他們的人生故事時，書中的角色才會跟著有了生命。

中英名詞對照表

A

Aingeal　安姬兒

Alexander McQueen
　亞歷山大・麥昆

Anne Hathaway　安・海瑟薇

Andorra　安道爾

Azrael　艾瑞爾（死亡天使）

B

Beaconsfield　碧康菲爾德

beast　魔獸

Bradley　布萊德里

Brooke　布魯克

Buckinghamshire　白金漢郡

C

Calvert　卡爾弗

Carcassonne　卡卡頌

Cardiff　卡地夫

Cathar　迦他利教派

Cessie　茜希

Christian Louboutin
　克里斯提・盧布登

Creigiau　克雷高鎮

D

Dior　迪奧

E

Eglise de rupestre de Vals
　瓦爾斯教堂

Elen　艾倫

Eligio　艾立歐（葛提羅）

Emerald Isle　翡翠島

Emery　艾莫瑞（葛提羅）

Ethan　伊森

F

Fleet Street　艦隊街

Francesca　法蘭西斯卡

Frederic 佛瑞德

G

Gabbriel 加百列

Grand Prix 國際汽車大獎賽

Gualtiero 葛提羅

Guinness 健力士

H

Hanora 漢諾拉

Harvey Dent 哈維・丹特

Haydon 海登

Hedgerley 黑澤雷

J

Jack Daniel 傑克丹尼爾

Jonah 喬納

L

Lailah 萊拉

Lana Del Rey 拉娜・德瑞

Limoux 利穆鎮

M

Maison des Consuls 領事官邸

Malachi 梅拉奇

Marseille 馬賽

Michael 麥可（湯瑪斯弟弟）

Mirepoix 米雷普瓦

Monts d'Olmes 杜蒙山

Morpho butterfly 藍閃蝶

Mr. Broderick（Glyn）
布德克先生（葛林）

Mrs. Kynoch 奇諾太太

N

Neylis 安列斯

O

Orifiel 歐利菲爾

Oxford Street 牛津街

P

Pair 搭檔／伴侶

Perpignan 佩比尼昂

Pierre 皮耶

Pureblood 純種

Pureblood Vampire
純種吸血鬼

Pyrenees Mountains
庇里牛斯山

R

Range Rover Sport
路華跑車

Reverend O'sileabhin
歐希勒辛主教

Ruadhan　羅德韓

S

Saint Maurice Cathedral
聖莫里斯大教堂

Selfridges
塞爾福里奇百貨公司

Stansted Airport　史坦斯特機場

stars of Ceylon　錫蘭星

St. Barthelemy and Galinat's peaks
聖巴瑟米和葛林納山峰

Styclar-Plena　水晶星際

T

The Arch Angels　天使長

The Dark Knight　黑暗騎士

The White Horse　白馬

Thomas
湯瑪斯（Michael哥哥）

Toulouse　土魯斯

U

Uri　烏麗（馬名）

W

Windsor　溫莎

Y

Yorkshire　約克夏

Z

Zherneboh　魔獸任尼波

幻想藏書閣

混血之裔：宿命

原著書名／Lailah（The Styclar Saga）
作　者／妮琦・凱利（Nikki Kelly）
譯　者／高瓊宇
企劃選書人／楊秀真
責任編輯／張婉玲
行銷企劃／周丹蘋
業務主任／范光杰
行銷業務經理／李振東
總 編 輯／楊秀真
發 行 人／何飛鵬
法律顧問／台英國際商務法律事務所　羅明通律師
出版／奇幻基地出版
城邦文化事業股份有限公司
台北市 104 民生東路二段 141 號 8 樓
電話：(02)25007008　傳真：(02)25027676
網址：www.ffoundation.com.tw
e-mail：ffoundation@cite.com.tw
發行／英屬蓋曼群島商家庭傳媒股份有限公司城邦分公司
台北市 104 民生東路二段 141 號 11 樓
書虫客服服務專線：(02)25007718・(02)25007719
24 小時傳真服務：(02)25170999・(02)25001991
服務時間：週一至週五09:30-12:00・13:30-17:00
郵撥帳號：19863813　戶名：書虫股份有限公司
讀者服務信箱 E-mail：service@readingclub.com.tw
歡迎光臨城邦讀書花園　網址：www.cite.com.tw
香港發行所／城邦（香港）出版集團有限公司
香港灣仔駱克道193號東超商業中心1樓
電話：(852)25086231　傳真：(852)25789337
e-mail : hkcite@biznetvigator.com
馬新發行所／城邦（馬新）出版集團
【Cite(M)Sdn. Bhd】
41, Jalan Radin Anum, Bandar Baru Sri Petaling,
57000 Kuala Lumpur, Malaysia.
Tel: (603) 90578822　Fax:(603) 90576622
email:cite@cite.com.my
封面設計／黃聖文
排　版／極翔企業有限公司
印　刷／高典印刷有限公司
■2016年（民105）6月30日初版
■2019年（民108）1月21日初版5.1刷

售價／320元

國家圖書館出版品預行編目資料

混血之裔：宿命 ／ 妮琦・凱利（Nikki Kelly）
著；高瓊宇譯. -- 初版. – 臺北市：奇幻基地, 城邦文化出版：家庭傳媒城邦分公司發行, 民105.06
面；　公分. --（幻想藏書閣）
譯自：The styclar saga. , lailah
ISBN 978-986-93169-0-3（平裝）

874.57　　105009453

ISBN　978-986-93169-0-3

15 annual

奇幻基地15周年龍來瘋慶典

集點好禮獎不完！還可抽未來6個月新書免費看！

活動期間，購買奇幻基地作品，剪下回函卡右下角點數，集滿點數，寄回本公司即可兌換獎品&參加抽獎！

集點兌換辦法

2016年06月起至2017年12月20日前(郵戳為憑)，奇幻基地出版之新書，剪下回函卡右下角點數，集滿點數貼至右邊集點處，寄回奇幻基地，即可兌換贈品(兌換完為止)，並可參加抽獎。

集點兌換獎品說明

5點：「奇幻龍」書擋一個（寬8x高15cm，壓克力材質)

10點：王者之路T恤一件 (可指定尺寸S、M、L)

回函卡抽獎說明

1.寄回集滿5點或10點的回函卡，皆可參加抽獎活動！回函卡可累計，每張尚未被抽中的回函卡皆可參加抽獎。寄越多，中獎機率越高！

2.開獎日：2016年12月31日(限額5人)、2017年05月31日(限額10人)、2017年12月31日(限額10人)，共抽三次。

回函卡抽獎贈書說明

中獎後，未來6個月每月免費提供奇幻基地當月新書一本！

(每月1冊，共6冊。不可指定品項。)

特別說明：

1.請以正楷書寫回函卡資料，若字跡潦草無法辨識，視同棄權。

2.本活動限台澎金馬。

【集點處】

1	6
2	7
3	8
4	9
5	10

（點數與回函卡皆影印無效）

為提供訂購、行銷、客戶管理或其他合於營業登記項目或章程所定業務之目的，英屬蓋曼群島商家庭傳媒(股)公司城邦分公司，於本集團之營運期間及地區內，將以電郵、傳真、電話、簡訊、郵寄或其他公告方式利用您提供之資料（資料類別：C001、C002、C003、C011等）。利用對象除本集團外，亦可能包括相關服務的協力機構。如您有依個資法第三條或其他需服務之處，得致電本公司客服中心電話(02)25007718請求協助。相關資料如為非必要項目，不提供亦不影響您的權益。

個人資料：

姓名：____________________ 性別：☐男 ☐女

地址：____________________

電話：____________________ email：____________________

想對奇幻基地說的話：____________________

請剪下右側點數，貼於背面的集點處，集滿5點以上，即可寄回兌換抽獎

1 2016